문학작품
시리즈
제4권

감귤나무

감귤나무

초판 1쇄 인쇄 2020년 5월 20일
초판 1쇄 발행 2020년 5월 23일
옮 긴 이 김승일(金勝一) · 김미란
발 행 인 김승일(金勝一)
출 판 사 경지출판사
출판등록 제 2015-000026호

잘못된 책은 바꿔드립니다.
가격은 표지 뒷면에 있습니다.

ISBN 979-11-90159-27-2
        979-11-90159-26-5 (세트)

판매 및 공급처 경지출판사

주소: 서울시 도봉구 도봉로117길 5-14   **Tel:** 02-2268-9410   **Fax:** 0502-989-9415
블로그: https://blog.naver.com/jojojo4

※ 이 도서의 국립중앙도서관 출판시 도서목록(CIP)은 서지정보유통지원시스템 홈페이지(http://seoji.nl.go.kr)와
   국가자료공동목록시스템에서 이용하실 수 있습니다.

문학작품
시리즈
제4권

감귤나무

차오원쉔(曹文軒) 지음 | 김승일·김미란 옮김

경지출판사
Korea Wisdom China

어릴 적에는 들이나 강가에 자주 놀러 갔다. 그때마다 큰 나무 아래에서 흙과 나뭇가지, 들풀을 재료삼아 작은 집을 짓곤 했다. 어떤 때는 몇몇이 함께 만들기도 했다. 미장이, 목공은 물론 소소하게 심부름을 해주는 조수까지 나눠서 하는 일이 확실해 흡사 진짜 집 짓는 모습을 방불케 했다. 집을 지으면서 한편으로는 어떤 용도로 사용할지도 고민했다. 침대나 책상 등을 가져다놓고는 이 침대에서는 누가 잠을 자고 저 책상에는 누가 앉을 지에 대해서도 계속 얘기를 나눴다. 사이좋게 논의할 때도 있었지만 이런 일로 다툴 때도 가끔 있었다. 그러다가도 그중에서 고집이 센 아이가 자기 마음대로 되지 않을 때는 화를 참지 못하고 다 지어놓은 집을 발로 망가뜨릴 때도 있었다. 이러한 애는 무리에서 고립되거나 욕을 먹기도 했다. 심지어 큰 싸움으로 번져 눈을 시퍼렇게 얻어맞고 펑펑 울 때도 있었다. 집이 그대로 나무 아래에 보존되어 있기를 바라는 아이나, 함부로 망가뜨리는 아이 모두 이를 큰일로 받아들였다. 당연히 사이좋을 때가 더 많았다. 집이 '완공'된 후면 입으로 "탁, 탁" 소리를 냈다. 집을 다 지었다는 것을 경축하기 위해서 폭죽소리를 흉내 내곤 했던 것이다. 그리고는 작은 집 앞에 앉거나 무릎을 꿇고 앉아 조용히 관찰했다.

집으로 돌아갈 때가 되면 발길이 떨어지지 않아 자꾸만 뒤를 돌아보곤 했다.

집에 돌아가서도 지어놓은 그 집에 대한 생각이 뇌리에서 맴돌았다. 한참을 지나 다시 그 집을 찾아가 보는 애들도 있었다. 마치 집을 떠나 밖에서 유랑생활을 하다가 다시 집으로 돌아온 사람처럼 말이다.

나는 홀로 집 짓는 걸 더 좋아한다. 그때면 나는 홀로 디자이너, 미장이, 목공이나 심부름꾼 역할을 다 도맡아 했다. 스스로 "빨리 벽돌 날라 와!" 라고 명령을 내리고는 "네"하고 대답했다. 사실 어디 벽돌이 있겠는가? 그 냥 벽돌을 날라 오는 시늉만 했을 뿐이다. 하지만 아주 무거운 벽돌을 진 짜로 나르는 것처럼 이를 악물고 힘겹게 한 걸음 한 걸음 내디딘 시늉을 했다. 그러면서 "이곳이 문이다!", "창문은 활짝 열어놓아야 한다!", "이 방 은 부모님 방이고 이쪽 작은 방은…… 아니 큰 방은 내꺼 해야지! 내가 큰 방에서 자야지! 창문 밖은 큰 강이다!"…… 라고 말한다.

그때 들판에는 아마 나 혼자였을 것이다. 주변에는 황금물결이 출렁이 는 밀밭이었을 수도, 꽃가루가 흩날리는 일망무제한 벼 밭이었을지도 모 른다. 얼마나 몰두했는지 집 외의 풍경은 전혀 눈에 들어오지 않았다. 그

때 하늘 높이 떠오른 해가 머리 위에서 나를 비추었을지도, 중천에 걸렸을 때보다 몇 배나 더 큰 해가 서쪽 끝의 갈대숲으로 곧 숨어버리려고 했을지도 모른다. 마침내 집이 '완공'되었다. 그때 혹은 물오리 떼가 하늘을 가로질러 지나갔을 수 있고, 망망한 푸른 하늘에 순수함만 남았을지도 모르겠다. 나는 '완공'된 집 앞에 양반다리를 하고 앉아서 조용히 감상했다. 오로지 나 혼자만의 힘으로 만들어낸 내 작품이었다. 미켈란젤로가 교회당 천장에 유명한 작품을 완성하고 감상할 때랑 크게 다르지 않았다. 아쉽게도 난 그때 남에게 고용되어 그림을 그린 이탈리아인이 작품을 완성했을 때마다 잘 보이지 않는 곳에 자신의 이름을 새겨두었다는 것을 전혀 모르고 있었다. 조금만 일찍 알았더라면 나도 벽에다 이름을 새겨놓았을 것이다. 집은 내가 만든 위대한 작품이었다. 그 후로 연 며칠간 내 작품이 머릿속에 계속 떠올랐다. 자주 보러 가기도 했다. 그 집은 논두렁에 지어졌다. 이상하게도 논밭에 일하러 가는 사람들이 그곳을 자주 오가곤 했는데도 그 집만은 망가지지 않고 여전히 그대로였다. 그 집을 본 사람들이라면 모두 조심스럽게 보호했던 것 같다. 그 후 어느 날 갑작스런 폭우로 자취를 감출 때까지 그 집은 계속 그 자리에 있었다.

그때 블록 외에는 장난감이 별로 없었다. 한동안 나는 블록을 쌓는 데만 몰두했다. 정확히 말하면 집 짓는데 몰두했던 것이다. 형태, 색깔, 크기가 서로 다른 블록으로 집을 한 채, 두 채 많이도 지었다. 들에서 흙이나 나뭇가지, 들풀로 지은 집과는 달리 꾸준히 새로운 집을 만들고 마음에 들지 않으면 밀어버리고 또 다른 형태의 집을 지을 수 있다는 장점이 있었다. 이런 나무토막들로 형태가 상이한 집을 그토록 많이 지을 수 있다는 점이 놀랍기만 했다. 설계도에 따라 집을 지을 때도 있지만 가끔은 설계도에 없는 집을 생각대로 지을 때도 있었다. 내가 집을 짓지 않고 쉴 때가 있다면 그때는 이상적인 집을 이미 침대 옆의 책상 위에 지어놓았을 때일 것이다. 그 집은 오로지 감상만 할 수 있다. 그 누구라도 절대 다쳐서는 안 된다. 그 뒤로 어느 날인가 암탉이나 고양이 한 마리가 뛰어올라와 그 집을 망가뜨릴 때까지는 그대로 책상 위에 고스란히 보존되어 있었다.

가옥은 어린애 마음속의 정서이다. 인류 선조가 남겨준 정서이기 때문이다. 이 또한 첫 미술 수업시간에 늘 선생님이 흑판에 평행사변형을 그리고 몇 갈래의 길고 짧으며 종횡으로 된 직선으로 가옥을 그렸던 이유이기도 하다.

가옥은 인류의 가장 오래된 기억이다.

가옥의 탄생은 인류가 집에 대한 인식과 서로 연결되어 있다. 영혼의 안식처이자 생명 연속의 근본적인 이유인 집이 있어야 보호받고 따뜻함을 느낄 수 있다. 사실 세계에서 일어나는 여러 가지 일들은 모두 집과 연관이 있다. 행복, 고난, 거절, 청구, 분투, 은퇴, 희생, 도망, 전쟁과 평화……모두 집과 연관되어 있지 않은가!

수천수만의 사람들이 전쟁터에서 피 흘리며 용감무쌍하게 싸우는 것은 오로지 나라를 보위하기 위해서이다. 집은 그 누구도 결코 침범할 수 없는 신성한 존재이다. 마치 높은 홰나무 꼭대기의 새둥지를 침범할 수 없는 것처럼 말이다. 어릴 적에 보았던 정경이 아직도 생생하게 떠오른다. 까치둥지가 누군가에게 털려 바닥에 떨어졌다. 수많은 까치들이 날아와 급강하하더니 소리를 지르면서 죽기내기로 달려들어 둥지 턴 사람을 쪼아 죽였다. 그 모습에 자리에 있던 사람들은 모두 놀라움을 금치 못했다.

집의 의미는 이루어 다 말할 수 없을 것 같다.

어른이 되고 나서도 어릴 때 집 짓던 욕망은 여전하다. 오히려 나이가 들고 인생에 대한 깨달음이 깊어지면서 그 욕망이 더 불타올랐다. 단지 재료가 바뀌었을 뿐이다. 더는 흙, 나뭇가지, 들풀이나 블록이 아니라 이제는 문자로 바뀌었다.

문자로 지은 가옥은 나의 은신처 즉 정신상의 은신처이다.

행복한 순간이던, 고통스러운 순간이던 나는 모두 문자로 표현한다. 마음속 감정을 표현하든지, 위안을 얻든지를 막론하고 이제 문자와는 영원히 떨어질 수 없게 되었다. 특히 이 세상을 살아가면서 온몸이 상처투성이로 되었을 때, 더욱이 문자로 지은 집인 나의 집을 필요로 한다. 어떤 때는 실의에 빠져 집으로 돌아올 때도 있지만 나에게는 갈 수 없는 곳 문자가옥이 있다. 이때야 비로소 철근과 시멘트로 지은 집은 나의 일부 문제만 해결할 수 있다는 점을 발견하게 된다.

몇 년이란 세월이 흘렀다. 글도 많이 쓰고 책도 적지 않게 출판했다. 사실 이는 집을 짓는 것과 같다. 이 집은 나를 위해 지은 것이다. 그러나 만약 개의치 않는다면 그 누구라도 자신의 집으로 생각해도 괜찮다.

작가들이 문자를 사랑하는 그 마음은 문자에 대한 나의 이해와 대체로 비슷할 것이라 생각한다. 다르다면 나는 물가에서 자랐고 집도 물가에 지었다는 점일 것이다.

CONTENTS

Part
1

열한 번째의 빨간 댕기

열한 번째의 빨간 댕기

'곰보 할아버지'란 말만 나와도 마을 아이들은 싫어했다. 심지어 무서워하기까지 했다.

가정을 꾸린 적이 없는 곰보 할아버지는 낡고 초라한 초가집에서 생활하고 있다. 마을 뒤쪽 시냇가에 홀로 덩그러니 지어진 초가집 주변에는 나무와 덩굴이 뒤엉켜 있다. 곰보인 할아버지는 키가 작은 데다 등은 마치 무거운 철가마를 진 것처럼 휘어 있었다. 아이들 기억속의 곰보 할아버지는 웃을 줄을 모르는 사람이다. 늘 홀로 지내는 그는 남과 얘기도 별로 하지 않았다. 외뿔소로 밭을 갈고 굴레⁰¹를 씌워 짐을 나르는 일을 할 때만 제외하고 그는 삼림 속에서 거의 나오지 않았다.

하여간 아이들은 그를 싫어했다. 그가 너무 매정했기 때문이다. 아이들이 외뿔소를 만지는 것조차 허락하지 않았으니까 말이다.

외뿔소가 유달리 아이들의 눈길을 끌었던 이유는 뿔이 하나뿐이어서였다. 어른들에게서 전해들은 이야기에 의하면, 소를 사온지 얼마 되지 않아 곰보 할아버지가 소의 뿔을 아주 굵은 큰 나무에 매달아 놓고 톱으로 잘라냈다고 한다. 그 당시 뿌리를 너무 깊게 자르는 바람에 소는 피를 철철

---

01) 굴레 (bridle) : 말이나 다른 짐승의 머리 부분에 씌우는 장비. 짐을 지우거나 또는 나르게 할 때 그 동물을 통제하기 위해 사용한다. 굴레는 재갈과 머리마구, 고삐 등으로 이루어진다.

흘리면서 아픔에 눈물까지 흘렸다고 한다. 만약 남들이 말리지 않았더라면 아마 뿔 두 개를 몽땅 잘라버렸을 것이라고도 했다.

아이들은 늘 살그머니 찾아와서 외뿔소를 놀리곤 했다. 심지어 그 등 위에 타고 들판에서 마음껏 뛰어놀고 싶어 하기도 했다.

어느 날 참다못한 한 아이가 외뿔소를 타고 들판을 향해 달려갔다. 이를 본 곰보 할아버지는 말 한 마디 하지 않은 채 뒤쫓아 가서는 소의 목줄을 확 잡아당겼다고 한다. 그 바람에 소 등 위에서 떨어진 그 아이는 땅에서 나뒹굴었다. 아이는 아프다고 펑펑 울었지만, 곰보 할아버지는 아이를 달래기는커녕 오히려 눈을 희번덕거리며 그 아이를 흘겨보고는 그대로 소를 끌고 갔다.

그런 그를 보고 뒤에서 아이들은 마음속으로 실컷 욕을 해댔다.

그의 괴팍함과 냉정함을 알게 된 아이들은 더는 그와 상대하지 않으려 했을 뿐만 아니라, 그 삼림으로도 거의 놀러 가지 않았다.

어른들도 그에 대해 별로 관심을 갖지 않았다. 촌에서 회의를 할 때도 그를 부르러 가는 사람은 없었다. 농사일을 할 때에도 그를 투명인간 취급하며 자기들끼리만 일하고 얘기했다. 인구조사를 하던 그 해, 등록을 책임졌던 초등학교의 한 여교사가 삼림 속에서 살고 있는 그 곰보 할아버지를 까맣게 잊고 등록조차 하지 않았다고 한다.

마을 사람들 모두가 그를 잊고 있었다.

물에 빠진 아이를 구해야 할 때에만 비로소 사람들은 불현듯 그의 존재를 떠올리곤 했다. 더 정확하게 말하면 그의 외뿔소를 떠올렸던 것이다. 여기는 큰 강과 개천이 얼기설기 뒤엉켜 있는 지역이었다. 그래서 가가호호 물가에 살고 있다. 태양이 서서히 떠오를 때면 출렁이는 물결이 마치 가가호호의 집안에서 흔들리는 것처럼 보인다. 이곳은 온통 물뿐이다. 물고기나 새우가 많긴 하지만 이곳 사람들은 아이들이 물에 빠져 죽을까봐 늘 걱정이다.

이곳으로 오면 볼 수 있는 특이한 광경이 있다. 배 위에서 사는 아이들이 갓 걸음마를 떼기 시작하면 어른들은 댕기를 만들어 아이들이 마음대로 돌아다닐 수 없게 묶어놓는다. 강가에 사는 아이들이 갓 걸음마를 떼기 시작하면 새롭게 바자(울타리를 두른 조그만 요람 – 역자 주)를 만들어 아이들이 함부로 집밖을 나가지 못하게 했다. 엄마·아빠가 집 문을 나설 때에는 아이를 돌보는 노인들에게 "할머니, 물 조심하세요."라고 신신당부하곤 했다. 이곳에서 자란 아이들은 10여 살이 되어도 어릴 때 생긴 공포감으로 인해 저녁에는 죽어도 강가로 가지 않으려 한다. 그곳에서 갑자기 검은 물건이라도 불쑥 튀어나올까 무서워하곤 하였다.

이렇게 해도 여전히 물에 빠지는 아이들이 간혹 있었다. 물이 얼마나 무서운지 모르는 아이들에게 물은 그 자체만으로도 너무 유혹적이었다. 조금 어린 애들은 손, 발로 물놀이를 하고, 조금 큰 애들은 갈대나무배를 띄우거나 강가에 매놓은 오리 배의 끈을 풀어 강 한가운데까지 저어가 놀곤 했다. 물수리 배, 진흙조개 배……이는 그들이 할아버지·할머니의 충고를 뒷전으로 하고 귀신에 홀린 듯 물가로 가는 이유이기도 했다. 발이 미끄러지고 부두의 돌이 흔들리면서 작은 배가 옆으로 기울어지면……종종 물에 빠지는 아이들도 있었다. 수영을 할 줄 안다면 물에 빠져도 무방했고, 수영을 할 줄 몰라도 약삭빠른 아이라면 물가의 갈대를 있는 힘껏 꽉 잡고 물을 몇 모금 꼴깍꼴깍 삼키고는 저절로 기어 올라오기도 했다. 그런 애들은 반드시 물 몇 모금을 토하고는 놀라서 엉엉 우는 게 다반사였다. 행운아라면 거의 물에 빠져 죽기 직전에 어른에 발견되어 구출되는 경우가 있지만, 불행하게도 영영 돌아오지 못하는 아이들도 있었다.

특히 큰물이 질 무렵에는 주위 3~5리에서 3~5일 사이에 아이가 물에 빠져 죽었다는 소식이 전해지곤 했다.

물에 빠진 아이를 건져 올려온 후에는 구할 수 있을지의 여부를 떠나 한참동안 구조를 위한 일들이 진행된다. 이곳의 구조방법은 아주 특이하다. 물에서 구한 아이를 끌고 온 소 등 위에 가로로 올리고는 계속 뛰어다니게 했다. 소가 위아래로 흔들면서 달릴 때면 등 위의 아이도 함께 덜렁거렸다. 아마도 인공호흡을 시키는 듯한 작용을 하게 하는 것 같았다. 어떤 아이들은 소가 몇 바퀴 뛰고 나면 자연히 "와"하고 뱃속의 물을 토해낸 후 "엉엉" 울면서 "엄마……엄마……"를 찾곤 했다.

곰보 할아버지의 외뿔소는 마을에서 가장 믿음이 가는 소였다. 물에 빠진 아이가 있을 때마다 주위에서 "빨리 가서 곰보 할아버지의 외뿔소를 끌어와라!"라며 큰 소리로 외친다. 그때에야 사람들은 비로소 곰보 할아버지를 떠올렸다. 그러나 생각하는 건 소이지 곰보 할아버지는 절대 아니었다.

이제는 그 외뿔소마저 언급하는 사람이 거의 없었다. 소가 늙어서 이가 무디어졌을 뿐만 아니라, 어기적거리며 제대로 뛰지도 못하기 때문이었다. 게다가 이제는 쟁기질도 못했고, 굴레를 씌워 짐을 나르지도 못했다.

가정을 단위로 한 도급생산을 실시하면서 농기구와 가축을 배분할 때, 누구도 외뿔소를 가지려고 하지 않았다. 아무것도 요구하지 않은 곰보 할아버지는 말 한 마디 없이 수십 년간 기른 외뿔소를 끌고 삼림속의 초가집을 향해 터벅터벅 걸어갔다. 소가 늙은 것도 있지만 마을에 의사가 생기면서부터 아이가 물에 빠졌을 때 더 이상 외뿔소를 데려올 생각을 하는 사람이 없어졌기 때문이었다. 그러니 곰보 할아버지를 언급하는 사람은 자연히 더 없었다. 그래서인지 곰보 할아버지는 더 빨리 늙어갔다. 허름한 초가집과 늙은 외뿔소를 지키면서 거의 집밖을 나오지 않았다. 그는 일 년 내내 마을사람들과 거의 왕래하지 않았고, 아이들도 그를 거들떠보지도 않았다.

가을 홍수가 난 후 어느 화창한 날이었다. 15일 정도 구름에 얼굴을 숨기고 있던 태양이 활짝 웃으며 대지를 따뜻하게 비추었다. 갈대가 물에 잠긴 탓에 갈대 술만 물 위에서 흐느적거렸다. 햇빛 아래 유난히 반짝이는 물결이 하늘을 더욱 밝게 비추는 것 같았다. 돌다리 위에서 그물을 치고 있던 고기잡이 아저씨가 머리를 들고 멀리 내다보는 순간 수면에서 둥둥 떠다니는 '물건'을 발견했다. 그 아저씨는 놀란 나머지 그물을 버리고 재빨리 강가를 따라 그곳까지 단숨에 달려갔다. 가까이 다가가더니 고개를 돌려 큰 소리로 외쳤다.

"아이가 물에 빠졌어요!"

얼마 지나지 않아 여기저기에서 고함소리가 들렸다.

"아이가 물에 빠졌어요!"

이어 강가로 분주하게 뛰어오는 발걸음소리와 초조하게 물어보는 말소리가 들렸다.

"구했나요?"

"누구네 애인가요?",

"숨은 붙어있나요?"

고기잡이 아저씨가 그 아이를 강가로 구해 올라오자 사람들이 그 주위로 몰려들었다. 누군가 그 아이를 알아봤다.

"량즈(亮仔)다!"

두 눈을 꼭 감고 있는 량즈의 배는 마치 고무풍선처럼 빵빵하게 불러 있었다. 자줏빛 얼굴에, 손발은 핏기가 없이 하얀색을 띠고 있었으며 숨을 쉬지 않았고 온몸은 축 늘어져 있었다. 보아하니 별로 희망이 없는 것 같았다.

밭에서 일하던 그의 어머니가 아들이 물에 빠져 생사를 헤매고 있다는 소식을 듣고는 다리가 풀려 그 자리에 풀썩 주저앉았다.

"량즈야" 아들의 이름을 애타게 외치면서 두 손으로 땅을 얼마나 빡빡 긁었는지 바로 구멍 2개가 생겨났다. 사람들이 그녀를 겨우 사고현장까지 부축해왔다. 외동아들을 본 그녀는 비틀거리며 뛰어가 아들을 꼭 껴안으면서 큰 소리로 이름을 불렀다.

"량즈야! 량즈야!"

옆의 사람들도 따라서 이름을 불렀다.

"량즈야! 량즈야!"

아이들도 놀라서 어쩔 바를 몰라 했다. 어떤 애들은 울면서 어른의 팔을 꼭 붙잡았다.

"얼른 의사를 불러와라!"

이럴 때마다 침착하게 대응하게 사람들이 꼭 있었다.

"의사가 도시에 약 사러 갔답니다!"

멀리서 말소리가 들려왔다. 다급해진 사람들은 생각나는 대로 얘기했다.

"읍내 병원으로 빨리 옮겨요!",

"빨리 전화하세요!"

말이 떨어지지 바쁘게 누군가

"그럴 시간이 없어요!"

라고 했다. 인공호흡을 할 줄 아는 사람이 없어 모두 속수무책이었다. 강가에는 온통 탄식소리와 울음소리, 싸움소리 뿐이었다. 마침내 누군가 생각난 듯 소리쳤다.

"빨리 가서 곰보 할아버지네 외뿔소를 끌고 와!"

젊은 총각이 인파를 헤치고 뛰쳐나와 마을 뒤쪽에 있는 그 삼림 속으로 달려갔다. 곰보 할아버지가 마치 새우처럼 몸을 웅크리고 누워 있었다. 그 모습은 곧 저 세상으로 갈 노인 같았다. 이제는 거의 누워서 하루하루를 지내고 있었던 것이다. 그는 가쁜 숨을 쉬면서 계속 기침을 했다. 그 모습은 마치 심하게 파손된 외바퀴 수레 같았다. 귀가 어두워진 그는 총각의 얘기를 겨우 알아듣고는 후들거리며 침대에서 내려와 소를 매어놓은 나무 아래로 급히 몇 발자국 뛰어갔다. 손이 뻣뻣해진 탓에 한참 동안 부들부들 떨고도 나무에 맨 소의 목줄을 풀지 못했다. 총각이 도와주고는 싶었지만 외뿔소가 무섭게 콧바람을 씩씩거리고 있어서 곰보 할아버지 외에는 그 누구도 가까이 다가갈 수가 없었다. 겨우 소의 목줄을 푼 그는 바로 삼림 밖을 향해 걸어갔다.

강가의 사람들은 량즈를 안은 아저씨를 부축하며 타작마당을 향해 달려갔다. 곰보 할아버지가 힘없고 뻣뻣한 다리를 끌고 비틀거리며 뛰어갔다. 몸 상태에 비하면 엄청 빠른 속도였다. 그는 울퉁불퉁한 길은 안중에도 없었다. 타작마당을 향해 몰려오는 인파와 그 가운데 물에 빠진 아이가 있다는 것만 생각했다.

량즈를 타작마당까지 안고 왔을 때 의외로 곰보 할아버지도 소를 끌고 그곳에 도착해 있었다.

"빨리 올려!"

외뿔소가 온전히 서지도 못했는데 사람들은 량즈를 소 등에 가로로 올렸다. 그토록 떠들던 사람들이 순식간에 쥐 죽은 듯이 조용해졌다. 그 순간에는 오로지 외뿔소가 움직일지 여부에만 집중했다.

사실여부는 알 수 없지만 이곳의 사람들은 아이에게 살 희망이 있으면 소가 움직이고 그렇지 않을 경우 채찍으로 소 엉덩이를 아무리 때려도 소는 한 발자국도 앞으로 움직이지 않는다고 했다. 사람들은 숨을 죽이고 외뿔소를 쳐다보았다. 량즈 어머니조차 울음소리를 내지 않았다.

그때 외뿔소가 "음메"하고 울더니 앞발로 불안하게 땅을 후볐다. 그러나 앞으로 나아가려 하지는 않았다.

곰보 할아버지가 소의 목줄을 꼭 잡고 흐리멍덩한 눈으로 외뿔소의 두 눈을 주시했다.

소가 마침내 타작마당의 변두리를 따라 천천히 움직였다. 사람들이 둥글게 큰 원을 이루었다.

량즈 어머니가 쉰 목소리로 외쳤다.

"량즈야, 우리 보배 같은 아들아! 얼른 돌아 오거라!"

"량즈야, 얼른 돌아오너라!"

어른들과 아이들도 그의 어머니를 따라 외치면서 외뿔소를 유심히 지켜 보았다. 그들은 소가 빨리 달리기를 간절히 바랐다. 소가 빨리 달릴수록 등 위의 아이가 살 확률이 높다고 전해졌기 때문이다.

곰보 할아버지에 목줄이 잡혀 있는 소가 마침내 달리기 시작했다. 고개 를 수그리고 타작마당의 변두리를 따라 "헉헉"거리며 돌았다. 한참 지나니 소 발굽 흔적이 한데 겹쳐지고 먼지가 흩날리기 시작했다.

"량즈야, 돌아와라!"

부름소리가 여기저기서 들렸다. 마치 어디론가 노닐러 간 영혼을 부르는 것 같았다. 외뿔소도 이제는 늙었다. 한참 달리고 나니 입에서 흰 거품이 튕겨 나왔고 코로 숨을 거칠게 내쉬었다. 그러나 사람들의 마음을 알기라 도 하다는 듯 발걸음을 늦추지 않고 최선을 다해 달리고 또 달렸다. 량즈 가 소 등 위에서 떨어지지 않도록 붙잡고 있는 사람은 마을에서 힘이 가장 센 아저씨였다. 예전에 그는 타작마당에서 굴레를 들고 세 바퀴를 걸은 적 도 있었다. 이토록 힘이 센 아저씨였지만 그도 숨이 가빠서 헐떡거렸다.

이렇게 한참을 달린 뒤였다. 외뿔소가 갑자기 "음메"하고 울부짖더니 풀 쩍풀쩍 뛰면서 속도를 냈다. 그 아저씨도 헉헉 거리며 따라서 빨리 뛰다보 니 몸에서는 땀이 비 오듯 쏟아졌다. 외뿔소의 속도가 얼마나 빠른지 자칫 량즈를 잡고 있던 손을 놔버릴 뻔 했다.

곰보 할아버지의 상태는 가히 짐작할 수 있을 것이었다. 얼굴색이 잿빛으 로 되었고 갸름한 아래턱으로 땀방울이 주르륵 주르륵 흘러내렸다. 그는 이를 악물고 있는 힘껏 두 다리를 옮겼다. 눈을 가느스름히 감으면서 흐리

멍덩한 상태로 소를 따라다녔다. 얼굴에는 고통이 그대로 묻어났다. 몇 번이고 하마터면 넘어질 뻔 했다. 그때마다 손으로 땅을 짚어 지탱하고는 비틀거리며 다시 몸을 일으켰다. 그럼에도 그는 여전히 외뿔소의 목줄을 꽉 쥐고 달렸다.

곰보 할아버지가 안 되겠다고 생각한 한 아저씨가 뛰어 들어가 대신 외뿔소 목줄을 잡겠다고 했다. 그러나 곰보 할아버지는 팔꿈치로 그를 확 밀어냈다.

소가 달리고 곰보 할아버지도 따라 달렸다.

소 등 위의 량즈가 갑자기 물 한 모금을 토해내더니 "와"하고 울음을 터뜨렸다.

"량즈야!"

사람들이 좋아서 환호성을 질렀다. 아이들도 서로 부둥켜안고 풍풍 뛰면서 기뻐했다. 량즈 어머니가 아들을 향해 달려갔다.

외뿔소는 그 자리에 멈춰 섰다.

곰보 할아버지는 고개를 들어 살아난 량즈를 쳐다보고 나서야 꽉 쥐고 있던 소의 목줄을 손에서 놓았다. 목줄이 그대로 땅에 떨어졌다. 그는 두 손으로 이마를 감싸고 앞을 향해 터벅터벅 걸어갔다. 아마 잠깐 쉬고 싶었을 것이다. 그러나 방금 전 젖 먹던 힘까지 다 써버린 탓에 비틀거리더니 그대로 땅에 넘어졌다. 누군가 얼른 달려와 그를 부축했다. 그는 멀지 않은 곳의 풀 더미를 가리켰다. 사람들은 바로 그의 뜻을 알아챘다. 풀 더미로 가서 휴식하고 싶었던 것이다.

사람들은 그를 풀 더미까지 부축해갔다.

사람들은 모두 량즈를 둘러싸고 있다. 량즈가 어머니의 품에서 천천히 눈을 떴다. 어머니는 아들의 머리를 품으로 와락 당기면서 대성통곡했다. 억울한 일을 당한 것 처럼 량즈도 덩달아 울었다. 사람들도 이제야 안도의 숨을 내쉬었다. 량즈가 돌아왔다!

외뿔소가 "음매-음매"하고 울었다.

"붉은 댕기를 동여매거라."

한 할아버지가 말했다.

이곳의 풍속에 따라 소가 아이를 구하고 나면 그 아이가 소뿔에 붉은 댕기를 동여매야 했다.

다행이라서 그런지, 아니면 소가 아이를 구해 영광스러운 일이라고 생각해서 그런지, 아니면 하느님께 감사의 뜻을 표하기 위한 의미로 그러는 것인지는 아무도 몰랐다. 붉은 댕기를 소뿔에 동여매는 이유에 대해 이곳 사람들은 명확한 해석을 내놓지 못했다. 다만 소가 사람을 구하고 나면 붉은 댕기를 동여매야 한다는 것만은 알고 있었다.

량즈 가족은 바로 붉은 댕기를 가져왔다. 사람들은 그들이 긴 외뿔에 붉은 댕기를 동여매는 모습을 조용히 지켜보았다.

량즈가 깨끗한 옷으로 갈아입었다. 그토록 긴장해 있던 타작마당의 분위기도 어느덧 누그러졌다. 놀라서 허둥지둥 대던 사람들도 안도의 숨을 내쉬었다.

"정말 위험할 뻔 했어, 조금만 더 늦었더라면……"

노인들은 기회를 놓칠세라 아이들을 엄하게 타일렀다.

"방금 봤지? 물가에 절대로 가서는 안 된다!"

사람들도 이제는 하나, 둘 돌아갈 준비를 했다.

외뿔소가 하늘을 향해 "음매-음매" 울더니 풀 더미에서 내려와 꼬리를 흔들거리며 여러 번 왔다 갔다 했다.

"아, 곰보 할아버지……"

사람들은 갑자기 그를 떠올렸다. 누군가 그곳으로 걸어가 그를 불렀다.

"곰보 할아버지!"

풀 더미에 등을 기대고 있는 곰보 할아버지의 얼굴은 비스듬히 하늘을 향해 있었다. 나른해진 두 팔을 힘없이 축 드리운 채 눈을 감고 있었다. 곰보 얼굴의 땀은 바람에 말려져 한 갈래 한 갈래의 흰색 땀자국으로 되어 있었다.

"곰보 할아버지!"

"힘들어서 잠들었나봐!"

그 말을 알아듣기나 한 듯이 외뿔소가 입으로 곰보 할아버지를 밀었다. 마치 주인을 깨우려는 것만 같았다. 주인이 일어나지 않자 소는 또 왔다 갔다 하면서 "음매-음매"하고 울어댔다.

이때 한 노인이 갑자기 곰보 할아버지 얼굴에서 뭔가를 발견한 듯 인파를 헤치고 곰보 할아버지에게로 다가가 손을 그의 코밑에 대 보았다. 손을 부들부들 떨던 노인이 한참 후에 쉰 목소리로 말했다.

"죽었어!"

타작마당은 삽시간에 쥐 죽은 듯이 조용해졌다.

그는 늙은 탓에 몸이 많이 줄어들어 있었다. 회백색의 머리에는 풀 부스러기가 묻어 있었고, 얼굴은 야위어서 홀쭉해져 있었다. 너무 약한 탓에 잇몸이 돌출되어 있었고, 누르스레한 이가 약간 보였다. 얼굴에는 방금 전 죽을힘을 다해 외뿔소를 끌었다가 남긴 고통이 어렴풋하게 남아 있었다.

어찌된 영문인지 사람들은 오래도록 그 자리를 떠나지 않았고 아무 말도 하지 않았다. 옛 일을 회고하는 것 같기도 하고, 마음속 깊이 뭔가를 생각하는 것 같기도 했다.

아들을 안고 있던 량즈 어머니가 먼저 울음을 터뜨렸다.

"곰보 할아버지! 곰보 할아버지!"

힘이 가장 센 아저씨가 힘껏 그를 흔들어보았지만, 그는 영원히 그대로 잠들어 버렸던 것이다.

별안간 많은 사람들이 울기 시작했다. 비통함에는 후회와 미안함이 묻어나 있었다.

외뿔소가 타작마당에서 정신없이 날뛰더니 곰보 할아버지 옆으로 다가가 조용히 엎드렸다. 그의 두 눈에서 투명한 액체가 반짝이었다.

"설마 소가 눈물을 흘리고 있는 걸까?"하고 사람들은 생각했다. 외뿔소는 곰보 할아버지랑 수십 년을 함께 지냈다. 곰보 할아버지가 그의 뿔 하나를 끊어버리긴 했지만, 만약 사람의 마음을 안다면 곰보 할아버지를 영원히 미워하지는 못할 것이다.

외뿔소를 금방 사왔을 때의 일이다. 그때 한 아이가 물에 빠졌었다. 소가 타작마당으로 가는 내내 주인의 말을 잘 듣지 않았다. 떼를 쓰며 걷지 않거나 마음대로 날뛰었다. 겨우 타작마당까지 끌고 갔는데 그곳에서도 이리저리 날뛰면서 뿔로 사람을 마구 찔러댔다. 그 바람에 당연히 그 아이는 구조되지 못했다.

"그 아이는 시간이 지체되어 죽었다"며 누군가가 탄식했다. 바로 그날 곰보 할아버지가 소의 뿔 하나를 잘라냈던 것이다. 그리고 바로 그날 소는 마을사람들보다 더 빨리 주인을 알게 되었다.

마을에서 힘이 가장 센 아저씨가 곰보 할아버지를 업고 삼림을 향해 터벅터벅 걸어갔다. 그의 뒤로는 침묵을 지키는 긴 대오가 지켜보고 있었다.

매장하려고 그에게 옷을 갈아입힐 때 품에서 면 꾸러미가 떨어졌다. 사람들이 열어보니 그 속에는 빨간 댕기 10개가 들어 있었다. 량즈까지 합치면 외뿔소가 11명의 어린 생명을 구했다는 것을 의미했다.

곰보 할아버지를 매장한 이튿날, 마을 애들은 삼림 속 초가집이 무너진 것을 발견했다. 이를 본 어른들은 아마도 외뿔소가 무너뜨렸을 것이라고 예측했다.

그날 외뿔소가 갑자기 사라졌다. 며칠 후 배를 타고 고기잡이를 떠났던 몇 몇 아이들이 모래톱에서 죽은 외뿔소를 발견했다. 외뿔소의 몸이 반쯤 물에 잠겨 있었다. 사람들은 소가 강을 지나 곰보 할아버지가 매장되어 있는 맞은편 기슭의 들판까지 헤엄쳐 가려 했지만, 강 중심까지 가고는 더는 힘이 모자라 물에 빠져 죽은 것이라고 짐작했다.

그의 외뿔은 하늘을 향해 곧게 세워져 있었다. 외뿔에 매여진 열한 번째의 빨간 댕기가 강바람에 펄럭이고 있었다.

Part 2

해우(海牛)

해우(海牛)[02]

1

그의 집에서 소를 사려고 했다.

이곳에서 서쪽으로 3백리는 갈대가 우거진 늪이고, 동쪽으로 3백리는 끝없이 펼쳐진 바다다. 이곳의 소는 2가지 종류로 분류된다. 갈대가 우거진 늪에서 데려온 소를 '탕우(蕩牛)'라 하고, 바닷가에서 데려온 소를 '해우(海牛)'라고 불렀다. 몸집이 작고 힘이 약한 탕우는 자그마한 굴레를 씌워 짐을 나르게 해도 숨을 헐떡거리고 입가에 흰 거품이 생겨날 뿐만 아니라, 어깨는 마치 물에 가라앉은 배처럼 옆으로 비스듬히 처지게 된다. 그러다 보니 탕우는 늘 사람들에게 무시를 당하곤 했다. "히히, 탕우네!" 애들조차 늘 엄지손가락으로 코를 누르며 놀렸다. 가격이 저렴한 것이 유일한 장점이었다.

'해우'는 해변의 모래사장에서 방목해 기른 소로, 해변 가의 갈대를 먹고 자란다. 이런 소는 골격이 크고 몸집이 건장하다. 성격이 마치 바다처럼 사납고 힘도 어찌나 센지 무거운 쟁기가 아무리 단단한 흙속에 꽂혀 있어도 재빨리 끌어당겨 달리면서 사방으로 진흙을 튕긴다. 쟁기를 부축하던 남성들도 힘들어서 숨을 헐떡이고 땀을 비 오듯 흘린다. '해우'는 서 있는 것만

---

02) 해우 : 해변의 모래사장에서 방목해 기른 소로 해변 가의 갈대를 먹고 자란다. 이런 소는 골격이 크고 몸집이 건장하다.

으로도 의기양양한 기세를 풍긴다. '해우'의 고삐를 잡고 있는 주인의 얼굴에는 자랑스러움과 오만함이 묻어나 있다.

그의 집에 황무지가 생겨났다.

할머니께서 말씀하셨다.

"손자에게 소를 사 줘야지!"

해우를 사려는 것이었다. 할머니는 비틀거리며 돈을 숨긴 검은색 도자기 관을 들고 걸어오며 그에게 물었다.

"정말 공부하지 않을 거니?"

"제가 얘기했잖아요, 고등학교에 입학하지 못했다고요."

할머니는 앞을 보지 못하신다. 그러나 그 시각 할머니의 눈빛에서는 의구심이 느껴졌다.

"선생님께서 여러 번 집까지 찾아와 손자의 성적이 좋다고 칭찬 하시곤 했는데 왜 진학하지 못한 거지?'

그는 그런 할머니를 보며 속이 상해서 고개를 더 떨구었다……

이 세상에서 그의 유일한 가족은 앞을 못 보시는 할머니뿐이다. 그가 세 살 때 아버지가 병으로 돌아가셨고, 그 뒤로 1년 후 어머니마저 병으로 세상을 떠나셨다. 어머니를 매장하던 날 할머니는 마치 갓 난 병아리처럼 오들오들 떨고 있던 그를 품에 꼭 껴안아 주셨다. 어머니를 고이 모신 관이 멀리 떠나는 입구에 앉아 할머니는 손으로 그의 부드러우면서 술이 적은 노란 머리를 쓰다듬어 주셨다. 할머니는 고통스러운 표정으로 어두침침한 하늘을 올려다보면서

"무서워하지 말거라!"

하고 말씀하셨다. 앞이 보이지 않는 할머니께서 홀로 그를 15살까지 무탈하게 키우셨다. 이제 할머니도 늙으셨다.

그날 할머니는 새끼를 꼬는 데 쓰는 볏짚을 쇠망치로 두드리며 부드럽게 만드셨다. 그런데 어찌나 많이 쇠망치 질을 했는지 힘없는 손에서 쇠망치가 미끄러져 나가 경직되어 있는 다른 손에 떨어졌다. 살이 터져 검은 자주색 피가 손가락 틈 사이에서 한 방울 한 방울 금빛 볏짚에 떨어졌다. 할머니는 덜덜 떨면서도 쇠망치로 계속 두드리려고 했다. 언뜻 피를 본 그는 재빨리 달려와 할머니의 손을 잡고 입으로 손가락에 난 피를 살살 빨았다.

"할머니, 어찌된 일이세요?"

할머니는 웃으며 말했다.

"쇠망치가 손에 떨어졌구나!"

그는 처음으로 할머니를 유심히 바라보았다. 할머니의 앙상한 두 어깨가 불룩 튀어 올라와 있었고, 흰 머리는 그물처럼 얼기설기 엉겨 있었으며, 어두운 색을 띤 얼굴에는 주름살이 자글자글 생겨나 있었다. 이제는 이가 빠져 두 볼이 푹 패여 들어갔고, 얼굴 근육이 느슨해졌을 뿐만 아니라 입가도 축 처져 있었다. 두 손의 관절은 굵어지고 변형되어 곧게 펴기도, 한데 모으기도 어려웠다.

할머니의 뒤에는 새끼가 무더기로 쌓여 있었다.

그는 할머니의 손을 놓고 새끼를 잡아당겼다. 손에 힘이 없었던 탓에 할머니가 꼰 새끼는 듬성듬성했다. 그가 두 손으로 새끼를 누르면서 한데 모으자 새끼는 두 갈래로 갈라졌다. 예전에는 새끼를 바로 꽈배기 모양으로 꼬았었다. 사람들은 늘 할머니가 꼰 새끼를 보고 "쇠꼬챙이"같다며 칭찬을 아끼지 않았다.

이제 할머니가 만든 새끼는 아마 팔리지도 않을 것 같았다. 하지만 할머니는 여전히 새끼를 만들어 높이 쌓아올렸다.

그는 새끼를 버리고 고개를 푹 숙인 채 그늘진 강가로 향했다.

이튿날 그는 눈을 감고도 틀리지 않을 문제를 몽땅 틀리게 써버렸다……

"어찌된 일이냐?"

할머니가 그를 지그시 바라보며 물었다.

"할머니 모은 돈으로 해우를 사려고요?"

그가 말했다.

할머니는 어릴 때부터 밥을 한 술 한 술 떠먹여 키운 손자가 대체 어떻게 생겼는지 조차 모른다. 할머니가 손을 뻗어 손자의 몸을 더듬었다.

그는 약간 부끄러웠다.

아직은 신체 발육이 다 되지 않아 몸이 아주 허약했다. 목, 팔, 다리가 모두 가늘었고 가슴도 여느 애들처럼 평평했다. 그러나 성품은 곧고 강했으며, 눈은 아주 맑아 초롱초롱 했다. 몸을 예리한 칼로 깎은 듯 야위었지만 생기가 흘러넘쳤다.

할머니가 검은색 도자기관을 그에게 건네주었다.

"소 한 마리는 살 수 있을 게다."

"세어 볼까요?"

할머니께서 손을 흔들었다. 10여 년간, 할머니는 거의 쉬지 않고 새끼를 꼬아 팔아서 번 돈을 아껴서 한 푼 두 푼 검은색 도관에 모아왔다. 그러기에 할머니는 영원히 이 숫자를 잊지 못했던 것이다.

"700위안 이야!"

"더퀘이(得魁) 아저씨께 바다에 가서 소를 끌고 오시라고 부탁을 드려보렴."

해우를 끌고 오는 일이 아주 큰일이라 생각해서인지 할머니의 마음을 어투에서도 느낄 수 있었다. 그때 앞이 보이지 않는 눈도 반짝반짝 빛나는 것만 같았다.

"왜 남한테 부탁을 해요?"

할머니께서 고개를 저으며 손자가 끌고 오기에는 무리라고 생각했다.

이제 15살밖에 안 된 유일한 손자에게 이토록 큰일을 맡기기에는 마음이 놓이지 않았기 때문이었다. 차를 타고 하루를 가야 할 뿐만 아니라, 소를 몰고 밤낮으로 3일은 걸려야 돌아올 수 있었으니. 게다가 할머니는 눈이 보이지 않아 평소 손잡이가 되어주고 있는 손자와 떨어질 수도 없는 형편이었기 때문이었다.

"난 앞이 보이지 않잖니? 불을 지피고 끓이다가 불꽃이 마른 장작에 떨어지기라도 한다면 우리 초가집은……"

그는 아무 말도 하지 않았다. 그날 저녁 그는 할머니를 단짝친구들에게 부탁했다. 그러고는 늦은 밤, 돈을 갖고 조용히 집 문을 나섰다……

2

해변 가 사람들은 놀랍고도 의구심이 가득 찬 눈초리로 그를 바라보면서 물었다.

"소를 사려고 그러니? 네가?"

"저 돈 있어요!"

앳된 얼굴이 홍당무처럼 화끈 달아올라 있었다. 그는 해변 가 사람들을 바라보면서 강경한 말투로 대답했다.

햇빛에 그을려 피부가 고동색을 띤 아저씨가 그의 앞으로 다가섰다. 그의 다리는 짧고도 굵었으며 넓은 어깨는 마치 평지를 방불케 했다. 팔 근육이 울뚝불뚝 튀어나와 공 모양을 이루었고, 자그마한 눈에서는 해변 사람들에게만 느낄 수 있는 야만성이 드러나 있었다.

갈대숲이 울창하게 우거져 있었다. 초가집이 바다 바람에 떨고 있었다. 갈대 사이로 반짝이는 바닷물이 보였다. 얼핏 보면 해변 가는 아주 고요한 듯 했다. 그러나 천지가 떠나갈 듯한 아저씨의 부름소리에 갈대숲에 엎드리고 있던 소가 놀라서 벌떡 일어났다. 그 모습은 마치 검은색 산봉우리가 평지에서 갑자기 솟아오르는 것 같았다. 그 아저씨가 또 다시 외치자 '산봉우리'가 움직이기 시작했다. 소가 먼 바다를 향해 미친 듯이 내달리는 바람에 갈대가 쪼개지고 발굽 아래에서 "뚝-뚝" 끊어지는 소리가 났다.

아저씨가 그를 끌고 굵은 팔뚝으로 갈대를 가르며 뒤쫓아 갔다. 그도 바싹 뒤따랐다. 소 무리는 바다와 갈대 사이의 빈 갈색지대로 몰려들었다. 축축한 해변 가에는 혼잡한 발자국 흔적만 수없이 남았다.

아저씨가 자리에 앉더니 물었다.

"너, 어느 소를 사고 싶니?"

그는 바로 대답하지 않고 눈앞의 모습만 멍하니 바라보았다. 유리구슬처럼 반짝이는 소들의 툭 튀어나온 눈에서는 통제할 수 없는 야성이 느껴졌다. 바다 바람에 금황색으로 된 소털은 햇빛에 유달리 반짝였다. 쇠 발굽으로 얼마나 세게 내리쳤는지 바닷가도 약긴 흔들리는 것 같았다.

"결정했니?"

그는 여전히 대답하지 않았다. 이제 15살이 되었으니 일을 처리할 때 마음을 가라앉히고 노련하게 대처해야 한다고 생각했다.

청회색의 하늘이 먼 곳의 바닷물과 서로 연결되더니 갑자기 이곳 사람들의 머리 위를 향해 높이 날아올랐다. 한 무더기 한 무더기의 은색 구름은 마치 하늘로 솟아오른 먼 곳의 파도가 바람에 밀리면서 사람들의 머리 위를 향해 피어오르는 것만 같았다. 끝없는 바다의 물결이 세차게 출렁이며 무서운 소리를 냈다. 거대한 파도가 바닷가를 향해 거센 물결을 감아올리며 암녹색의 담을 형성하더니 바닷가로 세차게 내동댕이쳐 흰 거품만 바닷가에 남겼다. 그리고는 또 암녹색의 물결이 담을 형성해 밀려오더니 다시 사라졌다……

그는 소를 사러 왔다는 것마저 까맣게 잊어버린 채 물결이 세차게 출렁이는 바다만 오랫동안 바라보았다. 그리고는 바닷가에서 파도소리를 들으며 자란 소를 쳐다보았다. 이마에 드리운 거친 검은 머리가 바닷바람에 계속 흩날렸다.

"소 안 살게냐?"

아저씨가 물었다. 그가 일어서면서 답했다.

"여기에서 제일 크고 용맹한 소로 주세요!"

아저씨가 괴이하게 웃더니 그를 향해 머리를 끄덕였다. 그도 아저씨를 향해 고개를 끄덕였다. 아저씨가 자리에서 벌떡 일어나더니 소떼를 향해 달려갔다. 소떼들이 사방으로 질주했다. 송아지 한 마리가 넘어져 "음매-음매" 하고 울부짖더니 일어나 다시 도망쳤다. "타닥타닥" 쇠 발굽 소리가 한데 모여 "우르르" 하는 소리가 났다.

그는 귀밑털이 까만 큰 소 한 마리에 눈독을 들였다. 그 소는 번개처럼 그의 주변에서 도망쳤다. 그는 그 자리에서 꼼짝도 하지 않았다.

그 소는 바다를 향해 미친 듯이 질주했다. 푸르른 물결과 드높은 파란 하늘에 비쳐 더욱 위엄 있어 보였다.

"바로 저 소다! 저 소야!"

그는 마음속으로 외쳤다. 큰 소가 바다로 돌진했다. 넘실거리는 물결이 덮치는 바람에 갑자기 소가 사려졌다. 소의 몸에 부딪힌 파도가 거품으로 되어 버렸다. 소가 하늘을 향해 머리를 쳐들고는 "음매-음매" 하고 울었다. 울음소리가 "쏴-쏴-"하는 파도소리와 한데 어우러져 더욱 무섭게 들렸다.

아저씨가 뒤쫓아 갔다. 큰 소가 해변의 옅은 조수를 따라 미친 듯이 달리는 바람에 물보라가 아저씨의 얼굴에 튕겼다. 급해진 아저씨가 허리에 매고 있던 동그란 모양의 밧줄을 풀어 소를 향해 뿌렸다. 어느 쪽으로도 기울지 않고 밧줄이 소의 목에 걸렸다. 큰 소의 힘이 어찌나 센지 아저씨가 끌려 넘어졌다. 그러나 소도 두 다리를 꿇고 넘어졌다. 소가 일어나기도 전에 아저씨가 잽싸게 소의 목에 뛰어올라 어릴 적부터 코에 걸어놓았던 동으로 된 고삐를 잡아당겼다. 큰 소가 일어나 계속해서 달리면서 머리를 세차게 흔들었다. 목에 탄 아저씨를 떨어뜨리려는 것이었다. 아저씨는 한 손으로 소의 목을 꽉 잡고 다른 한 손으로는 재빨리 동 고삐에 밧줄을 걸었다. 그리고 밧줄의 다른 한 쪽을 당기면서 옆으로 폴짝 뛰어내렸다. 그러자 고삐가 팽팽하게 잡아당겨졌다. 코로 고통스러운 울음소리를 내는 소가 아저씨를 중심으로 풀쩍풀쩍 뛰면서 뱅뱅 돌았다. 아저씨가 고삐를 천천히 잡아당겼다. 큰 소는 난폭하게 발굽을 구르더니 뿔로 흙을 뒤집었다. 그러더니 마침내 자리에 멈춰 섰다.

아저씨가 숨을 헐떡거리며 소를 끌고 그를 향해 걸어갔다.

"얘, 이 소면 되겠냐?"

그는 소를 바라보았다. 소의 눈은 검은색을 띠었다. 콧바람이 얼마나 센지 양 옆의 들풀마저 쓰러졌다. 코끼리의 거대한 이를 방불케 하는 뿔이 양 옆으로 힘 있게 뻗었다가 위로 예쁘게 휘어져 있었다. 각질이 단단하고 흑광이 반짝였으며, 뿔이 어찌나 예리한지 약간 걱정되기도 했다. 몸은 마치 금속처럼 단단해 보였다. 가슴이 넓고 근육이 발달했을 뿐만 아니라, 등의 윤곽선은 마치 칼로 베어낸 직선과 같았다. 굵고 긴 꼬리를 계속 흔들거리면서 "탁탁"소리를 냈다. 힘이 어찌나 센지 갈대가 꼬리에 맞혀 볼품없이 쓰러졌다.

아주 잠깐 동안이지만 그는 약간 겁이 나 두 손으로 어깨를 감쌌다. 그러나 아저씨의 조롱 섞인 눈빛을 보는 순간 그는 말했다.

"마을로 들어가시지요."

그의 목소리는 분명 떨리고 있었으며 삼대 같이 가는 다리는 저도 모르게 후들거렸다. 아저씨가 이를 보더니 "하하" 웃으며 소를 마을까지 끌고 갔다.

많은 사람들이 이들을 둘러싸고 구경했다.

아저씨가 물었다.

"정말 살 거니?"

"그럼요. 사야지요!"

"700위안이다."

아저씨는 그들이 상의해서 정한 가격을 그에게 알려주었다.

그는 줄을 해서 목에 걸고 온 돈지갑을 꼭 잡고는 긴장한 듯 아저씨를 쳐다보았다.

"돈을 그렇게 많이 가져왔냐?"

아저씨는 두터운 입술을 깨물며 웃었다. 여러 사람들을 둘러보던 그는 돈지갑을 더욱 세게 잡았다. 아저씨가 다른 사람들을 향해 말했다.

"됐다. 소를 다시 해변으로 돌려보내야겠군. 어른들이 어찌 700위안이나 되는 돈을 머리에 피도 안 마른 꼬맹이에게 주겠는가? 난 그저 재미삼아 데리고 온 것뿐이라 네"

그러더니 이번에는 그를 향해 말했다.

"얘, 너 지금까지 돈을 얼마나 만져봤어? 7백까지 셀 수는 있니? 네가 소를 사겠다고? 가서 애들과 개나 찾아서 놀거라. 하하하……"

그러면서 쇠고삐를 풀려고 했다. 그 말에 해변의 사람들도 따라서 히죽거리며 웃었다.

"하하하……"

아저씨로부터 쇠고삐를 확 잡아당긴 그는 예리한 이로 돈지갑을 묶어 걸었던 끈을 물어 끊고는 그들을 향해 돈지갑을 홱 던졌다.

아저씨는 한쪽 눈을 지그시 감고 그를 바라보았다. 마치 뭔가를 본 듯한 표정이었다. 한참이 지나 그는 돈지갑을 주어 손에 쥐고는 아저씨를 향해 소리쳤다.

"여기 있어요!"

돈더미를 본 그는 얼굴이 후끈 달아올라 빨개졌다. 그는 꼬마에게 한 수 당했다는 듯이 코를 벌렁거렸다. 손에 침을 발라가며 돈을 다 센 아저씨가 어색한 미소를 지었다. 아저씨를 흘겨본 그는 소를 끌고는 인파를 밀어 제치며 집으로 향했다.

지팡이를 짚은 한 노인이 말했다.

"쟤가 저 짐승을 집까지 데려갈 수 있을까? 누군가 도와줘 하지 않겠나?"

그 말이 떨어지기 바쁘게 아저씨가 뒤쫓아 가며 진심을 다해 말했다.

"너 제법이구나. 네가 마음에 든다. 그래! 널 도와 소를 집까지 데려다주지!" 그러나 그가 못 본체 하자 아저씨가 연신 설명했다.

"너를 얕잡아 봐서가 아니라 소가 너무 흉악해서 그래! 넌……아직 그럴 힘이 없잖아……"

"할 수 있다고요."

그는 쇠고삐를 꽉 잡았다. 이상하게도 소는 전혀 날뛰지 않고 온순한 어미 말처럼 그의 뒤를 따라갔다.

"집으로 돌아갈 돈은 있니? 돈을 좀 깎아 줄까?"

아저씨가 말했다. 그는 고개를 돌려 아저씨를 보더니

"있어요!"

라고 짧게 말했다. 그리고 몇 발자국을 더 걸어가더니 다시 고개를 돌려 손을 입가에 대고 말했다.

"아저씨! 방금 소를 붙잡던 모습이 너무 멋있었어요!"

그 소리가 드넓은 들판에서 멀리멀리 메아리쳤다. 망망한 들판에 여음이 천천히 사라지자 또다시 고요함이 찾아왔다. 그들은 한참 동안이나 서로를 마주봤다. 그는 고개를 끄덕이더니 몸을 돌려서는 큰 길을 따라 서쪽으로 갔다. 소가 소금 흔적으로 얼룩진 황토 길에 하나 또 하나의 발굽흔적을 깊이 새겼다.

아저씨는 그를 향해 계속 손을 흔들며 그와 소가 망망한 황야에서 보이지 않을 때까지 오래도록 지켜봤다……

3

웅장한 수소 옆에 서니 그는 더욱 왜소해 보였다. 누가 보아도 수소가 난폭해져 마구 날뛴다면 그를 쉽게 휘감아 어느 모퉁이로 내동댕이칠 수 있을 거라는 걱정이 앞설 정도였다. 그는 자신이 초조하게 뭔가를 기다리고 있다는 것을 느꼈다. 그러나 오전 내내 아무런 이상한 기미도 없었다. 그 소는 조용히 그의 뒤를 따라갔다. 그가 고개를 돌려 툭 튀어나온 소의 눈을 보는 순간 갑자기 모종의 불안함과 동시에 잠재되어 있던 위기감을 감지했다. 그는 기가 허해지는 느낌이 들어 자신감이 떨어졌고, 심지어 예기치 않은 공포감이 밀려오는 것 같았다. "왜 이 소를 골랐지?" 그는 후회하기 시작했다.

그는 노래 한 곡을 부르고 싶었다. 그러나 부를 줄 아는 노래가 없었다. 오후가 되자 소가 그를 귀찮게 하기 시작했다. 더는 참을 수 없다는 듯이 코 투레질을 하기 시작했다. 바짝 긴장한 그는 쇠고삐를 더욱 꽉 틀어쥐고는 수시로 고개를 돌려 소를 관찰했다. 소가 초조한 듯 머리를 한참 돌리더니 힘을 주면서 떡하니 버티고 가려 하지 않았다.

그가 쇠고삐를 잡아 당겼지만 꼼짝달싹도 하지 않았다.

"안 가?"

그는 위협적인 어투로 말했다. 소는 고집스레 우두커니 자리에 버티고 있었다.

"너 그대로 거기서 기다려!"

그는 바로 소에게 본때를 보여줘야 한다고 생각했다. 앞으로 갈 길이 멀고도 먼데 마음대로 놔둬서야 어찌 되겠는가! 그는 길옆의 나무에서 슬쩍 나뭇가지를 끊어 손에 쥐었다.

"갈 거야? 안 갈 거야?"

여전히 미동도 하지 않았다.

"좋다!"

그는 소에게 경고했다.

"안 가면 널 채찍질 할 거야!"

소가 오만스럽게 머리를 획 휘둘렀다. 그 바람에 그는 비틀거리며 길옆으로 밀려났다. 화가 난 그는 나뭇가지로 소를 사정없이 채찍질했다. 처음에는 참으며 꿈쩍도 하지 않았다. 그러더니 갑자기 앞으로 뛰어올라 그가 손에 쥐고 있던 고삐를 빼서 큰 길을 향해 미친 듯이 달려갔다.

"거기 서지 못해!"

그는 맨발로 죽을힘을 다해 뒤쫓아 갔다. 그의 부름소리에도 소는 전혀 멈출 생각 없이 파도처럼 몸을 흔들거리며 더욱 미친 듯이 달렸다. 뒷발굽으로는 진흙을 계속 튕겨댔다.

"거기 서! 안 서?"

그가 흙더미에 걸려 어찌나 세게 넘어졌는지 눈앞에서 별이 아물거렸다. 그는 팔꿈치로 몸을 지탱했다. 이마는 흙투성이가 되었고, 얼굴은 땅에 스쳐 벗겨졌으며, 코에서는 피가 흘러나왔다. 그는 앞에서 미친 듯이 내달리는 큰 소를 멍하니 바라만 보았다. 소의 머리가 보이지 않게 되었다. 반쯤 되는 두 갈래의 소뿔, 계속해서 뒤로 솟구치는 네 다리, 널따란 엉덩이에, 하늘에서 휘날리는 큰 꼬리만 보일 뿐이었다.

그가 땅에 엎드려 올려다보니 내달리는 소가 더욱 크고 위엄 있어 보였다. 그는 흘러내리는 코피를 손등으로 쓱 닦고는 기쁨이 섞인 목소리로 외쳤다.

"거기 서!"

그는 자리에서 벌떡 일어나 후다닥 뛰어갔다. 얼마나 멀리 뒤쫓아 갔는지 몰랐다. 소가 갑자기 멈춰 섰다. 시멘트다리를 건널 때 쇠고삐가 마침 시멘트 판 사이 틈새에 끼었던 것이다. 그는 숨을 고르며 소를 비웃었다.

"더 뛰지 그래! 왜 안 뛰는 거야?"

그는 다시 쇠고삐를 손에 잡았다. 그는 소를 한바탕 채찍질하고는 급히 길을 재촉했다. 그날 오후 걷고 뛰고 쇠고삐를 잡아당기고 소를 밀고 가면서 욕도 하고 땀도 흘렸다.

어둠의 장막이 점차 드리웠다. 이제 더는 발을 내디딜 힘조차 없었다. 그는 쇠고삐를 나무에 꽉 동여매고 나서 몸을 나무에 기대여 이레로 쭉 미끄러지더니 힘없이 풀밭에 누어버렸다. 그리고는 할머니가 준비해준 건량을 먹었다. 하늘에는 구름 한 점 없었다. 달과 별들이 마을과 들판, 그리고 하천을 환하게 비추었다. 멀리 내다보였을 뿐만 아니라 가까이에서는 심지어 풀뿌리도 어슴푸레 보였다. 멀지 않은 곳에 넓고 망망한 큰 강이 흘러 지나가고 있었다. 밤하늘 아래에서 "좔-좔-" 흐르는 물소리 외에는 아무 소리도 들리지 않았다.

이 시간은 오늘 하루 중 가장 조용한 때였다.

늦여름의 밤에는 서늘함이 느껴졌다. 게다가 생소한 타향의 들판이라 그는 잠을 들 수 없었다. 뭇별들이 반짝이는 밤하늘을 우러러 보며 그는 생각에 잠겼다. 우리 집은 어느 별 아래에 있을까? 할머니는 지금도 새끼를 꼬고 계실까?

할머니는 손자를 위해 추운 겨울이나 무더운 여름을 막론하고 10여 년 동안 새끼를 꼬았다. 그러다 보니 손의 껍질도 여러 층 벗겨졌다. 생활이 어려울 때는 쪽걸상에 앉아 밤을 새며 새끼를 꼬곤 하셨다. 방금 새로 자라난 손 껍질이 또 문질러져 벗겨지면서 피가 새어 나왔다. 그 모습을 본 그는 울고 싶었다. 그러면 할머니는 "무서워하지 말거라!"

하고 말씀하셨다. "지금까지 할머니가 꼰 새끼를 한데 연결한다면 얼마나 길까?"하고 생각하니 할머니가 보고 싶어졌다.

땅에 엎드려 있는 소도 뭇별이 반짝이는 밤하늘을 우러러 보고 있었다. 밤하늘 아래에서 그 두 눈방울은 더욱 빛이 반짝였고, 뿔 두 개도 더욱 길고 아름다워 보였다.

그는 몸을 소에게로 가까이 가서 반들반들한 소의 몸에 기대고는 친근하게 뒷목으로 소의 몸을 쓰다듬으면서 별 하늘을 바라보았다.

"할머니, 저랑 소를 기다려주세요!"

그는 지금 이 순간이 너무나 행복했다. 그는 갑자기 할머니가 하루 세끼 끼니를 홀로 준비하셨을 것을 생각하니 마음이 더욱 초조해졌다. 혹시 불꽃이 나뭇가지에 떨어지지나 않았는지?……

시간은 암흑 속에서도 조용히 흘러갔다. 언제인지 먼 곳의 강변에서 파도가 부딪치는 소리가 들렸다. 그에게는 마치 할머니가 풀을 두드리는 쇠망치소리로 들렸다. 거의 매일 밤, 그는 이런 쇠망치소리를 들으며 꿈나라로 갔었던 것이다.

몇 시나 되었는지 그는 추워서 잠에서 깼다. 강가에 서늘한 밤바람이 불어왔다. 그는 추위에 몸을 떨며 팔로 몸을 감쌌다. 할머니가 생각난 그는 바로 자리에서 벌떡 일어나 쇠고삐를 풀고는 또다시 길을 재촉했다.

달빛 아래에서 시원하게 불어오는 밤바람에 먼 곳에 서 있던 몇 그루의 밤나무 가지가 휘파람 소리를 냈다. 관목으로 우거진 숲 위로 밝은 빛이 반짝였다. 마치 아주 먼 곳에 소차를 몰고 가거나 풍차를 지키는 노인이 외로움을 달래기 위해 가사 없는 옛날 가락을 흥얼거리는 것 같았다.

언제인지 달님도 얼굴을 감추었다. 황야는 더욱 몽롱해지고 어두워졌다. 갈대·나무·포구 등 모든 것들이 허무한 존재로 되어 짐작하기조차 어려웠다. 먼 곳에는 녹색을 띤 도깨비불이 마치 유령처럼 배회하고 있다. 황량한 들판의 영혼들이 이 지대의 상공에서 유유히 떠다니며 탄식하고 있는 듯했다.

그는 소 옆으로 너 가까이 다가갔다. 어찌나 가까운지 소가 코로 내뿜는 더운 김이 손등에 느껴질 정도였다. 그는 노래를 부를 줄 모르지만 되는대로 흥얼거리기 시작했다. 앳된 콧소리가 밤하늘 아래에서 감돌았다.

강 위에는 다리가 없었다. 물결은 단잠을 자고 있었다. 아득한 강을 바라보며 그는 결단을 내리지 못하고 망설였다. "할머니에게 땔나무의 불똥이 튕기지는 않았을까?" 이런 생각이 계속 그의 뇌리에서 감돌자 그는 당장 소를 강으로 몰고 가 소 등 위에 올라탔다. 소가 강물을 헤치며 강 중앙을 향해 헤엄쳐 갔다. 얼마 지나지 않아 소의 몸뚱이도, 그의 하반신도 차가운 강물에 잠겼다.

별빛이 몽롱해지고 먼 맞은 편 기슭의 반짝이는 불빛도 점차 사라졌다.

안개가 피어오르기 시작했다. 하얀 강물이 점차 검은색으로 변하였다.

그는 강기슭으로 되돌아가고 싶었다. 그러나 소가 계속해서 강을 헤엄쳐 가도록 주먹으로 치면서 재촉했다. 투명한 안개가 마치 하늘거리는 얇고 부드러운 비단 같았다. 그러더니 점차 안개가 자욱하게 끼어 마치 젖은 나무가 타올라 피어오르는 연기처럼 하늘로 솟아올랐다. 소가 강 중앙까지 헤엄쳐 갔을 때는 안개가 더욱 짙어졌다. 삽시간에 천지가 짙은 안개에 휘감겨 한 오리의 별빛조차 투과할 틈이 없는 것 같았다. 막연한 안개가 고작 15살인 그를 감싸고 압박했다. 물소리가 안개 속에서 더욱 공허하게 느껴졌다. 그는 순간 마음이 조여들었다. 몸이 안개에 깔려 불쌍한 작은 점으로 되는 것처럼 느껴졌기 때문이다. 그는 주위를 둘러보았다. 완전히 포위된 상태였다. 그는 본능적으로 앞을 향해 몇 번인가 손을 휘저으며 밀쳐내려 했다. 그러나 밀어 내려고 해도 밀 수 없는 안개 앞에서 그는 할 수 있는 것이 아무 것도 없었다.

북방의 넓은 들판에서 바람은 더욱 세차게 불어왔다. 강물이 흔들리면서 "솨-솨"하는 파도소리를 냈다. 안개가 공중에 자욱하게 끼었고, 물새들의 처절한 울음소리가 들려왔다. 소는 마치 한 척의 조각배처럼 보이지 않는 파도 속에서 움직였다. 쇠뿔에 의해 산산이 부서진 파도가 무수한 물방울로 되어 그를 향해 튕기는 바람에 얼마 되지 않아 그의 옷이 흠뻑 젖어 가냘픈 몸에 착 달라붙었다.

15살이 되도록 이렇게 짙은 안개는 처음 보았다. 그것도 끝이 보이지 않는 강에서 이런 상황을 겪다보니 그는 더욱 긴장되었다. 그는 공포에 질린 눈으로 앞을 주시했다. 그러나 아무 것도 보이지 않았다. 검은 색 파도가 그를 덮칠 때면 그는 두 눈을 질끈 감았다. "혼자서 소를 사러 오지 말았을 걸"하고 그는 정말 후회되었다.

소가 계속해서 귀를 펄럭이며 흐느꼈다.

그는 몸서리치게 무서웠다. 순간 그는 하늘을 올려 보았다.

"별이 어디 갔지?"

그는 별 한 개, 아니 한 오리의 별빛이라도 반짝이기를 간절히 바랐다.

처음에는 스스로 가련하다고 생각했다. 그러다가 차츰 화가 났고 나중에는 영문도 없이 분노가 치밀었다. 그는 갑자기 하늘나라로 간 엄마, 아빠를 탓했다.

"왜 그렇게 빨리 날 두고 세상을 떠났어!"

안개는 마치 모양 없는 괴물처럼 용솟음치고 솟구쳐 그를 덮치고 마음대로 주무르는 것 같았다. 그는 갑자기 벌벌 떨며 소 등 위로 올라가 가늘고 긴 팔을 흔들며 망망한 강불을 향해 힘껏 외쳤다.

"할머니─!"

이 한 마디만 외쳤을 뿐인데 그는 삽시간에 목이 잠기고 진이 빠진 듯 몸이 나른해져 소 등에 엎드리고 말았다. 이 시각 그에게는 이 소뿐이었다.

그가 눈을 떴을 때는 이미 날이 밝아 있었다. 소가 높은 둑에 올라서 있었다. 붉게 물든 아침노을이 밝고도 평온한 강물을 따스하게 비추고 있었다.

"음매─음매" 소의 울음소리가 황량한 들판의 조용한 아침을 깨웠다.

4

이틀째 되는 날이다. 준비해온 건량도 다 떨어졌다. 배고프고 춥고 무섭고 소와의 계속되는 힘겨루기에 그는 거의 죽을 듯 기진맥진해졌다. 그는 당황한 나머지 식은땀이 주룩주룩 떨어지고 입술이 파래졌다. 다크 서클이 생겼으며 마치 눈 위에서 방금 태어난 새끼 양처럼 두 다리를 오돌 오돌 떨었다. 그의 발바닥은 닳아서 피망울이 생겨난 지 오래되었다. 그 시각 소는 그제 서야 자신의 위엄을 보여주려는 듯 했다. 마치 오랫동안 꿍꿍이를 해왔다는 듯이 그가 기진맥진할 무렵 자신의 위엄을 보여주려고 기다린 것만 같았다. 바닥에 엎드린 소는 그가 끌고 재촉해도 좀처럼 일어나려 하지 않은 채 긴 꼬리를 좌우로 흔들기만 했다. 꼬리가 땅에 스쳐 지나면서 자그마한 웅덩이가 생겼고 먼지가 사방으로 휠휠 날렸다. 그가 길옆에 앉아 숨을 돌리려고 하는 찰나 소가 갑자기 벌떡 일어나 앞으로 걸어갔다. 그 바람에 그도 하는 수 없이 자리에서 일어나 길을 재촉해야 했다. 소가 기와가 널려 있는 길로 뛰어 가는 바람에 그는 날카로운 기와조각에 발바닥이 찔렸다. 너무 아파 눈물이 날 것 같았다. 그러더니 한참 후에는 강물로 뛰어들었다. 방금 말린 그의 옷이 또 다시 물에 젖었다. 소는 제멋대로 주인을 괴롭혔다. 이때 진정한 '해우'에게서만 볼 수 있는 있는 흉악함과 야만성이 드러났다.

소를 더는 통제할 힘이 없었던 그는 소가 마음대로 날 뛰게 놔두었다. 그는 이를 악물고 비틀거리며 뒤를 따라갔다. 몇 번이나 넘어졌다가 다시 기어서 일어났다. 그는 입을 크게 벌리고 숨을 헐떡이었다.

얼굴이 누런색을 띄었고 짙은 다크 서클도 생겼다. 체내 수분이 심하게 부족한 탓으로 입술은 갈라 터져 피가 흘렀다. 몇 번이고 그는 이 소를 집까지 몰고 갈 수 없을 것이라고 느꼈다. 그래서 이제라도 수중의 쇠고삐를 풀어 소가 마음대로 뛰어가도록 풀어주고 싶다는 생각이 들었다.

먹구름이 온 하늘을 뒤덮었다. 처음에는 잔잔한 바람이 일더니 삽시간에 광풍이 들판에 몰아치며 마른 나뭇가지를 하늘로 휘감아 올렸다. 그 충격으로 주위에는 온통 나뭇가지가 뚝뚝 끊기는 소리뿐이었다. 광풍에 짓눌려 머리를 들 수조차 없는 그는 몸을 비스듬히 기울인 채 팔로 눈을 가리면서 소를 몰고 길을 재촉했다. 빗방울이 떨어지기 시작했다. 먼지투성이인 흙길에 먼지가 흩날렸다. 마치 질주하는 한 무리의 야생마 같았다. 그는 머리를 들고 흉악한 몰골을 드러낸 하늘을 바라보았다. 그는 소를 끌고 비바람을 피할 수 있는 곳으로 가려 했다. 소는 마치 제멋대로 행패를 부리는 절호의 기회를 찾은 것처럼 앞발굽으로 땅을 버티면서 좀처럼 주인을 따르려 하지 않았다. 눈 깜짝할 사이에 폭우가 쏟아졌다. 톱날 같은 번갯불에 하늘이 산산조각 날 것만 같았다. 심한 천둥소리와 더불어 흥분에 넘친 소는 "음매—음매"하며 소리 높이 울부짖었다. 비는 화라도 난 듯 더욱 세차게 퍼부었다. 주위는 온통 뽀얗게 되어 마치 물의 세계를 방불케 했다. 눈을 뜨기조차 힘들 정도로 내리는 폭우에 모든 것이 물에 잠겼다. 번갯불이 계속 강에 떨어졌고 불이 꺼질 때에는 "쉭—쉭"하는 소리가 났다.

웅장하면서면도 험악하고 장려하면서도 난폭했다.

그는 눈을 뜰 수가 없었다. "주르륵—주르륵" 흐르는 빗물에 그는 사래가 들려 숨까지 턱턱 막혔다. 바람은 보이지 않는 뿔처럼 그를 흉악하게 공격

해 쓰러트려 넘길 기세였다. 그는 쇠고삐를 더욱 꽉 틀어잡으며 힘겹게 소를 몰고 앞으로 나아갔다. 소가 폴짝거리며 걷다보니 뒷발로 튕기는 흙물이 그대로 그의 얼굴에 묻었다. 방금 빗물에 말끔히 씻겨도 또다시 흙물이 튕겼다. 소는 자꾸 꼬리를 흔들어 그를 후려쳤다. 그러나 그는 참을 수밖에 없었다. 소를 통제할 힘이 조금도 없었기 때문이다. 소가 쇠고삐에서 벗어나려고 점점 더 빨리 뛰었다. 바싹 마른 토양이 빗물에 씻겨 질퍽거렸다. 토양이 풀처럼 진득진득해져 이를 악물고 발걸음을 힘겹게 옮겨야 했다. 그는 계속 입을 벌리며 목구멍으로 빗물을 삼켰다. 또 넘어진 그는 소에 5미터나 끌려 나갔다. 소가 멈춰 섰다. 그는 흙물에서 발버둥 치다가 한참 후에야 겨우 일어났다. 소와의 관계를 개선하고 싶었던 그는 젖 먹던 힘을 다해 소의 앞까지 달려갔다. 끌려가지 않고 앞에서 소를 끌기 위해서였다. 난폭해진 소가 갑자기 머리를 뿌리쳤다. "툭"하는 소리와 함께 쇠고삐가 끊어졌다.

소가 땅에 벌러덩 엎어졌다. 그가 기어 일어났을 때 소는 이미 우막(雨幕)에서 사리진 뒤였다. 다급해진 그는 뱅뱅 돌면서 큰 소리로 외쳤다. 소가 울부짖었다. 왼쪽 50미터 되는 곳에 있는 것으로 예상되었다. 그는 방향을 바꿔 쫓아갔다. 한참 쫓아가서야 겨우 소의 그림자를 희미하게 볼 수 있었다. 그는 쓰러질까 두려워 길옆에서 나무막대기를 주워 짚고는 앞쪽의 거무스름한 그림자를 눈여겨보았다.

그는 소에 이토록 괴롭힘을 당하는 것이 너무 화가 났다.

소가 폭풍우 속에 우두커니 서있었다. 그는 소 앞까지 겨우 기어갔다. 그는 손으로 눈을 감싼 채 소 앞에서 울음을 터뜨렸다.

천둥소리가 "콰르릉—콰르릉" 울리고 폭우가 억수처럼 퍼부었다. 거만한 소는 그를 거들떠보지도 않았다. 그는 소를 우러러보며 흑흑 흐느껴 울었다. 날씨가 점점 더 악화되고 있었다. 그가 갑자기 소 앞에 무릎을 꿇었다. "음매—음매" 소가 하늘을 향해 고개를 쳐들고 울었다. 그러더니 고개를 바다 방향으로 돌렸다.

그는 여전히 멍한 표정으로 빗속에 무릎을 꿇고 있었다. 소는 점점 더 빨리 뛰었다. 마치 지금 당장 바다에 돌아가려는 듯 했다.

그는 두 주먹을 휘두르며 소리쳤다.

"꺼져! 꺼져! 얼른 꺼져버리라고!"

욕하고 나서 그는 벌떡 일어나 자신도 믿기지 않는 속도로 미친 듯이 쫓아갔다. 흙물에서 쇠 발굽이 "철커덕, 철커덕" 소리가 났다. 소가 제방을 향해 돌진했다. 그도 따라서 죽도록 뛰었다. 절반쯤 갔을 때 미끄러지면서 데굴데굴 굴러 떨어졌다. 강변을 따라 한참을 쫓아갔다. 소가 제방을 향해 더 돌진하더니 고개를 돌려 조롱하듯이 그를 쳐다보았다.

그는 또다시 진흙 속에 대자로 넘어졌다. 양 손으로 힘없이 진흙을 잡았다. 그는 천근만근 되는 것 같은 머리를 차디찬 진흙에 대고 살며시 눈을 감았다…… 그는 몽롱한 의식 속에서 할머니를 보았다.

"그 때 할머니는 다리를 건너고 있었다. 겨울이 되니 얼마 안 되는 나무다리가 온통 눈으로 뒤덮여 있었다. 나무다리는 추위에 꽁꽁 얼어 은빛이 반짝이는 얼음다리로 변하였다. 할머니가 무거운 새끼를 등에 잔뜩 지고 얼음 위를 힘겹게 걸어가고 있었다. 얼음 위에서는 '찍찍'하는 소리가 났다. 할머니는 읍내에 새 끼를 팔러 가려는 것이었다.

마침 그 때 다리 어귀에 도착한 그는 놀라서 손가락을 깨물었다. 그는 소리를 지를 수가 없었고, 그렇다고 냉큼 달려가 부축할 수도 없었다. 그건 더욱 위험했기 때문이었다. 할머니는 얼음 위를 한 걸음 한 걸음 힘겹게 발걸음을 옮기고 있었다. 창백한 흰 머리와 하얗게 바란 베옷이 찬바람에 흩날렸다. 그는 눈에 눈물이 고여 할머니가 산더미 같은 짐을 등에 지고 움직이는 모습만 희미하게 보였다. 할머니가 마침내 얼음 위를 건너왔다. 그는 얼른 앞으로 달려가 할머니를 부축했다. 할머니의 얼굴에는 식은땀이 흥건하게 흘러내리고 있었다."

그는 팔로 몸을 지탱하면서 제방 위의 소를 우러러 보았다. 소는 꼼짝달싹하지 않고 가로 누워서는 득의양양한 표정으로 창망한 하늘을 바라보고 있었다. 몽롱한 빗속에서 소는 더욱 장엄해 보였다. 마치 하신(河神) 같았다.

"음매" 하고 소는 발굽을 펴면서 부르짖었다. 그는 기쁘면서도 무시하듯 소를 흘겨보았다.

폭우로 인해 흙, 나뭇가지, 잡초들이 강물에서 마구 소용돌이치며 흘러내려갔다. 그는 강변에 엎드려 "꿀꺽꿀꺽" 물을 마셨다. 강가의 갈대뿌리에는 새우가 붙어 있었다. 극도의 배고픔으로 새우를 보는 순간 그는 군침이 돌았다. 그는 손을 내밀어 힘껏 새우 두 마리를 붙잡아서는 한 입, 두 입씹어 먹었다. 붙잡고, 씹어 먹고, 삼키는 모습이 조금은 야만스러워 보였다. 배가 부르자 그는 자리에서 일어나 잠깐 숨을 돌렸다. 조금은 힘이 생겨난 것 같았다.

그는 바짓가랑이를 걷어 올리고 눈에 힘을 주고 소를 째려보았다. 소가 막 고개를 돌렸을 때 그는 가파르고 미끄러운 제방비탈을 따라 가뿐히 꼭대기까지 올라갔다. 그는 손으로 소꼬리를 힘껏 잡았다. 그 순간 소가 앞으로 몸을 솟구치는 바람에 그는 또 다시 넘어지고 말았다. 그러나 결코 소꼬리를 놓지는 않았다. 소는 그를 질질 끌면서 뒷발로 계속 그의 배를 걷어찼다. 그는 진흙 속에서 소에게 질질 끌려갔다. 기와조각에 옷이 찢기고 무릎에도 상처가 났다.

"끌어 봐! 난 죽어도 손을 놓지 않을 테니까!"

그는 눈을 감고 계속 소에 끌려 다닐 생각을 했다. 몸이고, 얼굴이고, 머리·눈을 빼고는 모두 흙투성이였다. 마치 소택에서 금방 끌어올려진 사람 같았다. 그의 뒤로 움푹 파인 자리가 점점 더 길어졌다…… 소가 마침내 멈추어 섰다.

그는 기어 일어나 소 앞으로 다가가서는 조롱하듯 말했다.

"뛰어 봐, 더 뛰어보라니까!"

그러면서 허리춤에 매었던 끈을 풀었다. 그가 소의 코뚜레에 끈을 매려고 할 때 소가 갑자기 예리한 뿔을 휘둘렀다. "트득" 하며 그의 옷이 찢겨졌다. 그는 칼로 에이는 듯한 아픔을 느꼈다. 고개를 숙이고 보니 뱃가죽이 베여져 피가 흘렀다.

비가 잠깐 멈췄다.

그는 손으로 상처 난 부위를 움켜쥐고는 멀리 가는 소를 바라보았다.

그는 성격 있는 '해우'를 좋아했고, '탕우'는 무시했다. '탕우'는 쉽게 제압할 수 있고, 무시할 수 있는데 성격이 순하기 때문이었다.

상처에서 피가 흘렀지만 그는 계속 소를 뒤쫓아 갔다. 피에 붉게 물든 천조각이 바람에 흔들렸다. 그는 기지를 발휘해 가까운 길로 소보다 빨리 가서는 길 가운데 가로 누어있는 늙다리 나무의 가지 위로 기어 올라갔다. 소가 오고 있었다. 그는 정확히 보고 폴짝 뛰어내려 소 등 위에 올라탔다. 소는 놀란 나머지 마구 날뛰었지만 그는 고양이처럼 소의 등에 찰싹 달라붙어 있었다. 그는 조금씩 소의 목으로 이동했다. 소가 엉덩이를 들썩 거리자 그는 그 힘을 빌려 소의 목까지 미끄러져 내려가서는 잽싸게 소뿔을 잡았다. 소가 흉악하게 머리를 좌우로, 위아래로 흔들었다. 마치 그를 호되게 땅에 떨어뜨리려는 것만 같았다. 이 시각 그는 전혀 무서워하지 않고 오히려 두 다리로 소의 목을 꽉 조르고 두 손으로 뿔을 젖 먹던 힘까지 다해 당겼다.

그는 목숨을 걸었다!

몇 번이고 그는 휘둘려 떨어질 뻔 했지만 결코 손에서 소뿔을 놓지 않고 다시 목 위로 올라탔다. 소는 폴짝폴짝 뛰고 까불며 미친 듯이 날뛰었지만 여전히 주인을 등에서 떼어내지는 못했다. 이제는 소도 숨을 헐떡이기 시작했다. 그는 한 손으로 허리에 동여맸던 끈을 풀고는 소 코에 있는 동으로 된 고삐를 눈여겨보았다. 이제 소는 예전처럼 그토록 흉악스럽지 않았다. 그가 손을 내밀어 동 고비를 잡으려는 순간 소가 갑자기 뛰어올랐다. 그러나 이번에는 소가 실패했다. 주인이 두 손으로 소의 목을 꽉 붙잡고 입으로 세게 깨물었기 때문이었다. 소가 갑자기 무너지면서 진흙에 무릎을 꿇었다. 이제 소는 주인의 뜻에 순순히 따랐다. 이제 얼마 남지 않았다. 그는 너무나 피곤했다. 소고삐를 손목에 걸고 길옆의 풀 더미에 쓰러져 눈을 감았다. 그는 비가 또 내린다는 것이 몽롱하게 느껴졌다. 그러나 그는 더는 눈을 뜰힘조차 없어 빗속에서 점차 깊은 잠에 빠졌다.

그가 잠에서 깨어났을 때는 막 동이 트기 시작할 무렵이었다. 하늘에는 아직도 가랑비가 보슬보슬 내리고 있었다. 그러나 이상하게도 젖었던 옷들이 따뜻한 체온에 말라서인지 전혀 축축한 느낌이 없었다. 순간 그는 소를 쳐다보았다. 몸뚱이가 푹 젖어있는 소가 몸을 흔들며 물방울을 털고 있었다. 그는 땅을 두리번거리며 살폈다. 소의 네 발굽 외에는 진흙투성이인 땅에서 다른 발굽 흔적을 전혀 찾아볼 수가 없었다. 온 저녁을 소가 고정된 자세로 그 자리에 서서 웅장한 몸뚱이로 그를 위해 비바람을 막아주었던 것이다. 그 때 소의 눈길이 그토록 따뜻하고도 순결해 보였다. 드디어 비가 그쳤다. 동방의 하늘에 붉은 색 노을이 곱에 비껴 들판은 금황색 비단 옷을 입은 듯 아름다웠다. 들판의 맨 끝자락에서 붉은 태양이 서서히 떠오르며 아침 들녘을 밝게 비추었다.

그는 소 위에 다시 올라탔다……

5

마을이 보였다. 소는 마치 그제야 제 집에 돌아왔다는 듯이 "음매-음매" 하며 한참 동안이나 울부짖더니 촌의 큰 길을 따라 즐겁게 내달렸다. 마을

어귀에 도착한 그는 소 등위에서 뛰어 내렸다. 방금 전 소가 질주해 오는 모습을 본 사람들이 하나 둘씩 달려왔다.

겨우 4일밖에 걸리지 않았다. 그러나 이곳에서 그를 알아보는 사람은 거의 없었다. 옷이 갈기갈기 찢겨 몸에는 천오라기 몇 가닥만 걸려 있었고, 손이며 몸은 온통 흙투성이가 되었을 뿐만 아니라, 상처에는 핏자국이 그대로 남아 있었다. 너무 야위어 앙상한 뼈밖에 남지 않은 그를 보니 마음이 아플 정도였다. 얼굴이 야윈 데다 피부색이 새까맣게 그을렸고 광대뼈가 높이 튀어 올라와 있었다. 유독 푹 들어간 눈은 그 어느 때보다 밝게 빛났다.

그는 고삐를 소 뿔에 동여매고는 머리를 토닥여주었다.

소는 들판을 향해 걸어갔다.

그는 빨리 집으로 가야 했다. 그는 지금 당장이라도 집으로 달려가 할머니를 뵙고 싶었다. 그는 한참을 걷다가 뛰기 시작했다……

그러다가 그는 불현 듯 자리에 멈추어 섰다.

"무슨 일이지?"

"초가집 앞에 웬 사람들이 그렇게 많이 모여 있는 거지?"

하고 중얼거렸다. 주위는 쥐 죽은 듯이 조용했다.

그는 인파 사이를 뚫고 들어갔다. 그러자 온 몸이 푹 젖고 옷에 얼룩덜룩한 흙 자국이 묻어 있는 사람들, 방금 검은 연기에 그을린 듯 검은 색을 띤 얼굴들이 보였다. 호방한 농민들의 표정에서 약간의 숙연함이 느껴졌다. 울타리가 밟혀 넘겨졌고 사방에서 물통이 나뒹굴고 있었다. 물이 흥건한 진흙땅에는 헤아릴 수 없이 많은 발자국이 복잡하게 찍혀 있었다.

이곳에서 큰 일이 일어난 게 틀림없었다. 그는 긴박한 구조가 이뤄졌음을 직감했다.

그는 발생 가능한 모든 재난이 전혀 두렵지 않았지만, 눈앞의 정경에는 감동을 받았다. 인파가 물러서자 두 손으로 지팡이를 짚고 후들거리는 할머니가 눈앞의 큰 길만 멀리 내다보는 모습이 보였다.

"손자가 돌아왔어요!"

누군가 할머니를 향해 나지막이 말했다. 순간 할머니는 지팡이를 버리고 손마디를 곧게 펴지도 못하는 손을 뻗어 더듬으며 앞으로 걸어갔다. 할머니가 땅에 있던 물통에 걸려 넘어졌다.

그는 냉큼 달려가 할머니를 부축했다.

"할머니……!"

할머니는 그를 와락 끌어안고는 후들후들 떨리는 손으로 그의 몸이며 얼굴을 꼼꼼히 더듬었다.

"불꽃이 장작에 튕겨서……마을 사람들이……구해줬단다……"

그는 고개를 돌리고 여전히 무사한 초가집, 그리고 줄곧 그와 할머니에게 도움을 준 착하고 마음 따뜻한 농민들을 바라보았다. 그 순간 감격의 눈물이 두 볼을 타고 주르륵 흘러내렸다.

"해우를 끌고 돌아왔어요.",

"정말 대단한 해우예요."

Part
3

빨간 조롱박

빨간 조롱박

1

뉴뉴(妞妞)가 집 문을 나서기만 하면 늘 완(灣)이라 부르는 남자애가 빨간 색 조롱박을 안고 강에 몸을 담그고 있는 모습이 눈에 띠었다. 이런 완을 보기만 하면 뉴뉴는 고개를 돌려 울타리를 타고 올라간 오이덩굴이나 나뭇가지에 튼 둥그런 새둥지를 쳐다보곤 했다. 아니면 강 위로 비둘기가 날아예는 파란 하늘을 올려보았다. 하지만 완이가 두 발로 물을 걷어차는 소리가 시끄럽게 들렸다. 그러나 집으로 돌아가기 전에는 그래도 강에 몸을 담그고 있는 완을 쳐다보곤 했다. 그렇지만 여전히 시무룩한 표정을 짓곤했다.

뉴뉴는 완에 대해 아는 것이 거의 없었다. 다만 그의 아버지가 주위 수백리 내에서는 유명한 사기꾼이라는 것만은 알고 있었다.

길고 널따란 강을 사이에 두고 뉴뉴와 완의 집은 서로 멀리 마주하고 있었다. 강 이쪽에는 뉴뉴의 집뿐이고, 저 쪽에는 완의 집뿐이었다.

무연(無緣, 인연이 없는 것-역자주)한 세계에서 마치 고립된 두 가정이 살고 있는 듯했다.

큰 강이 쉼 없이 흐른다. 간혹 멀리서 오는 봉선(篷船, 배 중간에 덮개를 씌운 중국 배-역자 주)이 노를 저으며 지나갈 뿐이었다.

한창 여름인지라 양안의 갈대가 무성하게 자라고 있었다. 이쪽에서 저쪽을 바라보면 용마루(屋脊)만 보일 뿐이었다.

매일 해가 떠오르기만 하면 완은 두 손으로 갈대숲을 헤치고 강변으로 왔다. 그는 먼저 빨간 색 조롱박을 강에 던진 후 몸에 물을 적셨다. 물은 약간 차가웠다. 그는 재채기를 하고 몸을 오돌오돌 떨며 하늘을 향해 큰 소리로 외쳤다. 그리고 폴짝 물속으로 뛰어들어서는 물소리가 더 세게 들리도록 손발을 동시에 움직였다. 푸르른 강물에 둥둥 떠 있는 빨간 색 조롱박은 마치 서서히 떠오르는 붉은 태양을 방불케 했다.

이곳 아이들은 늘 말린 큰 조롱박을 안고 강에서 헤엄을 쳤다. 이곳에서 조롱박은 도시 애들이 쓰는 구명튜브와 비슷한 역할을 했다.

배에서 사는 아이들도 허리춤에 조롱박을 달고 다녔다. 물에 떨어졌을 때 가라앉는 것을 방지하기 위해서다. 눈에 잘 띄고 찾기 쉽게 하려는 이유에서인지 조롱박에다 모두 화사한 빨간 색을 칠했다.

물 위에서 둥둥 뜨는 빨간 색 조롱박은 눈부신 빛을 뿜었다. 완은 두 손으로 힘껏 물을 뿌리며 아름다운 물보라를 만들어내는가 하면, 몸을 재빨리 돌리면서 손으로 물에 둥근 파도를 그려내기도 했다. 하늘로 솟구쳐 오른 물은 마치 부드러운 폭포처럼 햇빛 아래에서 오색찬란한 무지개를 반짝였다.

아름다운 색깔과 모습에 그리고 귀맛 좋게 들리는 소리의 유혹에 뉴뉴도 어느새 '폭포'를 바라보고 알몸 상태의 완과 빨간 색 조롱박을 바라보고 있었다. 완도 강 저쪽 편에 그를 바라보는 눈길이 있다는 것을 느꼈다. 그래서 인지 그는 재주껏 자신의 능력을 뽐내려고 했다.

그는 실오라기 하나 걸치지 않은 채 수면 위에 누웠다. 한 팔은 뒤통수에 대고, 게으름을 피우기라도 하 듯 다른 한 팔은 빨간 색 조롱박의 중간 부분에 걸치고는 꼼짝하지 않았다. 마치 편안한 큰 침대에서 단잠에 빠진 것 같은 모습을 방불케 했다. 물의 유유한 흐름에 따라 그도 천천히 움직였다. 뉴뉴는 놀랍기도 하고 신기하기도 했다. 그러나 강물의 부력에 그럴 것이라고 생각을 했는지, 아니면 완의 수영재주에 그런 느낌이 들었는지는 알 수 없었다.

풍향 때문에 완이 뉴뉴가 있는 방향으로 떠내려 왔다. 강가에서 수면을 내려다보던 뉴뉴가 이토록 똑똑히 완을 보기는 처음이다. 눈앞의 남자애가 이토록 못생기고, 게다가 얼마나 야위었는지 앙상한 갈비뼈만 보였다.

완은 깊이 잠 든 것 같았다. 그는 기지개를 쭉 펴더니 빙그르르 몸을 돌려 다시 수면 위에 엎드렸다. 그는 뉴뉴를 힐끔 쳐다보았다. 뉴뉴가 자신을 눈여겨보고 있다는 것을 의식한 그는 곧바로 등을 움츠리면서 머리를 물속에 숨겼다. 기느다란 두 다리는 수면 위로 높이 솟구쳐 세워졌다.

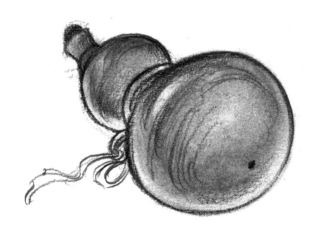

뉴뉴는 그 모습이 너무 우스워 깔깔거리며 웃어댔다. 어차피 완은 보지 못할 것이라고 생각했기 때문이었다.

잠자리 한 마리가 날아왔다. 꼼짝하지 않는 두 다리를 전선대로 착각한 잠자리가 휴식을 취하려는 듯 몸을 비스듬히 기울이더니 살며시 내려앉아 발로 그의 발가락을 껴안았다.

발가락이 가려워진 완은 몸을 돌려 수면 위에 머리를 내밀고 좌우로 물방울을 털었다. 그의 두 눈은 유난히 반짝반짝 빛이 났다. 그 모습이 뉴뉴의 뇌리에 깊이 새겨졌다. 그는 신이 나서 물보라를 계속 일으켰다.

뉴뉴는 강가에 자리를 찾아 앉았다. 완은 완전히 사라질 때까지 천천히 물속으로 가라앉았다. 뉴뉴는 조용한 수면 위로 그를 찾았다. 그러나 전혀 긴장해하지는 않았다. 그가 바로 수면 위로 모습을 보일 거라고 생각하고 있었기 때문이다. 그러나 그는 한참 동안이나 수면 위로 모습을 드러내지 않았다.

외롭게 둥둥 떠 있는 빨간 색 조롱박을 바라보던 뉴뉴는 갑자기 두려워지기 시작했다. 그녀는 자리에서 벌떡 일어나 수면 위를 찬찬히 들여다보며 황급히 완을 찾았다. 그러나 여전히 조롱박뿐이었다. 강물 위는 죽은 듯 적막감 만 흘렀다.

뉴뉴가 크게 외쳤다.

"어-머-니!"

뒷 켠의 초가집에서 어머니가 걸어 나오셨다.

"뉴뉴! 왜 그러니?"

"어-머-니!"

"뉴뉴야, 무슨 일이 있는 거냐?"

"그가······"

먼 곳의 연꽃잎 아래로 완이 해맑게 웃는 얼굴을 내밀었다.

뉴뉴는 더 외치고 싶은 입을 얼른 막았다.

"뉴뉴, 너 왜 그러는 거야?"

어머니가 걸어오셨다.

"왜 그래?"

뉴뉴는 고개를 저으며 집으로 곧바로 들어갔다······

2

뉴뉴는 요즘 며칠간 강변에 가지 않았다. 그가 아무리 물소리를 세게 내고 비명을 지르듯 소리를 쳐도 아무런 소용이 없었다. 뉴뉴가 다시는 오지 않을 것이라고 생각한 완은 빨간 색 조롱박을 안고 전에 늘 놀러갔던 강 중심의 작은 섬으로 헤엄쳐 갔다.

아주 작은 섬이었다. 예전에는 하루 종일 홀로 그 작은 섬에 머물러 있었다. 그가 그곳에서 무엇을 하는지는 그 누구도 몰랐다.

뉴뉴가 강변으로 다시는 나가지 않았다. 그러나 매일 문 뒤에서 몸을 숨기고는 머리를 빼꼼히 내밀고 강을 바라보곤 했다. 자신이 강가로 놀러 오는 것을 완이 좋아한다는 것을 뉴뉴도 잘 알고 있었다.

며칠이 지난 후였다. 좀처럼 기다릴 수만 없었던 완은 조용히 작은 섬으로 헤엄쳐 갔다. 뉴뉴가 대나무 장대를 들고 강변으로 걸어갔다. 빨간색 마고자 차림의 뉴뉴가 바지통을 무릎 위까지 걷어 올렸다. 강 맞은 편 기슭에 앉은 완은 빨간색 조롱박을 옆에 버린 채 뉴뉴를 바라보았다.

물속으로 걸어 들어간 뉴뉴는 대나무 장대로 마름(菱角)의 잎사귀를 헤쳐 댔다. 선홍색의 마름은 눈부시도록 붉은 빛을 반짝였다. 뉴뉴는 대나무 장대로 마름을 자기 쪽으로 끌어와서는 빨간 마름을 뜯기 시작했다. 그러나 마름은 거의 뉴뉴가 대나무 장대를 이용해 팔을 길게 뻗어도 결코 닿을 수 없는 곳에서 자란다. 뉴뉴는 최대한 앞으로 몸을 치우치고 팔을 길게 뻗었지만 마름을 몇 잎밖에 따지 못했다.

완은 빨간색 조롱박을 물속으로 던지고는 살살 헤엄쳐 갔다.

뉴뉴가 대나무 장대를 거두고 그를 바라보았다.

한참 헤엄쳐 오던 그는 큰 연꽃 잎 하나를 땄다. 그리고는 유달리 큰 마름을 찾아 나섰다. 연꽃잎을 뒤집은 후 구부러지고 양 끝이 뾰족한 빨간색 마름을 뜯어 그 위에 올려놓았다. 얼마 지나지 않아 연꽃 잎 위에는 빨간 마름이 가득 쌓였다. 그는 몇 개를 더 뜯어 양 손으로 부둥켜안고는 뉴뉴를 향해 천천히 헤엄쳐 갔다.

그는 물속에서 걸어 나와 뉴뉴 앞에 다가갔다.

그는 어찌나 야위었는지 가슴의 갈비뼈가 앙상하게 그대로 보였다. 그는 야위기도 하고 까맣기도 했다.

그는 뉴뉴를 향해 두 팔을 뻗었다. 그러나 뉴뉴는 빨간 마름을 받지 않았다. 그러자 그는 마름을 그녀 발밑에 내려놓고는 가냘픈 등을 보이며 강을 향해 걸어갔다. 뉴뉴는 여전히 그 자리에서 꼼짝하지 않았다.

그가 가버린 후 뉴뉴는 천천히 허리를 굽혀 두 손으로 연꽃잎을 받쳐 들었다.

"뉴뉴야-!"

어머니의 부름에도 뉴뉴는 대답하지 않았다.

"뉴뉴-!"

어머니가 이쪽으로 찾아오셨다. 뉴뉴는 계속 수중의 빨간 마름만 쳐다보았다.

"뉴뉴, 어디 있는 거니?"

뉴뉴는 빨간 마름을 제 자리에 두고 몸을 돌리면서 대답했다.

"저 여기 있어요."

"뉴뉴, 얼른 집으로 돌아와라. 엄마랑 외할머니 집에 가자."

강가로 기어오른 뉴뉴는 머리를 돌려 완을 바라보고 나서 고개를 숙인 채 어머니를 향해 걸어갔다.

집으로 돌아가는 길에 뉴뉴는 어머니께 여쭈었다.

"쟤 아버지가 진짜 사기꾼인가요?"

"누구?"

뉴뉴가 맞은편 기슭을 가리켰다.

"걔네 아버지가 감옥에 들어간 지 3년이나 되었단다."

뉴뉴는 고개를 돌려 강을 힐끔 쳐다보았다. 빨간 색 조롱박을 안고 작은 섬을 향해 헤엄쳐 가는 완이 보였다……

뉴뉴는 하루도 빠짐없이 매일 강변으로 갔다.

완은 뉴뉴의 눈길을 끌려고 온갖 재주를 다 부렸다. 뉴뉴에게 잘 보이려고 그랬던 것이다.

이제는 날도 엄청 무더워졌다. 점심때면 햇빛에 쬐인 검푸른 빛깔의 갈대 잎사귀가 휘감기곤 했다. 시원한 그늘로 몸을 피해 방적(紡績)하는 아줌마들의 윙윙 소리와 더불어 찌는 듯한 무더위와 건조함에서 느껴지는 고독감이 더욱 짙어졌다. 7월의 하늘은 마치 움직이는 불덩이와도 같았다.

시원한 물의 유혹에 뉴뉴는 곧바로 물속으로 뛰어 들어가고 싶었다.

"넌 왜 계속 물속에만 있는 거니?"

완을 향해 뉴뉴가 물었다.

"여긴 시원하잖아."

"정말 시원해?"

"너도 내려와 봐."

뉴뉴는 강기슭으로 기어 올라와 어머니가 먼 밭으로 가는 모습을 확인하고는 다시 물가로 돌아왔다.

"깊어?"

"가운데는 깊은데 여기는 얕아."

물이 얕다는 걸 뉴뉴에게 증명하기라도 하듯 완은 물속에서 일어나 그녀에게 배를 보여줬다.

털이 보송보송한 새끼 오리 몇 마리가 갈대숲에서 뒤뚱뒤뚱 걸어 나왔다.

오리들은 아주 유연하게 물에서 헤엄을 쳤다. 납작한 입으로 홀짝홀짝 물을 마시거나 목을 수면에 살살 비비기도 했다. 투명하게 반짝이는 물방울이 보송보송한 털 위에서 또르르 굴러다녔다. 비취를 방불케 하는 개구리 한 마리가 바람에 놀라 연꽃잎 위에서 물속으로 풍덩 뛰어들었다. 청량한 물소리와 함께 연꽃잎에서 물방울이 "또르르" 떨어졌다.

강에서 시원함이 느껴졌다.

강은 뉴뉴에게 너무나 큰 유혹이었다.

뜨거운 햇빛에 빨갛게 상기된 뉴뉴의 얼굴은 물의 유혹으로 더욱 빨갛게 달아올랐다.

완은 물속에서 편안함과 아늑함을 마음껏 누렸다.

뉴뉴는 손을 물속으로 뻗었다.

찬 기운이 손가락을 통해 온몸으로 퍼졌다.

"내려와, 빨간색 조롱박을 줄테니까……"

뉴뉴는 여전히 망설였다.

"무서워하지 마! 내가 널 보호해준다니까."

마음이 끌린 뉴뉴의 눈에는 빛이 반짝였다. 완이 걸어오더니 물을 떠서 여전히 망설이고 있는 뉴뉴의 몸에 부었다. 뉴뉴가 연신 재채기를 하더니 몸을 옆으로 비스듬히 뉘었다. 그러자 완은 더 신이 나서 뉴뉴의 몸에 한참 동안 물을 뿌렸다.

뉴뉴는 부끄러운 듯 마고자를 벗고 쭈뼛거리며 강으로 걸어 들어갔다. 처음에는 물속에 쪼그리고 앉았다. 그러다가 양 손으로 강기슭의 갈대를 힘껏 당기면서 물에 엎드렸다. 두 다리를 마구 흔들어대는 바람에 물이 사방으로 튀었다. 물은 참으로 매혹적인 것 같았다. 물속으로 내려간 뉴뉴는 다시 강기슭으로 올라오려 하지 않았다. 책임감이 생긴 완은 더는 수영을 하지 않고 오로지 뉴뉴를 보호하는 데만 집중했다.

물로 인해 두 아이 간의 서먹함과 거리감이 사라졌다. 그들은 갈대숲에서 우렁이를 잡거나 여울물 모래톱에서 뛰놀거나 깊은 물속으로 함께 들어가 머리만 쏙 내밀고 있을 때도 있었다. 큰 강은 이상한 느낌이 들 정도로 고요했다. 그들은 물속에서 오래도록 상대방을 묵묵히 쳐다보았다.

며칠 동안 물의 시원함과 부드러움을 충분히 만끽한 뉴뉴는 더는 얕은 모래톱 근처에서만 놀기가 싫어졌다. 그는 강 중심과 강의 저편으로 건너가 넓디 넓은 수면 위에서 자유롭게 떠다닐 수 있기를 간절히 바랐다. 완은 뉴뉴를 도와줄 수가 있어서 너무나 기뻤다. 그는 전혀 피곤한 줄도 모르고 뉴뉴에게 차근차근 수영을 가르쳤다.

며칠 동안 햇빛은 금빛을 반짝였고, 푸르른 나무와 갈대는 구름 한 점 없는 하늘에 비춰 더욱 싱싱해보였다. 완도 더없이 즐거웠다.

큰 강도 이제 더 이상 외롭지 않았다.

뉴뉴는 하루가 다르게 담이 커졌다.

일주일 정도가 지나자 뉴뉴는 작은 섬으로 가보고 싶다는 생각이 더욱 간절해져 완을 향해 명확하게 얘기했다.

"빨간색 조롱박을 안고 작은 섬까지 헤엄쳐 갈 수 있게 해 줄래?"

완도 찬성했다. 뉴뉴가 빨간색 조롱박을 안고 앞으로 헤엄쳐 갔고, 완은 옆에서 그녀를 보호해주었다.

작은 섬이 약간 수면 위로 드러났다. 땅은 젖어있었다. 섬에는 수십 그루의 키다리 백양나무가 자라고 있었으며, 그 그림자가 물속에 비껴있었다. 오색영롱한 들꽃이 여기저기에 만발했고, 섬 중앙에는 조그마한 연못도 있었는데 물새 몇 마리가 그 옆의 나뭇가지에서 휴식을 취하고 있었다. 뉴뉴는 고개를 들고 하늘을 바라보았다. 키다리 백양나무들이 파란 하늘에 꽂힌 듯 높이 솟아 있었다.

"넌 여기 자주 오니?"

"엉"

"왜 자꾸 오는데?"

"놀러 오는 거지 뭐."

"뭐가 재미있어?"

"그냥 재미있어."

"......"

"실은 같은 반 친구들과 놀려고 찾아오는 거야."

뉴뉴는 어리둥절해졌다. 이곳은 텅 빈 작은 섬이 아닌가?

완은 뉴뉴를 한 그루 백양나무 아래로 데리고 가서는 손가락으로 가리켰다.

"얘는 우리 학급의 왕산건(王三根)이야."

고개를 갸웃거리며 보던 뉴뉴는 백양나무에 새겨진 왕산건이라는 세 글자를 발견했다.

뉴뉴는 다른 백양나무도 자세히 살폈다. 각각 서로 다른 이름과 별명이 적혀 있었다. 리헤이(李黑), 저우밍(周明, 납작코), 띵니(丁妮), 우산진(吳三金), 저우샤오친(鄒小琴, 조그만 누룽지)……

'친구'들을 만난 완은 잠시 뉴뉴를 잊은 듯 그들과 신나게 놀았다. 그는 이 백양나무에서 저 백양나무로 뛰어가기도 했고, 백양나무의 나뭇가지 한 가닥을 당겨보기도 했으며, 주먹으로 백양나무의 줄기를 쳐보기도 했다. 어떤 때는 "납작코, 납작코, 빨리 와, 안 오면 넌 강아지다!"하며 높이 소리치기도 했다. 수림 속에서 정신없이 뛰어 다닌 탓에 그는 땀을 비 오듯이 흘리면서 숨을 헐떡거렸다. 나중에는 아예 땅에 드러누워 손으로 방어하는 시늉까지 했다. "됐어, 산진아, 때리지 마, 때리지 마……"

그는 스스로 간지럼을 태우며 땅에서 대굴대굴 굴러다니기도 했다.

뉴뉴는 조용히 그를 바라보기만 했다.

그는 뉴뉴 발밑까지 굴러갔다. 그는 동작을 멈추고 눈을 깜빡이며 어색한 듯 뉴뉴를 바라보았다.

"친구들이 너랑 놀기 싫어하는 거야?"

뉴뉴가 물었다. 완은 눈길이 갑자기 멍해지더니 고개를 푹 떨구었다. 그후 뉴뉴는 완이 울었다는 것을 느꼈다.

한참 지나서야 완은 뉴뉴와 작은 섬에서 다시 즐겁게 놀기 시작했다. 오후 내내 그들은 집짓기 놀이에 바빴다. 그들은 이 작은 섬에서 산다고 상상했다. 그들은 나뭇가지와 갈대를 많이 찾아오고 풀도 많이 베어 와서는 집을 연못 옆에다 지었다. 뉴뉴는 갈대 줄기로 집 한쪽에 닭 우리도 지었다. 둘은 흙으로 부엌, 가마, 그릇, 접시를 만들었다. 들나물을 뜯어 와서는 그릇에 담아 맛있게 먹기도 했다.

저도 모르는 사이에 어느덧 해가 서산으로 넘어갔다.

뉴뉴의 어머니가 늦게까지 돌아오지 않은 딸의 이름을 불렀다.

"뉴뉴야-!"

뉴뉴는 대답하지 않았다.

어머니는 뉴뉴의 이름을 계속 부르며 멀리 걸어갔다.

완과 뉴뉴는 아쉬운 마음으로 '집'을 떠나 강가로 달려갔다.

이번에도 뉴뉴가 빨간색 조롱박을 안고 앞에서 수영하고, 완이는 옆에서 그녀를 보호했다. 석양이 비껴 강물은 매혹적인 황금색으로 물들어 있었다. 그들은 석양을 바라보며 황금색 수면 위에서 조용하게, 편안하게 헤엄을 쳤다……

4

"다시는 강가로 놀러 가지 말거라."

어머니께서 몇 번이고 뉴뉴에게 타일렀다.

"왜요?"

"특별한 이유는 없어. 하여간 다시는 강가로 놀러 가지 말거라. 엄마가 싫거든!"

뉴뉴는 어머니의 말씀을 귓등으로 흘리고 또다시 강가로 달려갔다. 강에 홀딱 반해 제정신을 잃은 것 같았다.

곡식들이 차츰 무르익고 햇볕도 전처럼 그토록 뜨겁지 않았다. 찌는 듯한 무더위도 점차 사라지고 서늘한 바람이 불기 시작했다. 이제 여름도 어느덧 다 가고 있었다. 뉴뉴는 여전히 빨간색 조롱박이 없으면 맨 손으로 강 중간까지 헤엄쳐 가지는 못했다.

"내년 봄에 다시 배워줘."

뉴뉴가 완에게 말했다.

"아냐 넌 충분히 헤엄칠 수 있어. 담이 작아서 그래."

"아니야, 내년에 하자!"

어느 날 오후 뉴뉴가 여울물 모래톱에서 한창 신나게 수영을 하고 있는데, 한쪽에 조용히 앉아있던 완이 갑자기 뉴뉴를 향해 말했다.

"너 빨간색 조롱박을 안고 맞은편 기슭까지 헤엄쳐 가보지 않을래?"

"아냐, 난 무서워."

"내가 옆에서 보호해줄게."

"그래도 무서워."

"내가 옆에 붙어 있어도 안 돼?"

"그래 좋아. 대신 절대로 옆을 떠나면 안 돼."

완은 고개를 끄덕였다. 조롱박을 안고 강 중앙까지 헤엄쳐 간 뉴뉴는 멀어진 양쪽 기슭을 보고나자 갑자기 겁이 더럭 났다. 그 순간 그녀는 자신을 쳐다보며 웃는 완을 발견했다. 그 웃음은 꿍꿍이라도 있는 듯 이상하게 느껴졌다. 뉴뉴의 눈에는 망망한 물만 보였다. 그녀는 처음으로 강이 이토록 크다는 것을 느꼈다. 빨간 색 조롱박 외에 주변은 온통 물뿐이었다. 뉴뉴는 고개를 돌려 완을 힐끔 쳐다보았다. 그 순간 완은 무표정하게 앞쪽의 기슭을 바라보고 있었다.

"우리 다시 돌아가자."

"앞으로 가든, 뒤로 가든 다 멀어."

"나 너무 무서워!"

완은 계속 앞을 바라보고만 있었다. 그는 마치 마음속으로 결단이라도 내린 듯 했다.

"나 무서워……"

"무섭긴!"

완은 뉴뉴에게로 바싹 다가오더니 그녀가 쥐고 있던 빨간 조롱박을 빼앗아버렸다. 뉴뉴는 고함소리와 함께 물속으로 가라앉았다. 공포에 휩싸인 그녀는 양 손으로 수면 위를 치면서 완을 향해 큰 소리로 외쳤다.

"빨간 조롱박 줘, 빨간 조롱박……!"

완은 웃으면서 멀리 헤엄쳐갔다. 뉴뉴는 점점 더 물속으로 가라앉았다. 2초간 물속으로 자취를 감추었다가 다시 발버둥을 치며 물 밖으로 고개를 내밀면서 미친 듯이 고함을 질렀다.

"살려줘-!"

물속에서 허겁지겁 대는 뉴뉴는 물을 꼴깍꼴깍 삼켰다. 물 사래가 들린 그녀는 고통스럽게 캑캑거렸다. 완은 여전히 요지부동이었다.

발버둥을 치며 다시금 물 밖으로 머리를 내민 뉴뉴는 증오의 눈빛으로 완을 째려보았다. 밭에서 일하던 사람들이 고함소리를 듣고 강가를 향해 달려갔다. 주위는 온통 시끌벅적한 소리로 들끓었다.

뉴뉴가 더는 발버둥을 치지 못하고 점점 물속으로 가라앉았다. 그 모습에 당황해진 완은 뉴뉴를 향해 미친 듯이 헤엄쳐 갔다. 그녀의 두 손을 단번에 확 잡고는 빨간 조롱박을 뉴뉴의 품에 안겨주었다.

완은 한 마디도 하지 못했다. 눈앞의 정경에 넋이 나갔기 때문이었다. 그 순간 그는 머릿속이 백지장처럼 하얘지면서 아무 생각도 떠오르지 않았다. 그는 조롱박 사이에 맨 줄을 잡고는 멍한 상태로 뉴뉴를 바닷가로 끌고 갔다.

바닷가에는 수많은 사람들이 몰려왔다. 그러나 모두 아무 말도 하지 않고 침묵해 있었다. 그 순간의 침묵은 숨을 쉴 수조차 없을 정도로 사람을 갑갑하게 만들었다.

완은 삽시간에 죄인이 된 느낌이 들었다. 뉴뉴의 어머니가 바로 물속으로 뛰어들어왔다.

"뉴뉴야-"

"엄마-엄마-"

뉴뉴는 빨간 조롱박을 안고 엉엉 울었다. 완은 뉴뉴를 얕은 곳까지 끌고 갔다. 뉴뉴는 빨간 조롱박을 품에서 내려놓았다. 방금 전 느꼈던 극도의 공포가 이제는 뼈저린 증오로 바뀌었다. 그녀는 완을 향해 크게 소리를 질렀다.

"이 사기꾼같은 놈아! 너는 사기꾼이야!"

그러고는 어머니의 품에 와락 안겨 몸을 부들부들 떨며 엉엉 울었다. 어머니는 뉴뉴의 등을 다독여주면서 말했다.

"괜찮다, 이젠 괜찮아……"

완은 고개를 푹 떨구었다. 뉴뉴의 어머니는 눈을 부릅뜨고 완을 바라보며 말했다. "왜 뉴뉴를 속인거냐?"

완은 뭐라도 얘기하고 싶었지만 여전히 말이 떨어지지 않았다. 다만 두 눈에서는 눈물이 콧마루를 타고 주르륵 흘러내리기만 했다. 뉴뉴는 어머니를 따라 집으로 돌아갔다. 다른 사람들도 하나 둘씩 자리를 떠났다.

완만 홀로 물속에 덩그러니 서 있었다. 흠뻑 젖은 머리에서 물이 줄줄 흘러내렸다. 그 물이 가냘픈 그의 몸을 지나 또다시 물속으로 흘러들어갔다. 빨간 조롱박만이 그의 옆에 둥둥 떠 있었다.

저녁바람이 불기 시작하자 강물에 파문이 일었다. 물이 가끔은 그의 가슴까지 불어 오르다가도 가끔은 다리까지 줄어들기도 했다. 물 위에서 반짝이는 빨간 조롱박은 마치 콩닥콩닥 뛰는 심장처럼 보였다.

날은 점점 어두워져 갔다. 찬바람이 불어오자 가냘프게 생긴 완은 계속 몸을 떨었다. 그는 강 위의 창망한 별빛 하늘을 멍하니 바라보았다……

5

며칠이 지난 후 저녁 무렵, 강 중앙에 있는 작은 섬에는 불이 타올랐다. 공중으로 날아오르던 청남색의 연기가 기류에 의해 수면으로 밀려오면서 천천히 흩어져 사라졌다.

완이 그 '집'에 불을 질러 태워버렸던 것이다.

6

그 후로 뉴뉴는 강가로 다시 가지 않았을 뿐만 아니라, 강에 눈길조차 주지 않았다. 그녀는 남은 여름방학을 보내려고 외할머니 댁으로 갔다.

어느 날 점심 식탁에 둘러앉아 밥을 먹고 있을 때였다. 연로하신 외할머니께서 몇몇 아이들에게 우연히 어린 시절의 이야기를 들려주셨다.

"그때, 나도 너희들처럼 물에 내려가 놀기를 좋아했단다. 그런데 담이 작아 늘 집 뒤에 있는 오리 늪에서만 놀았지. 그 모습을 본 아버지께서 내가 큰 강에서도 헤엄칠 수 있을 것 같다고 말씀하시더구나. 그 말이 너무 무서워 나는 계속 뒤로 숨곤 했지. 그때마다 아버지께서는 늘 못난 놈이라고 야단치셨지. 어느 날 아버지께서 큰 함지를 들고 오셔서는 나보고 앉으라고 했어. 날 데리고 강 맞은편의 대나무 숲으로 꾀꼬리둥지를 털러 가시겠다고 하는 거야. 아버지께서 날 강 중잉까지 밀고 갔는데 갑자기 함지가 뒤집혔어. 물을 몇 모금 벌렁벌렁 마시고는 발버둥을 치며 물 밖으로 고개를 내밀면서 미친 듯이 살려달라고 소리쳤지. 삽시간에 수많은 사람들이 몰려들었어. 그런데 아버지는 개의치 않은 눈빛으로 날 바라만 볼 뿐 손을 내밀지 않으시더라고……. 두 번 물속으로 가라앉았다가 다시 물 밖으로 허둥거리며 머리를 내밀었지. 물만 꼴깍꼴깍 삼켰어 배가 부를 정도로. 그 후에는 계속 물속으로 가라앉았어. 그때 이제는 끝이라고 생각했거든! 그런데 이상하게도 바로 그때 내 몸이 가벼워지면서 오리 늪에서 헤엄치던 자세가 나오는 거야. 긴장하면서도 한편으로는 기뻤지. 얼마 지나지 않아 강 맞은편까지 헤엄쳐 가게 되었어. 그 후로 강이 아무리 넓어도 전혀 두렵지 않게 되었단다."

"뉴뉴야, 얼른 밥 먹 거라."

외할머니께서 말씀하셨다.

뉴뉴는 젓가락을 내려놓으며 말했다.

"저 집에 갈래요."

"너 여기서 며칠 자겠다고 하지 않았니?"

외할머니께서 물으셨다.

"아니에요. 집으로 갈래요. 지금 바로요."

뉴뉴는 그대로 몸을 일으켜 집을 나섰다. 외할머니께서 아무리 불러도 뉴뉴는 돌아보지도 않았다.

뉴뉴는 강가까지 달려갔다. 강에는 아무도 없었다. 고개를 숙인 뉴뉴가 강가 갈대에 매놓은 빨간 조롱박을 보았다. 그 조롱박은 예전처럼 아름다웠다.

뉴뉴가 조용히 기다렸지만 강 맞은편에는 아무런 동정도 없었다. 해가 서산으로 뉘엿뉘엿 넘어갈 무렵 뉴뉴의 눈에는 갈망으로 찬 눈빛이 반짝였다. 여름이 점점 멀어져가고 파란 가을이 찾아오고 있었다. 어디에서인가 반쯤 마른 연꽃잎이 떠내려 왔다. 그 위에는 조용히 서있는 개구리 한 마리가 연꽃잎을 따라 멀리 떠내려갔다. 한없는 침묵만이 감돌았다.

물속으로 걸어 들어간 뉴뉴는 모든 것을 잊은 채 앞을 향해 헤엄쳐 갔다. 그는 물속으로 가라앉지 않았을 뿐만 아니라 속도도 아주 빨랐다. 그녀는 강을 헤엄쳐 건널 능력이 충분히 있었던 것이다.

그는 처음으로 그 초가집 앞에까지 헤엄쳐 갔다.

그러나 그 초가집 문에는 쇠 자물쇠가 잠겨 있었다. 방목하는 남자애가 뉴뉴에게 완의 소식을 알려주었다.

완은 엄마를 따라 300리 밖에 있는 외할머니 댁 부근의 학교로 전학을 갔다는 것이었다.

7

개학 전 날 저녁 무렵 뉴뉴가 빨간 조롱박에 매어 있는 줄을 풀었다. 그 빨간 조롱박은 반짝이며 어둠속으로 둥둥 떠내려갔다……

Part
4

미꾸라지

미꾸라지

1

이곳에서는 미꾸라지 잡는 방법도 아주 특이하다. 우선 갈대를 2척 넘게 잘라 중간에 실 한 오라기를 맨다. 그리고 실 끝에는 1cm 길이의 바늘처럼 가는 대나무가지를 동여맨다. 양 끝은 가위로 뾰족하게 손질하는데 이를 '망(芒)'이라 했다. '망'을 가위로 자른 오리털 대에 꽂은 후 4분의 1 정도 되는 곳에 지렁이를 꿰어서 물속에다 꽂아 놓는다. 먹이를 찾던 미꾸라지가 지렁이를 발견하고는 입을 벌려 한 입에 삼킨다. 그러면 그 순간 망이 지렁이를 뚫고 나와 미꾸라지의 목구멍에 가로 걸린다. 지렁이는 가엽게 발버둥을 치면서 물보라를 일으키지만 결국 운명을 받아들이고 항복한다.

이곳 사람들은 이를 '핀(卡)'이라고 했다.

저녁 무렵에 꽂았다가 이튿날 이른 아침에 거둔다.

스진즈(十斤子)와 산리우(三柳)는 핀을 2백 개씩 갖고 있다.

1년 가운데서 늦겨울과 초봄의 30여 일 동안에만 핀을 꽂을 수 있다. 이 시간이 지나면 논에 물을 대고 경작할 준비에 들어간다. 물을 저장할 곳이 있으면 미꾸라지들에게 다양한 먹을거리가 넘쳐난다. 이때가 되면 미꾸라지들도 더는 지렁이에만 눈독을 들이지 않는다.

이 시기의 논밭 풍경은 유달리 아름답다. 끝없이 펼쳐진 논에 산들바람이 살랑살랑 불어오면 수면은 파문이 겹겹이 이는데 생명이 약동하는 모습이 고스란히 느껴진다. 바람이 세차게 불 때면 파문이 논두렁에 부딪히면서 나는 소리가 부드럽고도 온화하게 들린다. 이로 인해 논밭도 이제 더는 심심하거나 고독해 하지 않는다. 따스한 햇살이 논밭을 비추는 점심때가 되면 수면은 눈이 부실 정도로 금빛이 번쩍인다.

스진즈와 산리우는 늘 논밭에서 돌아다니거나 뛰놀았다. 그러다가도 가끔은 논두렁에 앉아 멍하니 있거나 허튼 생각을 하기도 하고 황당한 이야기를 지어낼 때도 있다. 햇살이 따스하게 비추는 날이면 포근한 논두렁에 아예 두 다리를 쭉 뻗고 편안하게 누워있기도 했다. 이때의 물소리는 그야말로 사람의 심금을 울리는 소리고 의구심이 들게 하는 소리였다. 햇빛, 흙토, 물, 풀과 새싹 냄새가 한데 어우러져 그윽한 향기를 풍긴다.

그들이 논밭에 유달리 애착을 가지는 이유는 논에 팔딱팔딱 뛰는 미꾸라지가 있기 때문이다. 그럼에도 불구하고 이들 사이는 서먹서먹한 듯 했다.

스진즈는 느릅나무처럼 튼튼하다. 가는 눈매를 보면 늘 '꿍꿍이'가 있는 듯한 느낌이 든다. 평소 땅에서 뒹굴며 놀기를 좋아하지만 씻기를 싫어한 탓에 피부가 더욱 까마졌다. 햇빛 아래에서 까만 피부는 마치 탱탱한 소가죽을 방불케 했다. 그는 늘 꿍꿍이가 있는 듯한 눈으로 산리우를 힐끗 쳐다보거나 응시하거나 흘겨보곤 했다.

겁이 많고 나약한 산리우는 이런 눈빛이 두려워 늘 고개를 숙이고 다니거나 아예 그를 멀리 피해 다녔다.

오늘 이들 둘은 유달리 일찍 도착했다. 해가 아직은 중천에 떠있다. 그들은 핀을 너무 빨리 꽂으면 햇빛을 보고 활발하게 움직이는 새끼 물고기들이 천천히 망 위의 지렁이를 먹어치운다는 것을 잘 알고 있었기 때문에 핀을 논두렁에 올려놓고는 해가 서산으로 넘어가기를 기다렸다.

논두렁의 끝자락에서 학 몇 마리가 한가하게 날아예고 있었다. 얕은 물에서 먹이를 찾고 있는 것이다.

스진즈는 야위고 키가 큰 산리우가 마치 괴이하게 생긴 학 같다는 생각이 들었다. 해가 지기를 기다리는 지루한 기다림 속에서 산리우와 학의 비슷한 점을 발견한 그는 저도 모르게 피씩 웃었다.

스진즈가 분명 자신을 비웃고 있었다는 생각이 든 산리우는 어쩐지 불편했다. 긴 팔과 긴 다리를 어디에 둬도 이상한 것만 같았다.

지루함에 시달리던 스진즈와 산리우는 논두렁 하나 씩을 차지하고 아예 드러누웠다. 끝없는 하늘, 넓디넓은 논밭, 고요함이 지속되는 지금 이들은 오로지 둘뿐인 듯한 느낌이 들었다.

그러나 스진즈는 여전히 산리우의 꼬투리를 잡았다. 그는 산리우가 핀 꽂는 걸 본능적으로 싫어했다. 산리우가 없으면 눈앞의 논을 몽땅 차지하고, 오늘은 여기, 내일은 저기를 돌아다니며 꽂고 싶은 곳에 마음대로 꽂을 수 있기 때문이었다.

스진즈는 산리우를 업신여겼다. 그래서 늘 이렇게 얘기했다.

"어디에 핀을 꽂는지 알아? 큰 바람이 불 때는 어떻게 꽂는지 알아?……
너도 꽂을 줄 안다고?"

스진즈의 이런 마음을 그의 눈빛에서 본 산리우는 스진즈의 심기를 건드릴까봐 아주 조심스럽게 행동했다. 스진즈는 먼저 도착하면 산리우를 기다리지도 않고 마음대로 꽂았다. 그러나 산리우가 먼저 도착했을 때에는 늘 스진즈가 오기를 기다렸고, 그가 먼저 논으로 내려간 후에야 자신이 내려갔다. 산리우는 불쌍한 고아이다. 그는 집 한 칸 없이 폐기된 지 오래된 벽돌 동굴에 산다. 사람들이 그를 업신여기는 이유가 충분하다고 생각하는 듯 했다.

산리우는 눈치가 빠른 애다.

해가 마침내 서산으로 몸을 숨겼다. 까마귀가 논밭에서 마을 뒤의 삼림으로 날아갔다.

스진즈는 핀을 담은 새끼 주머니를 들고 한참을 갔다 왔다 했지만 결정을 내리지 못했다. 산리우는 오늘따라 유달리 마음이 조급해졌다.

"스진즈 넌 천천히 골라. 이 논은 네가 선택하는 게 아니니까. 오늘은 기다리지 않을 거야." 하며 생각을 굴리던 산리우는 처음으로 스진즈보다 앞서 논으로 내려갔다.

산리우의 그 모습에 불쾌감을 느낀 스진즈가 아무 논이나 풀쩍 뛰어 들어갔다. 기존에는 다섯 걸음마다 하나 씩 꽂았었다. 그러나 오늘은 두 다리로 계속 앞을 차 "철썩 철썩"하는 물소리를 내면서 10여 보 가서 하나씩 꽂았다. 저녁 무렵의 논밭은 쥐 죽은 듯이 고요했다. 하늘 아래에는 오로지 스진즈가 터벅거리며 걷느라고 요란하게 내는 물소리만 들렸다.

산리우가 방금 한 줄밖에 꽂지 못했는데 스진즈는 이미 논밭 한 뙈기를 다 꽂았다. 산리우에게는 아직 핀이 절반이나 남았지만 논 전체는 이미 스진즈가 다 꽂아버렸다. 논두렁에 기어오른 스진즈는 빈 새끼 주머니를 허리춤에 매더니 산리우를 향해 이상야릇하게 웃고는 폴짝폴짝 뛰면서 집으로 돌아갔다. 산리우는 한참 동안이나 멍하니 그 자리에 서 있었다. 그는 하는 수 없이 남은 핀을 이미 꽂은 논밭에 중복해서 꽂았다.

논밭에는 핀이 빼곡히 꽂혀 있었다. 이튿날 아침 동틀 무렵, 스진즈와 산리우는 핀을 거둬들이려고 물통 하나씩을 들고 논밭으로 내려갔다. 핀에 미꾸라지가 걸렸으면 빙빙 휘둘러 선을 다시 갈대에 휘감은 후 물통 변두리에 대고 툭툭 치면 미꾸라지가 물통으로 떨어져 들어갔다. 스진즈는 갈대를 물통 변두리에 대고 소리가 더 크게 나도록 쳤을 뿐만 아니라, 미꾸라지가 걸리지 않은 갈대에도 힘주어 내리쳤다.

그럼 그와 멀리 떨어져 있는 산리우는 어떠했나? 그는 한참을 지나서야 "탁탁"하는 가냘픈 소리를 냈다.

스진즈는 마음속의 즐거움을 억누르지 못하고 적막한 이른 아침의 논밭에서 떨리는 목소리로 일부러 가사의 뜻을 왜곡한 노래를 불렀다.

"새 신부, 하얀 코는 용마루에 오줌을 쌌다네……"

그의 노랫소리와 더불어 날이 밝았다.

초봄의 이른 아침, 논은 여전히 아주 추웠다. 물통을 든 산리우가 핀을 그만 거두고 목을 움츠리고는 벌벌 떨면서 앞으로 걸어갔다.

"산리우야!"

스진즈가 물었다. 산리우가 발걸음을 멈췄다. 스진즈가 앞으로 걸어왔다. 어깨를 들먹이고 두 다리를 후들거리는 산리우를 보노라니 그가 더욱 학과 비슷하다고 느껴졌다.

"먼저 갈게."

산리우가 말했다. 스진즈는 자신의 물통을 일부러 산리우의 물통 옆에 나란히 놓았다. 그의 물통에는 금빛이 반짝이는 미꾸라지가 4, 5근 정도 들어 있었다. 반면에 산리우의 물통에는 미꾸라지가 10여 마리뿐이었다.

"헉, 이렇게 적어!"

스진즈는 조롱하듯이 웃었다. 산리우는 스진즈의 비웃음 섞인 어투를 아랑곳하지 않은 채 저 멀리에 있는 버드나무를 쳐다보았다.

나무 아래에는 만(蔓)이 서 있었다.

"누가 있어?"

"……"

"누구를 기다리는 것 같은데."

"응 날 기다리고 있어."

"널 기다린다고?"

"……"

산리우가 물통을 들고 앞으로 걸어갔다. 햇빛을 등지고 걸어가는 산리우는 유달리 야위고 길어 보여 마치 흔들거리는 삼대 같았다.

태양이 점점 중천으로 떠올랐다. 버드나무 아래의 만도 더욱 또렷하게 보였다. 저 멀리에서도 머루 알 같이 까맣고 밝은 그녀의 눈동자가 반짝이는 것만 같았다.

스진즈는 마치 멍청한 닭처럼 멍하니 서 있었다.

2

만은 2백리 밖의 루웨이당(蘆葦蕩)에서 이곳으로 시집을 왔다. 결혼 6개월이 되었을 때였다. 빗속에서 오리를 몰고 가던 남편이 번개에 맞아 그 자리에서 숨졌다.

그 후로 사람들은 늘 음침한 눈빛으로 그녀를 쳐다보았다. 예쁘장하게 생긴 만은 전혀 농촌에서 자랐다는 느낌이 들지 않았다. 허리를 좌우로 흔들며 사뿐사뿐 걸었지만 전혀 지나치다고 느껴지지 않았다. 늘 웃는 얼굴이었고 눈은 반달모양으로 되어 있었다. 그러나 눈을 크게 뜨면 얼마나 크고 밝은지 모른다. 서쪽 말투가 섞이긴 했지만 순박하고 부드러워 귀에 쏙쏙 들어왔다. 아마도 물가에서 자라서인 것 같았다.

만이 버드나무 아래에 서 있었다. 사실 요 며칠, 이 시간 때면 그녀는 계속 거기에 서 있었다. 다만 스진즈가 주의하지 못했을 따름이었다.

파란색 두루마리 차림의 만은 머리에 늘 흰 꽃을 달고 있었다. 아침 햇빛에 그녀의 얼굴이 더욱 발그스레해 보였다. 그는 야들야들한 손을 맞잡아 자연스럽게 배 앞에 놓았다. 조용하게 미소를 짓고 있는 그녀의 얼굴에서는 추호의 근심도 찾아볼 수 없었다. 마치 남편의 죽음이 그녀에게 아무런 영향도 주지 않는 듯 했다.

그녀의 뒤로 10여 마리의 흰색 오리가 거닐고 있었다. 남편이 죽은 후 그녀는 색이 다른 오리는 몽땅 팔아버리고 흰색 오리 10여 마리만 남겼다. 그녀는 흰색 오리를 좋아한다. 눈처럼 깨끗해 보이는 오리들은 금홍색의 물갈퀴, 옅은 황색의 주둥이, 먹칠을 해놓은 듯 까만 눈을 가졌다. 착한 오리들은 멀지도 가깝지도 않은 거리를 두고 그녀의 뒤를 따르며 "꽥꽥꽥" 거렸다.

몇몇 오리가 지렁이 한 마리를 뺏기 위해 서로를 쫓고 있다. 그녀가 고개를 돌리며 오리들을 훈계했다.

"왜들 이렇게 시끄러워!"

매일 그녀는 산리우에게서 물통을 받은 후 오리를 산리우에게 맡기고는 읍내(鎭)로 산리우 대신 미꾸라지를 팔러 가곤 했다. 그녀는 늘 좋은 가격에 미꾸라지를 팔았다. 돈을 벌어오면 산리우는 만에게 그 절반을 생활비에 보태라고 했다. 그녀는 사양하지 않고 그저 웃기만 했다. 그러나 그녀는 돈을 아주 적게 쓰고 나머지는 산리우 대신 저금해 두었다.

산리우는 울상을 지으면서 그녀 앞까지 걸어갔다.

산리우를 본 그녀는 빙그레 미소를 지었다.

산리우는 아주 작은 미꾸라지 몇 마리를 골라내 오리들에게 뿌려주었다. 미꾸라지를 먹어 본 오리들은 산리우가 물통을 내려놓자 모여들어 미꾸라지를 서로 빼앗거나 주둥이에 물고 여기저기로 도망쳤다.

"몇 푼이라도 받을 거야."

만이 말했다.

"오리를 몰고 가. 정원 문을 잠그지 않았어. 아침밥은 가마에 있고, 다리에 묻은 흙은 씻으렴. 신은 울바자03에 걸려있고 지렁이도 잡아서 검은색 도자기에 넣어두었어." 그러고는 물통을 팔에 끼고 읍내로 향했다.

그녀는 뒷모습뿐만 아니라 걸음걸이까지 아름다웠다.

만의 아름다운 모습에 산리우는 우울한 기분마저 훌훌 털어버리고 즐거운 마음으로 오리를 작은 길로 몰았다. 14, 5세 소년의 천진함과 장난기, 즐거움이 가냘픈 체구에서 뿜어져 나왔다. 그는 손이 가는대로 나뭇가지를 주어서는 총이나 지휘봉으로 삼아 오리를 몰고 가면서 스스로 기쁨을

---

03) 울바자 : 자그마한 막대기로 기둥을 세워 둘러싼 울타리.

느꼈다. 논두렁을 걷고 제방을 기어오르고 삼림을 가로 지나는 모습이 마치 아무런 근심걱정 없는 토끼를 방불케 했다.

이때는 늘 느끼던 억압과 답답함, 열등감에서도 벗어나는 것만 같았다.

이 시각 산리우는 순수한 소년 그 자체였다. 산리우는 두 눈을 살며시 감고 빙빙 돌았다. 얼마나 돌고 돌았는지 하늘과 땅도 따라서 빙빙 도는 것 같았다. 똑바로 서고 싶었지만 비틀거리면서 큰 나무에 부딪혀 버렸다. 순간 눈앞이 캄캄해진 그는 땅에 풀썩 주저앉고 말았다.

오리들이 놀라서 "꽥꽥" 거렸다.

제방에서 스진즈는 마치 청개구리처럼 하늘 높이 폴짝폴짝 뛰면서 환호했다.

"워-!워-! 넘어져서 하나 죽으면 무고기볶임 하고, 넘어져서 둘이 죽으면 뭇국을 끓일 거야!"

기어 일어난 산리우는 바지춤을 올리며 고개를 푹 수그린 채 오리들을 한쪽 길로 몰았다······

집으로 돌아온 스진즈는 오전 내내 기분이 언짢았다. 남의 집 채소밭에 가서 지렁이를 파고는 흙을 평평하게 다져주지도 않고 울퉁불퉁한 대로 놔두고 가버렸다.

"다음에는 절대 파지 못하게 할 거야!"

그의 뒷모습을 손가락질하며 주인은 욕을 퍼부었다.

"불러도 안 와요!"

고개를 돌려 한 마디 대꾸하고는 그대로 가버렸다. 지렁이를 뀔 때는 부주의로 뾰족한 망이 찢어져 나오게 했다. 그는 산리우가 바로 자기 앞에 있기를 간절히 바랐다. 말로 산리우를 한바탕 쏴주고 싶었기 때문이다.

점심밥을 먹고 나서 그는 흔들거리며 벽돌 가마로 갔다.

산리우가 보이지 않았다.

스진즈는 만의 집으로 향했다.

초봄이라고는 하지만 점심이 되니 해가 따스하게 대지를 감쌌다. 만이 작은 함지 하나를 들고 산리우를 강가로 불렀다.

"이리 와봐!"

산리우는 다리를 질질 끌며 천천히 앞으로 갔다.

"왜 이렇게 느려?"

산리우가 강가까지 걸어갔다.

"물이 차갑네."

"차긴, 강물이 얼마나 따스한데, 얼른 두루마기나 벗어."

"괜찮아, 안 씻을 거야."

"이렇게 더러운 데 안 씻는다고. 얼른 벗기나 해!"

만은 산리우의 팔을 잡아당겨 그를 강가로 끌고 갔다.

"얼른 벗어!"

산리우는 단추 하나도 한참씩 풀며 시간을 끌었다.

스진즈가 걸어와 울타리 벽 아래에서 이곳을 바라보고 있었다.

"야아 빨리 벗어!"

만은 함지를 내려놓고 바로 산리우의 두루마기를 벗겼다. 앙상한 뼈만 남은 산리우의 가슴이 너무 추해 보였다. 게다가 날씨가 추운 탓에 목을 움츠리고 두 팔로 몸을 감쌌다. 만은 함지에 물을 담아놓고는 산리우의 손을 풀고 수건으로 그의 몸을 비볐다.

처음에는 부끄러워하더니 후에는 대담하게 목을 쳐들고 팔을 들고는 눈을 감으며 만에게 아예 몸을 맡겨버렸다.

만은 산리우의 몸에 비누칠을 한 후 수건으로 한참 닦더니 그 수건을 버리고 손으로 "오도독 오도독" 소리가 나게 비벼댔다.

이때의 산리우는 마치 행복한 갓난 애기 처럼 말을 잘 들었다. 부드럽고 따뜻한 손이 그의 늑골과 목을 오가며 열심히 비볐다. 산리우는 순간 "오도독 오도독"하는 소리만 들리는 것 같았다. 그 소리는 그토록 또렷하고 부드럽고 듣기 좋을 수가 없었다.

봄날의 따스한 햇살이 얇은 눈꺼풀을 비춰졌다. 하늘이 금홍색으로 보였다. 그는 만이 목욕을 시켜주고 있다는 사실도 까맣게 잊은 채 마치 달콤한 공기 속에 둥둥 떠다니는 듯한 기분이 들었다.

산리우는 4살 때 어머니가 그를 저수지로 안고 가 이렇게 비벼서 씻겨주던 모습을 어렴풋하게 기억하고 있다. 어머니가 못에 빠져 세상을 떠난 후로 그는 이런 따스함을 느낀 적이 없었다.

거무스레한 산리우의 피부에 빨간색 줄이 한 가닥씩 생기더니 나중에는 온 몸이 빨갛게 되었다. 얼마나 빨간지 마치 어머니 뱃속에서 금방 나온 갓난아기 같았다. 활짝 열린 땀구멍으로 따스한 햇살이 스며들자 그는 온 몸에 힘이 솟구치는 것만 같았다.

만은 잠깐 멈추더니 이마에 내려온 머리카락을 쓸어 올리며 한숨을 내쉬었다. 산리우의 양미간 사이에는 땀방울이 송골송골 맺혀 있었다.

만은 그에게 깨끗한 두루마리를 입히고는 돌아서서 강가에서 수영하는 오리들을 불렀다.

"꽥꽥꽥……."

날개를 펄럭이며 기슭으로 올라온 흰 오리들은 만과 산리우를 따라 뒤뚱거리며 정원으로 향해 걸어갔다.

스진즈는 얼른 쭈그리고 앉으며 몸을 숨겼다……

3

저녁 무렵 산리우가 핀을 들고 논으로 왔다. 스진즈는 일찍부터 논두렁에 앉아 있었다.

스진즈는 한 눈을 가느스름히 뜨고 다른 한 눈은 사팔뜨기로 산리우를 쳐다보면서 꿍꿍이가 있는 듯한 미소를 지었다.

산리우의 눈빛에는 여전히 두려움과 그의 비위를 맞추려고 하는 느낌이 역력했다. 이상하게도 스진즈의 손에 쥔 새끼 주머니에는 핀이 하나도 없었다.

해가 서산으로 넘어갔다.

산리우가 스진즈를 힐끔 쳐다보았다. 그는 마치 아무 일도 없는 듯한 표정을 짓고 있었다. 더는 기다릴 수 없었던 산리우가 바짓가랑이를 걷어 올리고 논으로 내려갔다.

"야, 야, 그 논에는 이미 내가 핀을 꽂았어."

스진즈가 소리쳤다. 갈대가 보이지 않는 수면 위를 바라보던 산리우는 의구심이 들었다. 스진즈가 느릿느릿 걸어오더니 논으로 내려가 소매를 걷어 올리고 손을 쑥 내밀어 핀 하나를 뽑았다.

그리고는 산리우 눈앞에서 흔들며 말했다.

"봤냐? 이건 보이지 않게 꽂는 핀이라고!"

산리우는 여전히 이해되지 않는 듯한 표정으로 바라보았다.

"믿기지 않아?"

스진즈는 논밭으로 뛰어들어 손이 가는 대로 물속에서 또 핀 하나를 뽑아 올렸다.

"봐, 이것도 핀이잖아!"

논두렁으로 올라온 그는 물을 끼얹어 다리에 묻은 흙을 깨끗이 씻으며 산리우를 향해 말했다.

"핀 백 개를 더 만들었거든. 이 논 전체에 내 핀이 꽂혀있어."

산리우는 스진즈를 뚫어져라 쳐다보았다. 마치 "난 어쩌라고?"라고 말하는 듯 했다.

스진즈는 아무 곳이나 손가락으로 가리켰다.

"저기 수로나 개울, 저수지가 많잖니."

산리우의 옆을 지나가던 그는 일부러 발걸음을 멈추고는 흠흠 거리며 코로 냄새를 맡았다.

"비누냄새가 아주 향기로운데……"

산리우를 향해 눈을 깜빡거리더니 돌아서서 집으로 향해갔다.

산리우는 한참 동안이나 멍하니 서 있었다. 날이 어두워진 탓에 그는 우울한 기분을 참으며 동에 하나, 서에 하나 논두렁의 수로와 강가의 저수지에다 꽂았다. 이런 곳에는 미꾸라지가 거의 없었다.

사실 스진즈는 거짓말을 했다. 여러 뙈기의 논에는 핀을 꽂지 않았던 것이다.

 이튿날에는 산리우가 스진즈보다 일찍 핀을 꽂았다. 그러나 여전히 두 뙈기의 논은 남겨두었다. 산리우가 스진즈의 화를 돋우기 싫었기 때문이었다. 산리우는 물속에 보이는 핀을 꽂았다. 스진즈는 곧추 세워진 갈대들을 보며 의기양양해 했다.

 "네가 꽂은 거냐?"

 "그래."

 "저 두 뙈기의 밭은 나에게 남겨 준거냐?"

 "그래 맞아."

 산리우의 대답은 단호했지만 목소리는 마치 바람에 흩날리는 가는 실오리처럼 바르르 떨렸다. 스진즈는 더는 말을 하지 않았다. 핀을 들고 산리우가 남겨준 두 뙈기의 밭으로 향했다.

 산리우가 허리를 펴고 자신이 '점령'한 수면을 바라보았다. 두려움이 가득한 승리를 안고 그는 논밭을 떠났다. 등 뒤로 스진즈의 노랫소리가 들렸다.

 "새색시, 흰 코가 오줌을 용마루에까지 쌌다네……"

 밤이 가고 아침이 밝았다. 산리우가 물통을 들고 서늘한 바람을 맞받으며 논두렁까지 왔을 때 눈앞의 광경에 넋이 나가고 말았다. 그가 핀을 꽂은 논에는 물이 다빠져 있었던 것이다. 2백 개나 되는 긴 갈대가 진흙 속에 덩그러니 세워져 있었다.

 산리우는 그 자리에 주저앉고 말았다.

 눈물이 두 볼을 타고 주르륵 흘러내렸다.

이른 아침 바람에 갈대에서 "우·우·우" 하는 소리가 났다. 갈대 몇 가닥이 바람에 흔들거리더니 진흙에 쓰러졌다.

저쪽에서 스진즈가 핀을 거둬들이고 있었다. 남의 불행을 고소해하기 보다는 오히려 각별히 조심하는 듯 하면서 아무 말도 하지 않았다.

자리에서 일어난 산리우가 갑자기 물통을 공중으로 힘껏 뿌렸다. 그 물통이 공중에서 곤두박질을 여러 번 치고 나서야 논두렁에 떨어졌다. "와라락" 소리와 함께 여러 쪽으로 부서졌다.

산리우는 눈물을 훔치고 콧물을 훌쩍거리며 마치 부상 입은 송아지처럼 스진즈를 향해 걸어갔다.

스진즈는 처음으로 산리우가 두려워져 논 중앙으로 걸어갔다. 산리우가 논으로 내려가 스진즈를 향해 바싹 다가갔다. 아직은 7, 8보 정도 떨어져 있을 때 그는 스진즈를 "와락" 덮쳤다.

스진즈는 물통을 내려놓고 봄을 재빨리 돌려 산리우와 맞섰다. 산리우는 단번에 스진즈의 옷깃을 억세게 틀어쥐었다. 그 모습이 무척이나 흉악해 보였다.

"놓지 못해!"

산리우는 놓지 않았다.

"이 손 놓으라니까!"

산리우는 오히려 두 손으로 더 억세게 틀어쥐었다.

"진짜지?"

산리우는 손에 힘을 더 주었다.

"다시 한 번 말하는데 얼른 손 놔!"

그래도 산리우는 손을 놓지 않았다. 목이 졸려 얼굴이 빨갛게 된 스진즈는 양 손으로 산리우의 머리채를 잡았다. 처음에는 치근거리던 두 사람이 나중에는 힘겨루기를 해 산리우가 진흙물에 넘어졌다. 그러나 양 손은 여전히 스진즈의 옷깃을 꽉 틀어쥐고 있었다. 스진즈는 뒤로 발버둥을 치며 그 상황에서 벗어나려고 했다. 그러나 산리우는 여전히 꽉 틀어쥐고 있었다. 스진즈에 의해 진흙물에서 몇 미터나 끌려 나갔다. 스진즈는 고개를 숙이고 숨이 차 헐떡거렸다. 산리우는 양 손으로 스진즈를 들어 올려 진흙물에다 드러눕게 했다. 이들은 두 눈을 부릅뜨고 서로를 마주보았다. 다시 한 번 한바탕 싸움이 이어진 후 스진즈가 마침내 산리우에게서 벗어났다.

산리우가 진흙투성이로 비틀거리며 일어나 단호하게 스진즈를 향해 걸어 갔다. 스진즈가 뒤로 물러났다. 그의 물통이 수면 위에 둥둥 떠 있었다. 산리우가 걸어가더니 물통을 들어 공중으로 휙 뿌렸다.

물통이 떨어져 쏟아지면서 미꾸라지가 모두 도망쳤다. 스진즈가 눈에 불을 켜고 달려들어 산리우를 진흙물에 제압해 눕혔다. 산리우는 진흙물을 잡아 스진즈가 앞이 보이지 않을 정도로 얼굴에 사정없이 뿌렸다.

서로 뒹굴면서 얼마나 싸웠는지 둘은 온몸이 진흙투성이가 되어 쌍불을 켜고 서로를 바라보는 눈만 보였다.

스진즈가 먼저 물러났다. 산리우는 마치 흙 조각처럼 양반다리를 하고 논밭에 앉아 있었다. 만이 와서 그를 말려서야 겨우 집으로 돌아갔다. 집으로 돌아간 스진즈는 아버지에게 호되게 맞았다.

"남을 괴롭히지 말라고 했지!"

그러면서 아버지는 몽둥이를 들고 그를 집에서 쫓아냈다.

"얼른 산리우에게 가서 사과 해!"

어쩔 수 없이 스진즈는 흐느적거리며 천천히 걸어갔다. 산리우가 만의 집에 있을 것이라고 확신한 그는 바로 만의 집으로 갔다.

정원에서 울음소리가 들렸다.

두 손으로 무릎을 감싸고 문턱에 앉아 있는 산리우가 어깨를 들먹이면서 울고 있었던 것이다.

만은 산리우를 달래지 않고 옆에 앉아 나지막한 소리로 같이 울었다. 그 미약한 울음소리에는 엄청난 슬픔과 원망, 괴로움이 묻어났다.

정원 밖에 서 있던 스진즈가 천천히 고개를 숙였다.

남자애와 젊은 여자의 억눌린 울음소리가 한데 어우러져 가끔은 높게 가끔은 낮게, 가끔은 이어지다가 가끔은 끊어지면서 아득한 하늘 아래의 작은 공간에서 배회했다.

한참을 지나서 만이 말했다.

"이제 핀 꽂으러 가지 마. 오리가 알을 낳게 되면 돈 걱정 안 해도 되니까."

"그렇지 않으면 내가 스진즈를 찾아 얘기해 볼까. 나쁜 애 같지는 않던데……"

스진즈는 정원으로 들어가지 못하고 벽을 따라 웅크리고 앉았다……

4

스진즈가 살며시 물도랑을 파고 이미 마른 논에 다시 물을 주입하기 시작했다. 그러고는 배가 아프다는 핑계로 연 3일 동안 논으로 핀을 꽂으러 가지 않았다.

넷째 날에야 스진즈는 다시 논으로 왔다. 그러나 계속 손으로 배를 움켜쥐고 있었다. 둘은 서로 예의를 갖춰 각각 동쪽 끝과 서쪽 끝의 밭에다 핀을 꽂기 시작했으며, 중간의 두 뙈기의 논은 비워두었다. 연 며칠간 계속 그렇게 했다. 그러다가 나중에는 스진즈가 먼저 말을 걸었다.

"우리 듬성듬성 꽂는 게 어때?"

그 날 둘은 논두렁이 하나를 사이에 두고 몽땅 꽂았다. 산리우는 품에서 굵기가 적당한 오리털 대를 꺼내 스진즈에게 주면서 집에서 키우는 오리의 털을 뽑아 만든 것이라고 했다. 지렁이 꽂는 데 사용하라는 당부까지 전달했다. 스진즈는 그 오리털 대가 너무나 마음에 들었다.

핀을 꽂고 지렁이를 잡는 데는 산리우보다 스진즈가 훨씬 경험이 풍부했다. 논두렁에 앉아 스진즈는 아는 지식을 전부 산리우에게 얘기해주었다.

"너무 굵은 지렁이는 안 돼. 억새에서 빠져나오기 쉽기 때문이야. 지렁이를 꿴 후에는 햇빛에 말려 지렁이가 억새에 말라붙게 해야 해. 그리고 핀을 꽂은 후 발로 두 번 휘저어 흐린 물이 나오게 해야 해. 아니면 나한구자(새끼 물고기의 일종)가 지렁이를 먹어버리거든. 미꾸라지는 흐린 물을 싫어하지 않아. 바람이 세게 불 때는 바람이 부는 방향을 따라 보이지 않게 물속에 꽂아야 해. 갈대가 곧추 세워져 있으면 바람에 갈대가 흔들거리고 선도 물속에서 흔들리게 되잖아. 그러면 미꾸라지가 물겠어? 선은 너무 아래로 걸면 안 돼, 억새를 먹은 미꾸라지가 흙으로 들어가면 발버둥 쳐 필사적으로 도망칠 테니까. 그러나 물에 떠 있으면 도망칠 수가 없거든……"

열심히 듣고 있던 산리우의 눈빛이 반짝였다.

요령을 얘기해 주는 것 외에도 스진즈는 늘 산리우에게 만의 상황에 대해 물었다. 왜 남들이 만과 가깝게 지내려 하지 않는지 둘은 잘 이해가 되지 않았다.

어느 날 산리우가 스진즈에게 말했다. 그들을 도와 만이 지렁이를 파주겠다고 했다면서 스진즈에게 핀을 가지고 그녀의 집 정원으로 지렁이를 꿰러 가자고 했던 것이다.

약간 부끄럽긴 했지만 그래도 스진즈는 가고 싶었다. 그리하여 낮에는 스진즈와 산리우가 함께 만의 집에 있게 되었다.

만의 얼굴색이 점차 볼그레해지고 반짝이는 눈에서도 생기가 돌았다. 그녀는 이들과 웃고 떠들며 얘기를 했을 뿐만 아니라 그들과 함께 일하기도 했다. 그녀는 아이들에게 많은 도움을 주었다. 가끔은 신선하고 야들야들하며 상아처럼 흰 갈대 뿌리를 각각 하나씩 나누어주었고, 가끔은 빨간 올방개를 한가득 안고 오기도 했다. 만은 오리들을 키우는 외에 모든 심혈을 이 두 아이에게 쏟아 부었다.

정원은 온화하고 매혹적인 분위기가 물씬 풍겼다.

어른들은 이 정원을 들락거리는 두 아이의 모습을 흥미진진해 했다.

"숙모라고 불러, 아니면 누나라고 불러?"

스진즈가 조용히 산리우에게 물었다. 아직 이 문제를 생각해 보지 않은 산리우는 아주 곤혹스러웠다.

"나도 모르겠는 걸."

날이 더워지자 논의 물을 뽑았다. 곡식을 심기 위해서였다.

이제 스진즈와 산리우는 핀을 꽂을 수 없게 되었다.

그러나 짬만 나면 늘 만의 정원으로 놀러갔다.

늦가을 무렵, 산리우가 달려 와 스진즈에게 알렸다.

"만이 먼 지방의 남자를 따라가려고 해."

"그럼 넌?"

"만이 나도 데려 가겠대."

"갈꺼야?"

"난 그 남자가 싫어. 그 남자는 돈이 엄청 많아. 그렇지만 날 무척이나 예뻐해."

"그럼 따라 가도록 해."

"……"

"숙모라 불러 아니면 누나라 불러?"

산리우는 여전히 명확하게 대답하지 못했다.

산리우가 떠나기 전 날 저녁 가지고 있던 핀 2백 개를 들고 왔다.

"만이 너한테 주라고 했어."

그 여름과 가을을 거치면서 핀의 대가 반짝반짝 빛이 났다.

"너 가져."

산리우가 두 손으로 스진즈에게 핀을 주었다. 스진즈도 두 손으로 그 핀이 꽂혀 있는 카드를 받았다. 두 사람은 묵묵히 서로를 바라보며 눈시울을 붉혔다.

만과 산리우가 떠나는 날 스진즈는 아주 멀리까지 그들을 배웅했다……

이듬해 늦겨울 스진즈가 핀 4백 개를 들고 논으로 왔다.

산리우는 영원히 떠났다. 이제 이 논은 모두 그의 '소유'가 되었다. 그러나 핀을 꽂을 때마다 마음 한 구석이 텅 빈 것만 같았다.

이튿날 아침 핀을 거둘 때면 세상에는 오로지 그가 홀로 핀을 거두면서 내는 소리만 들릴 뿐이었다. 차디찬 물, 온통 끝없이 펼쳐진 논 외에 주위에서는 생기를 전혀 느낄 수가 없었다. 스진즈는 불현듯 너무 외로움을 느꼈다.

그는 절반만 거두고 더는 거두지 않았다.

거둔 핀을 깨끗이 씻어 영원히 지붕 위에다 걸어두었다. 그 핀들을 꽂았던 들판은 휑하니 비게 되었다.

Part
5

피곤한 트럼펫

피곤한 트럼펫

1

음악학원 공연장 뒤쪽의 삼림은 어두컴컴하다. 그는 어둠 속에서 긴 걸상에 조용히 앉아 있었다.

악대가 한창 연주를 하고 있었다. 밤하늘 아래에서 보다 신성하고도 고귀한 분위기가 풍기고 있는 공연장은 높디높은 성루(城壘)를 방불케 했다.

한동안 그의 영혼은 암흑 속을 꿰뚫고 거대하고도 우아한 공연장으로 날아갔었다. 부드러운 불빛이 무대를 비추고 있다. 자홍색의 벨벳 장막이 드리웠고, 검은색 연주복 사이로 새하얀 셔츠 옷깃이 보였다. 관객들의 이마가 은은한 불빛 속에서 유난히 반짝였다. 음악의 선율에 따라 사람들은 하늘나라로, 정토(淨土)로, 그리고 한적하고 시끌벅적한 곳으로 넘나들었다. 음악은 정령(精靈)과도 같다. 사람들의 영혼을 유혹하고 계시를 주기 때문이다. 순식간에 티끌 같은 어지러운 세상이 사라지고 온갖 추악한 생각들이 모두 없어지면서 오로지 깨끗함과 천진함만이 남은 것 같았다.

그는 트럼펫 연주가이다.

트럼펫은 어둠 속에서 고풍스러운 분위기를 풍겼다. 트럼펫이 때로는 은은하고 명쾌한 소리를 내거나 때로는 순박하고도 조용한 소리를 냈다.

그는 악단의 유일한 트럼펫 연주가이다.

그의 연주에는 순수함과 진실함이 고스란히 묻어났다.

그는 성루에서 흘러나오는 음악소리에 귀를 기울였다. 파도나 구름 같기도 하고 바람이나 비 같기도 한 음악소리가 마치 가을 하늘처럼 높고도 멀게 느껴졌다……

그는 요즘 들어 늘 추억에 빠지곤 했다.

성루에서 흘러나온 트럼펫 소리가 밤하늘에 젖어들었다.

그는 저도 모르게 몸을 바르르 떨었다. 이 자리는 원래 그의 것이었다. 화가 치밀어 오른 그는 강한 질투심이 생겨났다. 그러다가도 곧바로 실의감에 빠져 슬픈 감정이 북받쳐 오르면서 너무 후회되기도 했다.

아이가 찾아왔다.

그는 그 아이를 보았다.

아이는 맹인이 발끝으로 길을 더듬는 것처럼 아주 천천히 걸어왔다.

"너한테 날 찾아오라고 한 적 없잖아."

어색한 표정의 그 아이는 몸을 잔뜩 움츠린 채 나무 아래에 서 있었다.

그는 자리에서 일어섰다. 그는 헐렁한 스프링코트 차림이었다.

아이의 눈빛이 밤하늘 아래에서 유난히 반짝였다.

그가 걸어오자 공연장을 등진 채 그 아이의 손을 잡아당기며 어둠 속에서 암흑을 향해 걸어갔다……

2

그 해 그 달 그날 밤, 공연이 끝나고 관객들이 흩어졌다. 그는 트럼펫을 상자에 넣고 동료들과 함께 공연장을 나섰다. 가을바람을 타고 그들은 갓난아기의 울음소리를 들은 듯 가던 발걸음을 멈췄다. 갓난아기의 울음소리가 더욱 뚜렷하게 들려왔다. 그는 소리가 나는 방향을 따라 가보았다. 어두컴컴한 계단에서 이불 보따리 모양의 꾸러미를 발견했다. 그가 앞장섰고 동료들이 뒤를 따랐다. 그는 웅크려 앉아 눈물자국으로 얼룩진 아기의 얼굴을 보았다. 그는 얼른 갓난아기를 안아 환한 등불 아래로 갔다. 등불이 비추자 아기는 눈을 가느스름히 떴다. 한참 적응하고 나서야 눈을 동그랗게 뜨고 천진난만한 표정으로 어른들을 바라봤다.

"누구네 애지?"

누군가 무의식적으로 물었다.

"누구네 애지?"

여기저기서 묻는 소리가 들렸다. 주위는 쥐 죽은 듯이 고요해졌다. 곧바로 그와 동료들은 부모가 세상에 공개하지 못하는 아이임을 깨달았다. 그 누구도 말하지 않았다. 그들에게 갑자기 지나치게 막중한 책임이 생겼기 때문이다.

그 후로도 한참 동안이나 침묵이 흘렀다.

사람들의 표정을 살핀 그는 말 한 마디 하지 않고 아이를 안은 채 세상을 비탄하면서 백성의 질고를 불쌍히 여기는 표정으로 한 걸음 한 걸음 자신의 거처로 향했다. 그 후 여러 날 동안 사람들은 줄곧 그의 고상한 품격과 덕행에 대해 얘기했다. 여자보다 남자가 추호의 망설임 없이 갓난아기를 수양(收養)한다는 자체에 더 숭고한 마음에 생겼던 것 같았다. 그 후로 오랫동안 이런 분위기가 지속되었다. 한 여성이 모성애를 발동하여 그를 도와 아기를 싼 꾸러미를 정리해 줄 때, 한 남자는 한참 동안 그의 품속의 아이를 얼리며 데리고 놀면서 의미 깊게 그의 어깨를 다독였다. 그러면서 그는 감정이 북받쳐 올라 콧마루가 찡해졌다. 그는 자신이 얼마나 착하고 자애로운지를 의식했다. 그는 가여운 아이를 어른이 될 때까지 키우기 위해서는 그 어떤 대가도 달갑게 받을 것이라는 결심을 행동으로 남들에게 조용히 보여주었다. 심지어 마음속으로 비장함이 느껴졌다. 마치 드넓은 들판에서 홀로 아름다운 석양을 바라보는 것 같은 느낌이 들었다.

이 갓난아기를 수양함으로 해서 그는 영혼마저 풍요로워지는 듯한 느낌이 들었다. 세월이 소리 없이 흘러갔다. 애초 사람들의 이상한 눈빛도 점차 사라지고 모든 것이 먼지가 휘날리는 평소의 상태로 돌아왔다. 사람들은 한 남자가 무능하게 아이를 키우는 데 대해 개의치 않아했다.

그러나 그가 아이를 키우는 동안 연주단 연주에 영향을 미쳤다고 뒤에서 귓속말로 수군대던 데서 이제는 동료들에게 폐를 끼치고 있다며 공개적으로 원망했다. 그러던 어느 날 결국 일이 터졌다. 그의 독주공연인데다 이미 공지를 내보낸 상황이었는데, 아이가 아픈 탓에 제 시간에 공연장에 도착하지 못하자 무대 아래 관객들의 불만이 폭발 지경이 되었고, 악단의 명예를 크게 실추시켰다는 이유로 해고되고 말았다.

3

그는 자신의 선택을 전혀 후회하지 않았다. 그는 뼛속 깊이 그들을 멸시했다. 갑자기 사람들에 의해 곤경에 빠지게 되면서 비장함과 숭고함은 어느 덧 불씨가 되어 그의 마음속에서 활활 타오르게 되었다.

그는 고상한 척 하는 동료들을 바라보면서 마지막으로 신성한 듯한 분위기를 느꼈다. 그러고는 조금도 주저하지 않고 트럼펫을 들고 이미 그의 마음속에 악습만 남긴 이 음악학원과 작별했다.

1년 후 그는 걸음마를 하기 시작한 아이를 데리고 이 도시를 떠났다. 이 도시에 더는 설 자리가 없어져 먹고 살 길이 막막했기 때문이었다.

불쌍한 아이가 하루하루 커가는 모습을 보면서 그가 아이를 데리고 땀과 연기냄새로 배인 5등급 선실에 몸을 비집고 살길을 찾아 떠날 때, 특히 자신의 고상함에 스스로 감동을 느꼈다. 그는 심지어 감격의 눈물까지 흘렸다. 훗날, 그는 옛 친구의 도움을 받아 농촌과 골목을 전전하는 삼류 곡예단에서 어릿광대 역을 겨우 찾았다. 아이가 7살이 되자 이러한 일들을 기억할 수 있게 되었다. 곡예단에는 야윈 원숭이 몇 마리, 못생긴 강아지 몇 마리, 그리고 털 빠진 검은 곰 한 마리뿐이었다. 그의 임무는 동물들의 공연이 끝난 사이 재미있는 요술을 부리는 것이었다.

그는 아이를 데리고 곡예단을 따라다니며 유랑생활을 했다. 대체 어디로 가야 할지는 처음부터 정해진 것이 전혀 없었다. 밤에 그들은 남의 집 마구간이나 노린내 나는 동물들과 서로 비벼대며 온갖 잡초를 둔 창고에서 휴식을 취하곤 했다. 그들은 1년 사시사철 팽이처럼 바삐 돌아다녔다. 혹은 빗속에서, 혹은 바람 속에서, 혹은 들판에서, 혹은 자그마한 나무배를 타고 느릿느릿 앞을 향해 갔다. 이때 예전의 그런 느낌은 이미 사라진지 오래되었고, 다만 앞으로 어떻게 살아가야 할지에 대한 고민만 남았다. 심지어 그는 자신의 위대한 선택도, 자신이 한 크나큰 희생도 다 잊어버렸다. 마치 처음부터 이 아이를 키워야 했다는 숙명처럼 말이다. 오로지 지금만 있고 과거는 없는 것 같았다. 그렇기 때문에 지금까지 참아온 것들이 모두 지극히 평범한 것처럼 느껴졌다. 감격하고 위안이 되었던 순간은 전혀 없었던 것 같았다. 그의 마음속에서는 그 아이의 특수함도 점차 희미해져갔던 것이다. 그러나 그와 한 친구의 대화에서 아이가 우연히 자신의 출생의 비밀을 알게 되었을 때, 아이는 그의 모든 행동을 기억 속에 깊이 아로새기고 있었다……

공연은 타작마당에서 진행되었다. 가스등은 아물거리면서 눈을 자극하는 흰 빛을 발산했다. 곡예단의 방문으로 조용하던 농촌은 흥분의 도가니에 빠졌다. 여러 촌의 농민들이 몰려와 삽시간에 인파로 들끓었다.

공연을 마친 야윈 원숭이가 무대 위에서 소변을 보자 관객들이 배를 끌어안고 깔깔 웃었다. 그의 차례가 되었다. 우스꽝스러운 꽃 모자를 쓴 그는 윙크하고 허리를 내밀며 쌍스럽기 그지없는 모습으로 익살스러운 공연을 펼쳤다. 관객들의 환심을 사기 위해 그는 자신의 이미지는 전혀 생각하지 않았고 심지어 자신을 모욕하는 것조차 서슴지 않았다. 관객들은 가끔씩 포복절도했다. 이것이야말로 곡예단의 우두머리가 그에게 바란 요구사항이었다. 누군지 엉덩이에 깔고 있던 풀을 무대 위로 던졌다. 그러자 많은 사람들이 따라서 던지기 시작했다. 메뚜기처럼 튀어 올라와 그의 얼굴에 맞혀졌다. 그럼에도 그는 화를 내지 못하고 계속 웃어야만 했다. 마치 그는 소란을 피우는 그들의 행동을 아주 즐기는 것처럼 말이다.

만취한 젊은 농민이 알몸으로 슬그머니 무대 위에 뛰어올라왔다. 그는 웃으며 다가왔다. 젊은 농민은 멍한 눈으로 그를 바라보더니 갑자기 그가 쓰고 있던 모자를 벗겨서는 자신의 머리에 뒤집어썼다.

무대 아래는 웃음바다가 되었다.

그 농민이 어정쩡하게 말했다.

"이것……이것을 어찌……머리에 써야 하나……"

그러더니 모자를 잡아당겨서는 바짓가랑이에 끼웠다. 모자를 찾아오려고 그는 그 농민을 뒤쫓아 갔다. 젊은 농민은 얼른 모자를 관중석으로 뿌렸다. 이어 관객들이 모자를 여기저기로 뿌리며 장난을 쳤다. 나중에는 못된 장난을 하는 한 나쁜 자가 모자에 소변을 본 후 젖은 채로 다시 무대 위에 뿌렸다. 무대 위에 서 있는 그는 입술이 바르르 떨렸다. 무대 아래 관객들은 웃겨 죽는 표정이었다. 그는 고개를 숙이고 한 걸음 한 걸음 무대 위로 걸어갔다.

무대 아래는 열광의 도가니에 빠졌다.

"어릿광대! 어릿광대!"

아이는 얼른 무대로 뛰어 올라갔다. 중년 남자기 어둠속에 홀로 앉아 눈물을 훔쳤다. 누구도 생각지 못한 일이었다. 아이는 어른스럽게 그의 곁으로 다가가 앉았다. 그날 밤 그는 아이를 데리고 곡예단을 떠나 막연하게 다른 곳으로 향했다.

4

또 3년이 지났다. 이제 아이가 10살이 되었다.

그의 머리에는 벌써 흰머리가 뿌리를 내리고 등도 휘었다. 얼굴에는 주름이 자글자글했고 눈빛에는 피곤함이 역력했다.

그는 이제 더는 자신을 고려하지 않았고 아무것도 생각하지 않았다. 더욱이 이제는 반응이 둔해져 자신이 무엇을 하고 있는지, 왜 그러는지 조차 몰랐다.

그 해 가을 그는 또 누군가에 폭행을 당했다.

그 날 그가 아이를 데리고 과일가게를 지나갈 때였다. 방금 출시된 감을 본 아이가 감을 뚫어지게 쳐다보며 군침을 꼴깍 삼켰다. 그는 가던 발걸음을 멈추고 주머니를 이리저리 더듬어 보았다. 주머니 사정이 어려운 그는 한참 찾아서야 겨우 몇 십 전을 찾아냈다. 한참 망설이다가 그 돈을 다시 주머니로 넣었다.

그와 아이는 길옆에 앉았다. 아이의 눈길은 계속 그 과일가게로 향했고 그는 아이에게 감을 사줄지 말지를 고민했다.

"가요."

아이가 유혹을 물리치려는 듯이 말했다.

"여기 꼼짝 말고 앉아 있어, 감 2개를 사올게."

그가 말했다. 그는 한 걸음 한 걸음 과일가게 앞으로 다가갔다. 감이 방금 출시된 터라 과일가게는 감을 사러 온 사람들로 문전성시를 이루었다. 그는 옆에서 한참을 망설이다가 인파를 비집고 들어갔다. 아이는 얌전하게 앉아 감 사오기만을 기다렸다.

한참 지나서 과일가게 쪽에 무슨 일이 생긴 것 같았다. 감을 사러 온 사람들이 황급히 자리를 피했다. 젊고 신체가 건장하며 흉악하게 생긴 노점상이 그의 옷깃을 꽉 붙잡고는 크게 소리쳤다.

"도둑이야!"

아이가 곧바로 달려갔다.

"감을 얼른 꺼내지 못해!"

노점 상인이 그의 옷깃을 더욱 세게 틀어쥐었다. 얼굴이 갈색으로 변하고 눈알이 푹 튀어 나온 그는 손을 바들바들 떨며 오른쪽 바지 주머니에서 감 한 개를 꺼내 과일 매 대에 가볍게 올려놓았다.

"한 개 더 있잖아!"

노점 상인이 힘껏 밀어붙였다. 그는 하는 수 없이 왼쪽 바지 주머니에서 감 한 개를 더 꺼내 쪼그려 앉으면서 과일 매 대에 올려놓았다. 아이는 두 손으로 그의 팔을 잡으며 애원의 눈빛으로 노점 상인을 바라보았다. 노점 상인은 아이를 못 본체 하면서 그를 향해 소리쳤다.

"빌어먹을 놈, 어떻게 할 거냐!"

그 순간 그의 표정은 마치 죽은 사람 같았다.

"이 빌어머을 놈 같으니리고! 부끄럽지도 않냐?"

노점상인은 그의 옷깃을 틀어쥔 채로 한 바퀴 빙 돌렸다.

"놓아주세요, 놓아주세요."

노점 상인을 향해 아이가 가엽게 애원했다.

"놓아달라고? 그래 좋아, 그렇다면 감 1kg은 사야 해, 0.5kg에 5위안이다." 일이 순조롭게 해결되기를 바라는 듯한 노인이 그를 향해 너그럽게 말했다.

"당신이 감 1kg을 사게나."

그는 고개를 숙였다.

"살 거야, 안 살 거야?"

노점상인은 마치 양을 모는 듯 그를 과일 매대 앞까지 끌고 갔다. 아이는 여전히 그의 팔을 꽉 붙잡고 있었다. 그는 두 손으로 노점 상인의 팔을 붙잡으며 말했다. "난……없어……돈이"

"수작 부릴 생각 하지 마!"

노점상인은 그의 옷깃을 더 꽉 당겼다. 그 노인은 여전히 착한 사람 흉내를 내며 "그럼 0.5kg이라도 사게나. 그러니까 왜 남의 감을 훔치는가?"

"난 정말 돈이 없어요."

노점 상인은 코웃음을 치더니 옷깃을 잡고 있던 손을 놓았다. 그러고는 곧바로 사정없이 그의 몸을 뒤져댔다. 그의 몸에서 쪼글쪼글 말려진 몇 십 전을 찾아냈다. 그러나 액수가 터무니없이 적자 노점 상인은 화가 치밀어 "찰싹"하고 그의 얼굴에 싸대기를 메졌다.

"이런 빌어먹을 놈, 이거 완전히 도둑놈일세 그려!"

그는 비틀거리며 자리에 서 있었다. 아이는 그의 팔을 붙잡고 엉엉 울어댔다. 사람들은 조용히 자리를 떠났다. 그는 아무 생각 없이 그저 멍하니 그곳에 서 있었다.

곧 날이 어두워질 시간이었다. 가을바람에 그의 메마르고 푸석푸석한 긴 머리가 하늘거렸다.

그들은 땅거미가 질 때까지 걷다가 길옆에 자리를 찾아 앉았다. 아이는 얼마나 피곤했는지 그의 무릎에 엎드린 지 얼마 지나지 않아 곧바로 잠들었다.

그는 망연자실하여 어찌할 바를 몰랐다. 한참을 지나서야 그는 겨우 천천히 생각을 떠올렸다. 한밤중에 그는 아이를 흔들어 깨워서 말했다.

"내일, 트럼펫 부는 걸 가르쳐줄 께."

5

"난 이 아이를 훌륭한 사람으로 키울 거야."

이런 생각이 갑자기 떠올랐다. 그의 생각은 마치 여명 전 동방하늘에 떠오른 유난히 밝고도 반짝이는 별처럼 또렷했다. 그 해 자신의 선택이 지닌 가치를 다른 곳에서 보게 된 그는 다시 극도로 흥분하였다. 그는 아이의 멋진 미래 청사진을 생각하면서 전에 자신의 선택을 무시하고 조롱했던 사람들의 코를 납작하게 해주고 싶었다. 나아가 최근 몇 년 동안 받은 수모를 되돌려 주고 싶은 갈망과 쾌감마저 생겨났다.

"모든 것은 이 아이에게 달렸다."

그러나 비극은 이 아이가 트럼펫을 불 수 있는 조건을 갖추고 있지 않다는 데서부터 시작되었다. 아쉽게도 이 부분에 대해 그는 아이에게 트럼펫을 가르쳐주기 전까지는 전혀 깨닫지 못했던 것이다. 지나치게 얌전하고 내성적인 이 아이는 말수가 적을 뿐만 아니라, 다른 애들처럼 놀고 싶어 하지도 않았고, 남을 화나게 하는 파괴적인 욕망도 없었다. 그는 묻는 말에 늘 고개를 끄덕이거나 흔드는 것으로 답을 대신했다. 아니면 "네"하고 단답형으로 대답하곤 했다. 만약 그에게 한 자리에 앉아 기다리라고 하면 아마 아래턱을 고이고 팔꿈치를 무릎에 올리고는 데리러 올 때까지 그 자세로 앉아 있을 것이 분명했다. 만약 누군가 그에게 일어나라고 얘기하지 않는다면 아마 평생 그렇게 앉아있을지도 몰랐다. 그에게서 '영리함'이란 조그만 치도 찾아볼 수 없었다. 그의 눈빛은 언제나 성실하고 순진하고 정직했다. 따라서 아이에게 마땅히 있어야 할 영리함과 교활함은 전혀 느낄 수가 없었다. 그는 아주 어른스러웠지만 하나를 배워주면 열을 아는 아이는 절대 아니었다.

그리고 이 아이는 힘이 없었다. 5, 6살 전에 목이 실오라기처럼 가늘어 머리가 자꾸 한 쪽으로 기울어졌다. 숨소리도 얼마나 가는지 마치 개미의 호흡소리처럼 잘 들리지 않았다. 그는 어디로 가든 앉아 있기를 좋아했다. 힘은 아주 중요할 뿐만 아니라 재주이기도 하다. 한 사람에게 힘이 없으면 아무 일도 해내지 못할 것이다.

이 아이는 처음부터 걱정을 안고 태어난 듯했다. 누런 얼굴과 빛이 없는 눈에는 늘 수심이 가득해 보였다. 이는 가히 치명적인 부분이라고 할 수 있다. 생기발랄한 생명력의 발전을 억제하기 때문이다.

그는 장롱에 처박힌 신세가 된 지 오래된 트럼펫을 꺼내 반짝반짝 빛이

나게 닦고는 입에 대는 방법부터 차근차근 가르쳐주었다. 아이는 아주 열심히 배웠지만 힘들어했다. 아이에게 있어 이 트럼펫은 너무나 무겁고 다루기 어려운 악기였다. 마치 목숨을 앗아가는 존재인 것만 같았다. 그는 양 볼을 공처럼 볼록하게 해도 트럼펫을 불지 못했다. 가늘고 야윈 손가락은 힘도 없고 마음대로 움직여지지도 않았다. 얼마 지나지 않아 이마에는 구슬땀이 송골송골 맺혔다.

"급해하지 말고 천천히 하거라."

그는 아이 이마에 맺힌 땀을 닦아 주며 말했다. 아이는 트럼펫을 들고 팔을 축 드리우고는 실망스럽고도 미안한 표정으로 그를 바라보았다.

"조금이라도 급해하면 안 돼."

그는 아이의 땀을 닦아 주며 말했다. 말은 이렇게 해도 마음속으로는 아이가 하루아침에 트럼펫 곡을 멋지게 연주하지 못하는 것이 한스럽기만 했다. 아이는 트럼펫을 다시 입가로 가져갔다. 아이가 젖 먹던 힘까지 다 해서야 트럼펫에서 겨우 "삐—삐"하는 소리가 났다. 그 소리는 마치 늙은 물소가 내는 소리 같았다. 그 소리를 듣고 아이도 실없이 웃었다.

그는 긴 한숨을 내쉬었다.

그 순간 아이는 당황하여 어찌할 바를 몰랐다. 그러나 방금 트럼펫이 낸 소리가 생각났는지 또 다시 피식 웃었다.

갑자기 방귀소리가 생각났기 때문이었다.

그도 웃었다. 그러나 곧바로 얼굴색이 굳어졌다.

아이는 고개를 푹 떨구고 멍하니 수중의 트럼펫만을 응시했다.

요 며칠 간, 그는 아이가 트럼펫을 배우도록 다그쳤다.

그는 마음이 초조해져 침착할 수가 없었다. 밥도 못 먹게 하고 잠도 못 자게하며 다그쳤다. 자연히 그도 먹지 않고 자지도 않았다. 그는 아무런 요령도 없이 막무가내로 아이에게 가르쳤다. 이 때문에 아이는 어떻게 따라해야 될지 조차 몰랐다. 그 때문에 아이는 더 멍청해진 듯 했으며 늘 눈에는 눈물이 고여 있었다.

"됐어, 그만 해!"

이날 그가 요구한 음표소리를 아이가 내지 못했을 때 그는 마침내 소리를 지르며 아이의 손에서 트럼펫을 빼앗아 상자에 도로 집어넣었다. 그러나 오경이 되자 그는 또 아이를 흔들어 깨웠다.

"가자! 강가로 연습하러 가자!"

아이는 어리벙벙해 하면서 그를 따라 나섰다.

요즘은 날씨가 춥다. 회백색의 하늘에는 별 몇 개가 차가운 빛을 뿌리고 있고 주위는 몽롱함에 휩싸여 있었다.

아이는 트럼펫을 들고 후들거리며 그의 뒤를 따랐다. 이때 잠이 쏟아지는 이 아이는 아무 생각이 없었으며, 어안이 벙벙해져 있었다. 그는 트럼펫에 흥미가 없었지만 그렇다고 싫어하지도 않았다.

"불어라!"

그러자 아이가 트럼펫을 불었다.

"1-2-3-……"

아이가 기계적으로 음표 3개를 불고는 멈췄다.

명령을 기다리는 것이었다.

"계속 불지 못해!"

대체 무엇을 어떻게 불어야 할지 아이는 몰랐다.

그는 고개를 저으면서 옷깃을 여미더니 자리에 앉았다.

"얘기해 보거라. 계속 배울 수 있겠니?"

아이는 어떻게 대답해야 할지를 몰랐다. 애초부터 이런 문제를 고민해 본 적이 없었기 때문이었다.

그는 아이가 지극히 평범한 아이라는 점을 이미 알고 있었다. 그렇지만 그는 결코 슬프지 않았다. 다만 마음속이 텅 빈 듯한 느낌이 들 뿐이었다.

그렇게 15일이 지났다. 아이가 7개 음표를 단번에 불지 못했을 때 그는 전혀 화를 내지 않고 심지어 원망하는 눈빛마저도 띠지 않고 트럼펫을 다시 상자에 넣고는 열쇠를 잠가버렸다.

6

그가 전에 연주자로 살았던 그 도시를 떠나고서부터 이 상자를 다시 열기까지 장장 15년이란 세월이 흘렀다.

유랑생활을 하던 그에게 예전 악단에서 같이 일하던 한 친구가 미국으로 이민을 떠나면서 그와 아이가 잠시 살도록 집을 내주었다.

아이는 초등학교를 졸업하고 중학교에 겨우 입학했다.

이 도시로 다시 돌아온 그는 텅 빈 집에서 외로움이 뼛속까지 사무쳤다. 낮에 아이가 학교에 가면 그는 홀로 집을 지켜야 했다. 가구 하나 없이 텅 비어 있는 집은 반들반들한 흰 벽만 보여 마음이 심란했다. 그는 거리로 나섰다. 차갑고 낯선 얼굴들, 시끌벅적한 시장, 끊임없이 오가는 차들……

이런 것들에 그는 전혀 관심이 없었다. 양 손에 쥔 것이 아무것도 없는 그는 마음까지 텅 비어 있었다. 쓸쓸함이 영혼까지 파고들었다. 마치 몹시 굶주린 개가 뼈다귀 한 가닥을 꽉 물고 놓지 않는 느낌이었다.

"왜 살아야지?"

그는 삶의 필요성마저 의심하기 시작했다. 그는 옛 동료들과 자주 마주쳤다. 그들은 하나같이 기세등등하고 바빠 보였다. 반면 그는 마음이 새까맣게 타들어가 잿더미가 되어 있었다.

알 수 없는 고민들이 그를 늘 괴롭혔다.

그와 생활하는 아이는 늘 조심스러워 했다.

바로 이때 권력 있는 한 친구가 그를 보러 찾아왔다.

그는 떠나면서 말했다.

"다시 악단으로 돌아오게나.

예전처럼 트럼펫을 잘 불기만 한다면 말일세."

그 후로 며칠간의 망설임과 방황 끝에 그는 상자를 열고 검게 된 트럼펫을 다시 꺼냈다. 그는 허빈(河濱)공원으로 한걸음에 달려가 15년간 손에서 놓았던 트럼펫을 다시 불었다. 그러나 한 곡을 채 연주하기도 전에 서글픈 마음이 북받쳐 올랐다. 이미 원기가 많이 쇠해졌다고 느꼈기 때문이었다. 전에는 단전에서부터 올라와 호방하고 사람을 흥분케 하던 힘이 이제는 거의 사라져 빈약하고 얄팍한 소리가 났던 것이다. 입술 근육도 경직되어 마치 이 빠진 유리병이 기류를 베는 것처럼 "삑─삑" 잡소리가 났고 더는 예전처럼 원숙하고 매끄럽게 트럼펫을 불 수가 없었다. 손가락도 예전의 탄력과 영민성을 잃었고, 마비된 것처럼 움직이기조차 어려웠다.

전에는 손가락이 마치 영리한 쥐처럼 그 위에서 폴짝폴짝 뛰었는데 말이다. 그는 심지어 전에 눈감고도 연주했던 곡의 박자를 잊어버리기까지 했다. 트럼펫을 바라보면서 그는 크게 실망했다.

결코 현실을 인정하기 싫었던 그는 연 며칠을 난폭하게 굴었다. 농촌에서 장례식을 치를 때 트럼펫을 부는 사람처럼 양 볼을 볼록하게 해서 세게 불기도 했다. 그는 곡을 연주하려는 것이 아니라 단지 트럼펫을 불려고만 하는 것 같았다.

그토록 귀했던 기운은 다 어디로 갔을까? 이제는 몸에서 빠져나와 앙상한 골격만 남았다. 음악적인 감각도 온데간데없이 사라졌다. 그는 막연한 느낌이 들었다. 그 후 그는 너무나 화가 나서 마치 공원에 혼자 있는 것처럼 돼지 멱따는 소리를 내며 트럼펫을 불었다.

늙은이들이 날마다 이곳에서 호금(胡琴, 비파의 다른 이름—역자 주)을 불고 경극을 공연했다. 그들은 넓은 아량으로 그가 내는 시끄러운 잡음을 요 며칠 동안은 참아주었다.

"저 사람 정신병자 아냐?"

"바보 멍청이 아냐?"

늙은이들이 수군거렸다.

결국 늙은이들이 함께 몰려와 그를 향해 항의했다.

"제대로 불지도 못하면서 무슨 허튼 수작을 하고 있나?"

"당신은 귀가 시끄럽지도 않아?"

"정 불고 싶으면 다른 곳에 가서 불게나!"

그는 그때서야 자신의 행위가 적절치 못했다는 것을 느끼게 되었다.

그는 늙은이들을 향해 사과한 후 트럼펫을 들고 공원을 떠나 후청하(護
城河)변까지 걸어갔다. 석양이 물든 서쪽 하늘이 마치 금빛 테두리를 두른
듯 황금색으로 물들어 있어서 맞은편의 갈대가 반짝반짝 빛을 발했다.

그는 석양이 천천히 지는 모습을 바라보며 트럼펫을 살며시 강가에다 버
렸다. 마지막 남은 석양이 트럼펫을 조용히 비추고 있었다. 트럼펫은 풀숲
에서 따뜻하고도 매혹적인 빛을 조용히 뿌리고 있었다.

7

그는 깊은 고독에 빠졌다. 그는 성격이 이상해지고 예민해졌다. 유일한
피해자는 아이였다. 그는 아이를 점점 쌀쌀맞게 대했다. 어떤 때는 참지
못하고 아이를 괴롭히기도 했다. 그러나 그는 전혀 미안한 마음이 들지 않
았다. 그날 공연장 뒤쪽의 삼림에서 집으로 돌아간 후 더 초조해지고 냉혹
해졌다.

아이는 언제나 문어귀에서 기다리고 있었다. 그가 의자에 앉으며 말했다.
"술이나 따라라!"

아이는 황급히 그에게 술을 따라주었다. 그는 술만 마실 뿐 아무 말도 하
지 않았다.

"너 노래 한 곡 불러줄 수 있니?"

그가 말했다. 아이는 아무런 준비도 없었던 데다 이쪽 방면으로는 전혀
재능이 없었다. 아이가 난처한 표정으로 그를 바라보았다.

"날 위해 노래 한 곡도 불러줄 수 없다는 거냐? 정말 그러냐?"

아이가 두려움에 얼른 머리를 흔들었다.

"그럼 해 봐!"

한참을 쭈뼛거리더니 아이가 노래를 부르기 시작했다. 그는 다른 애들이 불렀던 노래를 기억만으로 부르고 있었다. 스스로 노래를 한 번도 불러보지 못한 그는 처음부터 음을 너무 높게 잡았다. 하지만 음이 바로 내려와 일락천장의 느낌을 줬다.

아이는 열심히 노래를 불렀지만 곡을 제대로 잡지 못해 노래가 이상하게 들렸다. 더욱 웃긴 것은 아이가 얼마나 감정을 담아 노래를 부르는지 두 눈에는 극히 드문 활기마저 느껴졌다.

그는 하하 웃으면서 고개를 절레절레 저었다.

"그걸 노래라고 하냐!"

아이가 노래를 멈췄다.

"왜 부르지 않나? 계속 불러 봐!"

아이가 다시 노래를 부르기 시작했지만, 방금 전의 자신감은 온데 간 데 없이 사라졌다.

"목소리가 정말 듣기 안 좋구나!"

그는 혐오스러운 표정을 지으며 이맛살을 찌푸렸다. 아이의 목소리가 점점 낮아지더니 나중에는 소리를 내지 않았다.

"다른 노래 부르면 안 되니? 어디서 배운 노래냐? 그건 건달들이나 부르는 노래아니니?"

그 말을 듣는 순간 아이는 부끄러워서 얼굴이 홍당무처럼 빨개졌다.

"왜? 그 한 곡 밖에 모르는 거야?"

아이는 곧바로 다른 노래를 불렀다. 그러나 등받이 의자에 앉아 있던 그는 잠에 떨어져 있었다. 아이는 노래를 한참 부르다가 눈물을 흘렸다. 그러나 계속해서 반복적으로 노래를 불렀다.

잠에서 깨어난 그는 귀찮다는 듯이 말했다.

"아직도 노래를 부르고 있는 거니?"

이때 아이의 눈물은 마치 줄 끊어진 보석처럼 흘러내려 손등에 뚝뚝 떨어졌다.

8

가을 어느 날 그가 병에 걸렸다.

그는 어떤 병에 걸렸는지도 잘 모른다. 고집이 센 그는 병원으로 가려 하지 않고 종일 침대에만 누워 있었다. 그는 자신이 큰 병에 걸렸다고 느꼈다. 그래서 그는 신음소리를 내면서 아이에게 계속 병상 옆에 있으라고 했다. 때로는 낮은 소리로, 때로는 높은 소리로, 또 때로는 길게, 때로는 짧게 계속 신음소리를 냈다……

그의 신음소리를 듣기만 하면 아이도 함께 고통스러워했고 긴장한 듯 어찌할 바를 몰랐다. 속수무책으로 아무 것도 할 수 없다는 점을 깨달았을 때 아이는 극도의 죄책감에 시달렸다.

"넌 왜 침대 옆에 잠깐이라도 앉아 있지 않니?"

아이가 급히 걸상을 끌고 와 그의 옆에 앉았다.

별로 할 말이 없는지 그는 머리를 베개 위에 비스듬히 기댔다.

늙고 창백하며 희망이 없어 보이는 그의 얼굴을 본 아이는 울고 싶어졌다.

"물 좀 가져다줄래?"

아이는 얼른 물을 가지러 갔다.

"너무 뜨겁다."

아이는 물 잔을 냉수에 넣어 한참을 식혔다가 들고 왔다.

"이건 너무 차갑잖아."

아이는 또 물 잔에 더운물을 부었다.

그는 머리를 흔들면서 긴 한숨을 내쉬었다.

"거기 두려무나."

"창문을 꼭 닫아라. 바람이 좀 있구나."

아이는 창문을 꼭 닫고 다시 걸상에 앉았다.

"넌 한 마디 위로말도 할 줄 모르냐?"

아이는 쭈뼛거리며 봄을 움직였다. 얼굴이 빨개지면서 뭔가 말하려고 했지만 결국 아무 말도 하지 못했다.

"가! 저리 가!"

그는 몸을 돌리고는 또 신음하기 시작했다. 아이는 한참 동안이나 그 자리에 서 있다가 문을 나섰다.

그러자 그는 차츰 신음소리를 내지 않았다.

밖은 영락없는 가을 날씨였다. 하늘은 얼마나 새파란지 더 추운 것 같았다. 오동 나뭇잎이 떨어지기 시작하고 갈색 잎사귀는 하늘하늘 날아서 내렸다……

이 순간 그는 몸과 마음의 고요함을 느꼈다.

한참을 지나 "삐걱"하는 문소리가 들렸다.

"어디 갔댔니?"

아이에게 물었다.

"아파트 문 앞에 앉아 있었어요. 아무데도 가지 않았어요."

아이는 그의 끝없는 신음소리를 계속 들어야 했다. 학교의 수업시간에도 그는 귓가에서 신음소리가 들리는 것 같았다. 그의 각 과목별 기말성적은 말이 아니었다. 그는 울지도 않았고 슬퍼하지도 않았다. 아이는 반응이 늦고 어리바리 했다.

그의 병은 심해졌고 신음소리는 하루하루 더 커져갔다. 마치 그의 영혼이 크나큰 고통을 받는 듯 했다. 그 소리에 아이의 고막은 시달림을 받고 마음이 심란해져 단 하루도 조용할 날이 없었다. 아이가 귀를 막았지만 그의 신음소리에는 결코 막을 수 없는 투과력이 있어 아이의 마음은 더욱 초조해졌다. 아이는 하는 수 없이 방으로 들어가 문을 닫았다.

"어디 갔어?"

아이가 조금이라도 보이지 않으면, 그는 바로 찾아 나섰다.

아이는 어쩔 수 없이 방에서 걸어 나왔다. 이날 아이는 그의 신음소리에서 느껴지는 괴롭힘을 더는 이겨내지 못하고 감옥을 탈출하는 죄수처럼 집에서 뛰쳐나와 한 달음에 도시 밖 강가의 풀밭까지 뛰어갔다. 그는 풀밭에 누워 파란 하늘을 바라보면서 입을 벌리고 야외의 축축한 공기를 실컷 들이마셨다.

그러면서 바로 잠들었다.

아이가 잠에서 깨어났을 때는 날이 거의 어두워질 때였다.

아이를 본 그는 아무 것도 묻지 않고 입가에 자애로운 미소를 지었다.

아이가 미안한 표정으로 그의 침대 옆으로 다가갔다. 그는 아이의 손을 잡아당기며 옆에 앉으라고 했다. 그는 신음소리를 내지 않았다. 아픔이 마치 조수처럼 밀려드는 것 같았다. 불룩 튀어나온 광대뼈, 움푹 들어간 눈, 핏기 없는 입술은 피곤한 듯 축 처져 있었다.

황혼 속에서 그의 얼굴을 바라보던 아이가 갑자기 울음을 터뜨렸다.

"왜 울어?"

그는 아이의 손등을 토닥토닥했다. 밤에 그는 아이에게 얼른 가서 자라고 재촉했다. 그러나 아이는 그의 곁에서 한 발자국도 떨어지지 않았다. 그는 거절하지 않았다.

그 후 아이는 그의 침대 옆에 엎드려 날이 밝을 때까지 잠을 잤다. 그는 온 밤 내내 잠을 이루지 못했다. 밖이 훤해질 무렵 피곤함이 약간 밀려오자 자는 아이를 깨워 물어보았다.

날이 거의 밝았지?"

아이가 눈을 게슴츠레 뜨더니 고개를 끄덕였다……

9

그가 세상을 떠난 후 아이는 들어본 적도 없는 다른 성(省)의 3류 대학에 입학했다. 이 도시를 떠나기 전에 아이는 재산을 전부 팔아 좋은 트럼펫을 사서 그의 초상화 앞에다 바쳤다.

그 후 아이는 이 도시로 다시는 돌아오지 않았다.

Part
6

슬픈 운명(槍魅)

슬픈 운명(槍魅)

1

잠에서 깨어난 물오리 아시(阿西)는 버드나무 가지로 엮은 우리에 갇혀 있다는 것을 발견했다.

물오리는 사냥꾼의 총에 맞아 심한 부상을 당했다고 생각하고는 신음소리를 냈다. 그러나 차츰 몸에 아픈 곳이 없다는 것을 느꼈다. 머리를 기우뚱 하고 몸을 샅샅이 훑어보았지만 상처자국을 발견하지 못했다. 물오리는 납작한 입으로 깃털을 들어 올리면서 자세히 살폈지만 결국 총알 자국을 발견하지는 못했다.

"그런데 왜 우리에 갇혀 있는 거지?"

그는 의구심이 들었다. 물오리는 용기를 내서 새장 밖을 내다보았다. 사냥꾼이 의자에 앉아 엽총을 닦고 있었다. 아시는 공포감에 몸을 얼마나 바르르 떨었는지 꼬리 깃털에서 사르르 하는 소리까지 났다.

그는 당시 아시우(阿秀)와 물에서 장난치며 놀다가 갑작스런 총소리를 듣고 눈앞이 새까맣게 된 후로는 아무 기억도 없다는 것만 어렴풋하게 생각났다. 그는 자연히 이 엽총이 두려웠다. 그러나 총에 맞아 쓰러진 것이 아니라 놀라서 쓰러졌다는 사실을 깨닫고 나서는 약간 부끄러웠다.

이 사냥꾼(그 당시에는 그의 주인이 될 줄은 꿈에도 몰랐음)의 생김새는 그야말로 엉망진창이었다. 눈이며 코며 입이며 모두가 옹기종기 한데 모여 있었을 뿐만 아니라, 귀는 푸석한데다 메마른 머리에 절반쯤은 가려져 있었다. 그러나 눈빛에서는 교활함이 분명히 느껴졌다. 그는 정신을 가다듬고 총을 닦고 있었다. 너무 오래된 총이라 낡아보였다. 조금이라도 전도유망한 사냥꾼이라면 이런 엽총을 사용하지 않을 것이다. 그러나 그는 이 엽총을 보배처럼 아주 귀하게 여기는 것 같았다. 인내심을 갖고 얼마나 열심히 닦았는지 오래된 총인 데도 빛이 반짝였다. 그는 총을 받쳐 들더니 앞을 향해 조준했다. 마치 눈앞에 날아가는 새라도 있다는 듯 진지한 표정으로 조준하면서 몸을 움직였…… 그러다가 총구가 단번에 새장의 아시를 조준했다. 아시는 또 다시 거의 기절 직전이었다. 사냥꾼은 총을 내리고서는 다가와 아시를 바라보면서 괴이한 웃음을 지었다.

"널 죽이지 않을 거야! 훌륭한 창메이(槍魅)로 길들일 것이거든."

'창메이'란 이곳의 대다수 사냥꾼들은 그들이 산채로 포획한 사냥물을 훈련시킨 후 그들에게 포획한 사냥물의 같은 무리를 총구로 유인해 오는 짓을 시키는 것을 말한다.

사냥꾼이 아시를 저수지에다 내던졌다.

아시는 무섭고 당혹스러웠다. 날 풀어주려는 걸까? 그는 경솔하게 날아오르지 않았다. 먼저 입으로 물을 몇 모금 "쩝쩝" 마시고는 물을 위로 걸어 올리면서 조심스레 목을 씻었다. 물방울이 목을 따라 굴러 내렸다. 고개를 갸웃거리자 호박색의 눈동자가 햇빛 아래에서 눈부시게 반짝였다. 아시는 짙은 남색을 띤 넓은 하늘을 바라보았다. 저기에서는 얼마나 자유스러울까? 한참 동안 흥분을 가라앉히지 못한 아시는 얼마나 기뻤던지 눈물까지 날 뻔 했다.

공기가 이토록 청신하고 습윤(濕潤)할 줄은 이전에는 몰랐던 것이다.

솔솔 불어오는 산들바람에 아시의 아름다운 깃털이 뒤집혔다. 낯선 오리 떼가 못가의 백양나무 위에서 하늘로 자유롭게 날아올랐다. 못가의 사냥꾼은 눈을 지그시 감고 휴식을 취하고 있다. 사냥꾼이 방심하고 있다고 생각한 아시는 가슴이 콩알만 해졌다. 사냥꾼이 확실히 눈을 감고 있다는 것을 확인한 후 그는 갑자기 날개를 펼치고 파란 하늘을 향해 훨훨 날아올랐다. 다시 자유를 얻었다고 생각했을 무렵 날 힘이 없다는 것을 깨달았다. 아시는 날개를 세게 펄럭이었지만 결국에는 "풍덩" 소리와 함께 다시 못에 빠지고 말았다. 그의 다리에 긴 끈을 매어 놓았던 것이다. 사냥꾼이 그런 아시의 모습을 보면서 배를 끌어안고 깔깔 웃었다. 얼마나 웃었는지 숨이 올라오지 않아 헉헉 거렸고 눈물을 흘리더니 나중에는 못에 빠지기까지 했다. 물속에 빠져서도 얼굴만 쏙 내밀고 웃음을 멈추지 않았다.

아시는 울었다.

사냥꾼은 마치 낚시 줄을 잡아당기듯 손에 묶여 있는 끈을 한 줄 한 줄 감았다. 아시는 마치 죽은 오리처럼 날개를 축 드리운 채 끈에 몸을 맡기고는 결코 저항하지 않았다. 결국에는 사냥꾼에 의해 사정없이 못가로 끌려가고 말았다.

2

사냥꾼은 흠뻑 젖은 아시를 붙잡아 다시 우리에 가두었다. 사냥꾼은 아시를 가둔 우리를 못가의 나뭇가지에 걸어 놓았다. 아시는 하늘도, 물도 보였다. 그러나 우리에 갇힌 신세였다. 바닥까지 들여다보이는 못의 잔잔한 물결, 하늘을 훨훨 날아예는 자유, 이 모든 것들이 아시를 유혹하고 있었다. 그는 자유로운 생활을 갈망하고 있었다.

그리 된다면 얼마나 기분 좋은 일인가!

그러나 사냥꾼은 아시를 우리에 놔두고 그대로 가버렸다. 아시는 우리에 쭈그리고 앉아 아름다웠던 이전의 날들을 그리워했다.

이전에 그는 방대한 오리 떼를 따라 지구의 반을 날아 지나갔었다. 삼림, 강과 호수 위를 날아예기도 했다. 어떤 때는 구름 속까지 높이 날아올랐다. 기류가 물처럼 등에서 넘쳐흐르고 날개가 공기를 가로지르면서 '솨─솨' 하고 듣기 좋은 소리를 냈다.

연이어 하늘을 날아 지나가는 그들의 자태가 얼마나 우아하고 자유로운지 마치 종이가 공중에서 유유하게 흩날리는 것 같았다. 가라앉았다, 떠오르기를 반복하는 비행은 그토록 기분 좋을 수가 없었다. 오리 떼는 하늘에서 수시로 대열을 바꾸지만 대열이 흐트러진 적은 한 번도 없었다. 그들은 파란 하늘에서 하나 또 하나의 아름다운 무늬를 그려내 적막하고 단조로운 하늘에 풍부함을 더했다. 그들은 늘 밤하늘을 날아옜다. 그때 아시는 말로 형용할 수 없는 신비함과 조용함을 느꼈다. 강도, 마을도 보이지 않았다. 그들은 이토록 서늘하고 파란 하늘에서 오로지 앞을 향해서만 날아갔다. 어디로 날아갈지 사실 그들조차도 몰랐다. 사실 그들은 감각에 따라 가고 싶은 곳으로 날아갔던 것이다. 밤에 비행해도 아주 질서정연했다. 친구들이 양 날개로 공기를 가르는 소리를 들으면서 정확하게 자체의 항선(航線)을 유지할 수 있었던 것이다. 밤하늘은 마치 부드러운 비단처럼 그들을 어루만졌다.

드높은 하늘의 별빛을 바라보면서 그들은 늘 천당으로 날아가고 있다는 착각을 하기도 했다.

그들은 수시로 착륙할 수 있었다. 혹은 갈대숲에, 혹은 삼림 속 호수 위에, 혹은 논 위에 내려앉기도 했다. 착륙은 아시에게 기분 좋은 일이었다. 그는 몸을 비스듬히 기울이면서 빙빙 돌았다. 습윤한 수증기는 오랜 시간 비행하는 그들에게 있어 퍽 유혹적이었다. 그들은 하나 둘씩 "철퍼덕"거리며 물속으로 들어갔다. 어떤 때 아시는 저도 모르게 하늘을 바라보며 길게 소리를 냈다. 그 소리가 조용한 세상에서 그토록 순수하고 아름다울 수가 없었다.

아시에게 있어 하늘보다도 물속세계가 더 유혹적이었다.

아시는 엉덩이를 하늘로 쳐들고 깊은 물속을 향해 헤엄쳐 갔다. 작은 물방울이 "꼬르륵, 꼬르륵" 소리를 낸다. 일정한 깊이까지 잠수해 가서는 긴 목을 뻗어 앞을 향해 헤엄쳐 갔다. 주위는 수정처럼 투명하다. 수초는 마치 가늘게 피어오르는 연기를 방불케 한다. 각양각색의 물고기들이 물속에서 반짝이고 있다. 백옥을 방불케 하는 새우들이 혹은 수초와 갈대에 찰싹 달라붙어 있거나 혹은 기이한 방식으로 수영을 하고 있다. 이마에 파란 보석을 단 듯한 물고기도 있는데 물속 세계에서 눈부시게 아름다운 빛을 뿌린다. 민물조개 몇 마리가 적막하고 황량한 강바닥에 세인들이 결코 영원히 알 수 없는 선을 남기고 있다.

아시는 깃털을 느슨하게 해 맑고도 시원한 강물에 푹 담갔다. 그때의 아시는 너무나 행복했다.

당연히 아시는 여동생 아시우가 제일 그립다.

그날 입으로 껍질을 쪼아서 깬 후 신기한 눈빛으로 밝은 세상을 두리번거리고 있을 때 옆의 다른 오리 알에서 "응응"하는 소리가 들렸다. 아시는 귀를 대고 한참을 듣다가 물었다.

"넌 누구니?"

"난 아시우라고 해!"

"온 힘을 다해 쪼아보렴."

그의 말대로 힘껏 쪼은 아시우는 바깥세상으로 나왔다. 보송보송한 털, 금황색의 조그마한 입을 가진 아시우는 아시보다 훨씬 귀엽고 예쁘게 생겼다. 아시는 사랑스러운 아시우를 데리고 갈대숲을 지나 호수로 갔다.

그 후로 그들은 그림자처럼 붙어 다녔다. 아시우는 늘 "아시, 아시"하며 북방에서 남방으로, 또 남방에서 북방으로 날아가며 한 발자국도 그와 떨어지지 않았다.

"아시우, 너 어디 있니?"

아시는 기척이 보이지 않는 우리 밖의 하늘을 슬프게 바라보고 있었다.

3

연 3일 동안 사냥꾼은 아시에게 물 한 모금 주지 않았다. 배고픔에 앙상한 뼈만 남은 아시는 몸도 추스를 수 없게 되었다.

물고기, 새우들이 눈앞의 못에서 놀리기라도 하듯 헤엄치고 있었다.

사냥꾼이 마침내 물 한 바가지를 들고 왔다.

아시가 급히 목을 길게 빼들었다. 갈증을 풀어줄 물을 마음껏 마시고 싶어서였다. 그러나 사냥꾼은 코웃음을 치더니 바가지를 옆으로 가져가 높이 들고 천천히 물을 못에다 콸콸 부었다.

아시는 폭포처럼 흘러내리는 물을 가엾게 바라보기만 했다.

또 이틀이 지났다. 사냥꾼은 한 무리의 집오리를 못으로 몰고 왔다. 집오리들은 못에서 물을 마시고 물고기와 새우를 잡으며 의기양양해 했다.

만족하듯 날개를 펄럭이며 한 겹 한 겹의 물보라를 일으켰다. 그들은 먹고 마시고 난 후 꽥-꽥 소리를 지르며 환호했다.

아시도 탐이 났지만 목을 길게 빼들고 침을 삼킬 수밖에 없었다.

사냥꾼이 나타났다. 손에 불을 붙인 심지를 들고 엽총을 강 두렁에다 올려놓았다. 아시가 사냥꾼의 의중을 살피고 있을 때 사냥꾼이 걸어와 우리를 열고 아시를 물속에다 풀어주었다. 그러더니 사냥꾼은 땅에 엎드려 심지에 붙은 불을 불더니 엽총에 단 도화선을 향해 다가갔다.

그 모습을 본 아시는 곧장 못으로 숨어버렸다. 한참이 지나고서 그는 "펑"하는 총소리를 들었다. 무슨 영문인지 사냥꾼이 아시를 물속에서 끄집어내서는 배시시 웃으며 그에게 몇 마리 새우와 물고기, 그리고 물 몇 모금을 상으로 주었다.

아시가 음식물을 먹고 나자 또 사냥꾼에 의해 못으로 끌려들어갔다. 사냥꾼은 또 땅에 엎드려 심지를 불더니 다시 도화선을 향해 다가갔다. 아시는 또 방금 전처럼 물속으로 들어갔다. 총소리가 다시 울렸다. 아시는 또 사냥꾼이 상으로 주는 음식을 얻어먹었다.

사냥꾼의 이토록 기이한 행동이 10여 번이나 반복되었다. 아시는 방금 전 반복된 사냥꾼의 행동을 기억했다. 사냥꾼이 도화선에 불을 붙이려고 할 때 물속으로 들어갔다가 총소리가 나면 음식물을 얻는 순서였다.

그 후의 며칠간, 사냥꾼은 아시를 물속으로 풀어주고 나서 아시가 예전에 가장 즐겨 부르던 노래를 할 수 있도록 훈련시켰다. 그날 배를 몬 사냥꾼은 아시를 데리고 망망한 갈대숲으로 향했다.

갈대숲의 깊은 곳에는 물이 강처럼 고인 곳이 있었다. 사냥꾼은 배를 갈대숲에 숨긴 후 총을 올리고 심지에 불을 붙이고 나서 아시를 물속으로 풀어주었다.

아시는 그 노래를 부르기 시작했다.

맑은 물
무성한 수초
물고기가 많고,
새우도 통통하네,
오리들아, 얼른 내려 오너라……

하늘을 날던 한 무리의 들오리들이 아시의 노랫소리를 듣고 한 바퀴, 두 바퀴 빙빙 돌러니 물속으로 들어갔다.

사냥꾼은 심지에 불을 붙이고 도화선을 향해 다가갔다. 아시는 한참을 망설이다가 얼른 물속으로 몸을 내리 꽂았다. 총소리가 지나가자 아시가 물속에서 고개를 내밀었다. 눈앞의 정경은 그야말로 비참했다. 수면 위에는 물오리들의 시체가 풀단처럼 둥둥 떠 있었고 강물은 피로 뻘겋게 물들어 있었다.

4

멍한 표정의 아시가 수두룩한 시체 가운데 꼼짝하지 않고 있었다. 날씨도, 물도 어두침침했다. 조용한 분위기에 감싸인 주변은 처량함이 느껴졌다. 흐뭇해하며 배를 몰고 돌아온 사냥꾼은 물오리를 건져 선실로 던졌다. 나중에는 아무 반응 없이 멍해 있는 아시를 우리에 잡아넣었다.

사냥꾼은 '공'을 세운 아시에게 더 선심을 베풀었다. 물고기와 새우를 그릇에 한가득 담아 들고 와서는 아시의 입가에 가져다 두었다. 그러나 아시는 여전히 반응이 없었다.

돌아오는 길에서야 아시는 정신이 들었다. 방금 봤던 비참한 모습을 회억하던 아시는 미친 듯이 우리 밖을 향해 몸부림을 치자 깃털이 우수수 떨어지고 이마는 피투성이가 되었다.

나중에는 다리에 힘이 풀려 풀썩 주저앉고 말았다.

아시는 연 며칠 동안 음식을 먹지 않으며 반항했다. 그러나 결국에는 흉악하고 교활하며 얼리고 빰치기에 능한 사냥꾼에 지고 말았다. 아시는 한번 또 한 번 자기와 같은 무리인 물오리를 사냥꾼의 총구로 유인했다. 이제 수면 위의 같은 무리의 시체를 보고도 아시는 고통을 느끼지 못했고 무관심한 표정을 지었다. 이 같은 피 비린내 나는 포획을 무사히 마칠 때마다 사냥꾼은 늘 아시에게 연 며칠이나 맛있는 음식을 가득 줬다. 심지어 아시를 가두었던 우리를 없애버리고 그의 다리에만 끈을 동여매고 못에서 자유롭게 헤엄칠 수 있도록 했다. 사냥꾼은 예쁘게 생긴 암컷 집오리를 못으로 보내 아시와 친구하도록도 해주었다. 집오리들은 하늘을 날 수 있는 아시를 우러러보고 존경했다. 비록 못이 작고 멀리 날아갈 수는 없지만 그래도 아시는 약간 의기양양해 했다.

기분이 좋아진 아시는 자신의 이미지에 신경을 쓰기 시작했다. 그는 목을 갸우뚱거리며 자신의 물속 모습을 자세히 훑어보았다.

그는 자신이 잘 생겨 보였다.

아시는 잘 생긴 수컷 오리였다. 두터운 깃털이 튼튼한 몸을 감싸고 있었다. 반들반들한 깃털은 햇빛 아래서 반짝반짝 빛이 났다. 긴 목에, 소뿔처럼 단단한 입, 금빛이 반짝이는 양 발, 투명하고도 밝은 두 눈, 집오리들에 비해 아시는 너무 멋있었다. 아시는 목 부위의 자금색 깃털을 제일 자랑스러워했다. 아름다운 빛 고리를 방불케 하는 깃털은 특히 햇빛 아래에서 더욱 고귀해 보였다.

아시는 헤엄치는 모습도 멋지다. 고개를 높이 빼들고 마치 깃털처럼 가볍게 몸을 움직이며 수영했다. 물방울을 마구 튕기며 수영하는 집오리들보다 훨씬 멋있었다.

아시를 자신의 어깨 위에 올라서게 한 사냥꾼은 사람들 속으로 걸어갔다. 사람들은 이런 아시를 늘 칭찬했다. 그 날 사냥꾼은 또 아시를 어깨 위에 올려놓고는 정기시장으로 갔다.

"창매를 파나요?"

누군가 농담조로 물었다.

"팝니다."

사냥꾼이 말했다.

"농담이죠?"

"아니에요, 진짜 팔아요."

사냥꾼은 진지하게 말했다. 그 말이 떨어지기 바쁘게 수많은 사냥꾼들이 몰려들었다.

"얼마에요?"

"입찰가격을 얘기해 봐요, 그중에서 제일 많이 내는 사람에게 팔 테니까."

"100!"

"150!"

"200!"

"250, 더 높게는 안돼요."

"누가 그래요, 300 낼게요."

나중에 누군가 최고가격인 500위안을 제시했다.

사냥꾼은 어깨에서 아시를 조심스레 안아 내려서는 손에 올리며 말했다.

"아! 얼마나 예쁜 창매인가!"

500위안을 낸 그 사람이 아시를 데려가려고 손을 내밀었다. 그 순간 사냥꾼은 머리를 흔들며 크게 웃었다.

"농담입니다. 이 창매를 과연 돈으로 살 수 있다고 생각했나요? 얼마를 줘도 안 팝니다, 안 팔아요!"

그러고는 아시를 다시 어깨 위에 올리고 인파를 밀치며 앞을 향해 갔다. 인파는 마치 귀신에게라도 홀린 듯 그의 뒤를 "줄줄" 따라갔다. 마치 독수리처럼 오만하게 사냥꾼의 어깨 위에 올라선 아시는 꼼짝도 하지 않았다.

5

사냥꾼은 또 아시를 갈대숲의 수면 위로 데리고 갔다. 거의 점심이 되었을 무렵, 마침내 한 무리의 물오리 떼들이 찾아왔다. 그러자 아시가 노래를 부르기 시작했다.

순단 물오리 떼들이 빙빙 돌더니 수면 위로 내려왔다.

"아시―!"

아시가 자세히 보려고 할 때 아시우는 한 바퀴 빙 돌아 이미 그의 앞에 내려앉았다. 1년 넘는 시간이 흐르는 동안 잊고 살았던 아시는 격동되어 물에 입을 대면서 아시우를 향한 그리움을 얘기했다. 아시우는 이미 아름다운 암 오리로 변해 있었다. 다만 전보다 좀 수척해졌을 뿐이었다. 아시우와 함께 온 오리 떼는 아시가 잘 아는 오리 떼였다. 오리들은 이들 오누이를 에워싸고 그들의 만남을 기뻐했다.

"아시우가 널 계속 찾고 있었어."

아시우는 즐거움이 가득 찬 눈빛으로 아시를 바라보았다. 수면 위에는 오리들의 즐거움이 넘실거렸다. 아시는 입으로 아시우의 깃털을 부드럽게 정리해 주었다.

"아시 오라버니, 1년 동안 홀로 유랑생활을 했던 건가요?"

아시우는 슬픈 표정으로 물었다. 잠깐 어리둥절해 하던 아시는 바로 고개를 끄덕였다.

"그때 북쪽에서 온 오리가 내가 여전히 오라버니를 생각하고 있다고 하니까 바보라고 했어요! 아시는 이미 창매가 되었다고 말했어요……"

순간 아시는 멈칫했다.

"얼마나 많은 오리 떼를 사냥꾼의 총구로 유인했을지 모르겠다고 하더라구요."

아시는 고개를 푹 떨구고 말했다.

"아니야, 그렇지 않아."

"그 오리는 왜 믿지 않는 거냐 하며 자신이 죽다 살아 돌아와서 잘 안다고 얘기했어요. 그래서 나는 아시 오라버니를 조롱하지 말라고 했지요.

아시 오라버니가 절대로 그럴 리가 없다고 막 욕을 해댔지요. 그래도 세속 얘기하려고 해서 내가 입으로 물어뜯기까지 했지요. 물면서 나는 울었어요. 우리 아시 오라버니를 모욕하지 말라고요."

아시우는 귀여운 자태로 아시의 옆에 기대었다.

옆에 있던 다른 오리가 아시우의 그간 행동에 대해 말했다.

"아시우는 방방곡곡으로 너의 소식을 수소문했댔어. 얼마나 많은 삼림과 마을과 들판을 날아 다녔는지 몰라. 어떤 때는 밤에 목 놓아 얼마나 크게 우는지 다른 오리들이 놀라 잠에서 깰 정도였지. 너무 보고 싶을 때는 누가 뭐라 해도 듣지 않고 밤중에 널 찾으러 다녔댔어. 우리는 그런 아시우와 함께 다닐 수밖에 없었어."

고개를 돌리던 아시는 사냥꾼 수중에 이미 불을 붙인 심지를 발견했다.

"얼른 가, 빨리."

아시가 말했다.

"왜? 우리랑 같이 안 갈 거야?"

오리들이 하나둘씩 모여들었다.

"안 돼, 안 돼……"

"아시우야, 얼른 함께 떠나거라."

아시가 급하게 말했다.

놀란 아시우가 말했다.

"오라버니…… 날 버리는 거야?"

"아냐, 아냐, ……"

"난 안 갈꺼야. 오라버니랑 함께 있을 꺼야!"

아시우는 입으로 아시의 목을 쓰다듬었다. 사냥꾼이 심지에 불을 붙이고는 아시가 물속으로 잠수해 들어갈 것을 암시하면서 심지를 도화선으로 가져갔다.

"너희들 얼른 날아가라니까! 총이 있어!"

오리들은 아시의 말을 믿지 않았다. 그들은 아시가 좋은 오리라고 믿었기 때문이었다.

아시는 곧장 물속으로 꽂아 내려갔다. 그는 갑자기 눈물이 고인 아시우의 눈과 밤낮으로 도처에 그를 찾아다니던 오리 떼들이 생각나 다시 불쑥 수면 위로 고개를 내밀고는 특히 긴급한 상황에서만 내는 경보소리를 냈다.

오리들은 "와르르" 하늘로 날아올랐다.

총소리가 울렸다. 아시는 마지막으로 하늘에 날아오른 아시우와 오리 떼를 바라보면서 천천히 눈을 감았다. 소슬한 가을바람에 아시 주위의 호수 물에는 잔잔한 파문이 일고 있었다.

Part
7

감귤나무

감귤나무

아침 일찍 완차오(彎橋)라 부르는 남자애가 꼴을 뜯으러 갔다. 거의 점심 때가 되어서야 그는 너무 힘들다는 생각이 들었다. 그는 풀을 잔뜩 담은 그물주머니를 여우마띠촌(油麻地村)에서 제일 큰 감귤나무 아래로 끌고 갔다. 그는 고개를 쳐들고 감귤을 바라보면서 침을 꼴깍 삼켰다. 그러고는 곧바로 그 자리에 누웠다. 다리쉼이라도 하고 집으로 돌아가려고 했지만 자리에 누우니 눈앞의 감귤이 공중에서 어른거리는 바람에 얼마 지나지 않아 그는 꿈나라로 사르르 빠져들어 갔다. 누구 와서 업어 가도 모를 정도로 깊이 잠이 들었다.

새끼를 꼬아 만든 큰 그물주머니에는 풀들로 꽉 차 있었다. 마치 커다란 녹색 공이 감귤나무 옆에서 그를 지켜주는 것만 같았다. 밝고 투명한 가을날의 햇빛이 조용한 들판을 부드럽게 어루만지고 있었다.

논두렁에는 리우꾸(六谷), 푸즈(浮子), 삼퍄오(三瓢), 홍산(紅扇) 등 4명의 아이가 걸어가고 있었다. 오늘은 학교가 쉬는 날이었다. 그들은 온종일 들판에서 놀거나, 물고기를 잡거나, 녹색에서 갈색으로 변한 메뚜기를 잡거나, 논밭으로 날아가고 싶지만 날아갈 수 없는 흰 눈썹 뜸부기를 붙잡거나, 혹은 두 팔과 다리를 쭉 펴고 들판에 누워 햇볕을 쪼일 생각이었다. 이제 며칠 더 지나면 태양이 점점 멀어지기 때문이었다.

그들은 풀을 가득 담은 완차오의 큰 그물주머니를 발견했다. 이어 감귤나무 아래에 누워있는 완차오도 보았다. 흥분된 네 아이는 논두렁을 따라 감귤나무 방향으로 뛰어갔다. 거의 감귤나무에 이르자 그들은 고양이처럼 살금살금 완차오에게로 다가갔다. 누렇게 된 풀들이 그들에게 짓밟혀 천천히 쓰러졌다. 맨 앞의 친구가 가끔 걸음을 멈추고는 고개를 돌려 뒤의 친구와 눈빛 교환을 하곤 했다. 그럴 때마다 더 조심스레, 더 가볍게 몸을 움직였다. 날쌘 동작들이 조금은 과장되어 보였다. 사실 이때 누군가 완차오를 안아 강에 내던진다고 해도 잠에서 깨어날지 모른 채 곤히 잠에 떨어져 있었다. 감귤나무 아래에 도착한 그들은 고개를 숙이고 허리를 구부리고는 완차오를 에워싸고 몇 바퀴를 돌더니 그 옆에 살며시 앉았다. 그들은 단잠에 빠진 완차오를 바라보는가 하면 서로 눈짓을 하기도 하였으며, 엉덩이를 움직여 완차오 쪽으로 더 다가가기도 했다. 그들의 얼굴에서 감출 수 없는 기쁨이 느껴졌다. 무미건조한 하루가 완차오로 인해 불현 듯 기쁨이 넘치는 것 같았다.

이때 완차오는 여전히 꿈나라에서 여행 중이었다.

햇살이 감귤나뭇잎을 뚫고 완차오의 몸과 얼굴에 비춰졌다. 산들바람에 나뭇가지가 넘실거리면서 빛의 점이나 나뭇잎 그림자가 완차오의 몸과 얼굴에서 어른거렸다. 그 모습이 약간은 허황되게 보이기도 했다.

완차오가 웃었다. 웃음을 따라 입가로 침이 주르륵 흘러내렸다. 여자애인 홍산이 "키드득" 하고 웃더니 이내 목을 움츠리면서 손으로 입을 막았다.

빛의 점과 나뭇잎 그림자가 여전히 완차오의 몸과 얼굴에서 어른거렸다. 마치 햇살이 파문이 일고 있는 수면에 반사되어 강가의 버드나무에 비춰진 듯 했다. 몇몇 아이들은 뭔가 하고 싶었지만 모두 마음속의 충동을 가라앉히고 조용히 앉아 단잠에 곯아떨어진 완차오를 귀여운 듯이 바라보고 있었다.

완차오는 여우마띠촌 서쪽에서 살고 있는 홀아비 류스(刘四)가 4, 50살 되던 해에 주어온 아이였다. 그날 아침 류스가 고기 담는 망(魚籠)만 들고 물고기 잡이를 떠났었다. 완차오(다리 이름)를 지날 때 다리 어귀에서 헝겊으로 된 꾸러미를 발견했다. 꾸러미의 한 쪽 모퉁이가 아침 바람에 펄럭이고 있었는데 마치 커다란 귀를 방불케 했다고 했다. 그는 길 가던 행인이 이곳에서 잃어버린 물건일 것이라고 생각하고는 그냥 지나치려고 했다. 그러나 생각지도 못한 일이 벌어졌다. 그 헝겊꾸러미가 저절로 구르는 것이었다. 다리 어귀는 경사도가 있어 헝겊꾸러미가 약간 굴렀는데도 멈추지 않고 계속 굴러내려갔을 뿐만 아니라 속도도 점점 더 빨라졌다. 곧 논으로 굴러 떨어져 들이갈 찰나에, 헝겊꾸러미보다 더 빨리 그곳까지 뛰어간 류스가 두 다리를 '팔'자로 벌려서 헝겊꾸러미가 논으로 빠지려는 순간 정확하게 막았던 것이다. 그는 발끝으로 헝겊꾸러미를 살짝 건드려보았다. 발끝에 묵직한 느낌이 들었다. 그는 자리에 쭈그리고 앉아 거칠고도 짧다란 손가락으로 천 꾸러미의 한 모퉁이를 서툴게 열어젖혔다. 순간 그는 놀란 나머지 "아이고"하며 엉덩방아를 찧고 말았다. 그가 정신을 가다듬었을 때, 천 꾸러미 속으로 불그스레한 갓난아기의 얼굴이 보였던 것이다. 그 아이는 잠이 쏟아지는 듯이 눈을 가느스름히 뜨고 있었고, 조그마한 입을 물고기처럼 쩝쩝거리더니 다시 잠들어 버렸다.

사람들이 점점 더 많이 몰려들기 시작했다. 품에 헝겊꾸러미를 안은 류스는 사방을 두리번거리면서 어쩔 줄 몰라 했다.

사람들이 수군대기 시작했다.

"처녀가 낳았대."

"남자애라는데……"

"참 뻔뻔하네 그려."

"처녀가 애를 낳고도 부끄러운 줄을 모르니……."

여우마띠촌에서 연세가 가장 많은 노인이 지팡이를 짚고 류스를 향해 큰 소리로 말했다.

"멍하니 있지 말고, 어서 집으로 안고 가게. 자네는 명도 좋네 그려. 마누라는 못 얻어도 공짜로 아들을 얻었으니 말이네. 이건 자네 운명이네. 아무렴 운명이고 말고……."

류스의 보살핌을 받으며 완차오는 여우마띠촌에서 하루하루 자라났다. 처음에는 강아지처럼 흔들거리며 힘겹게 류스를 따라다니더니 후에는 류스와 나란히 걸어 다닐 수 있게 되었고, 더 큰 후로는 늘 류스보다 빨리 앞에서 걸어다녔다. 그러나 8살이 되던 그 해 봄날 완차오가 큰 병에 걸렸다. 그 날 그는 하루 종일 맷돌을 인 것처럼 머리가 무거웠다. 저녁에 집으로 돌아올 때 갑자기 눈앞이 캄캄해지면서 쓰러지는 바람에 말라서 물이 없는 늪으로 굴러 떨어지고 말았다. 생활이 가난했던 류스는 여기저기서 돈을 빌려 겨우 완차오를 병원에까지 실어갔지만, 이미 완차오는 정신을 잃은 뒤였다. 의사는 완차오가 뇌막염에 걸렸다고 했다. 3일간의 구급치료를 받고서야 완차오는 정신을 차렸다. 병이 나아 다시 여우마띠촌으로 돌아왔을 때 사람들은 아이가 약간 멍청해졌다는 것을 발견했다.

그가 아무 이유 없이 계속 웃었기 때문이었다. 길에서, 수업시간에, 심지어 소변을 볼 때에도 실실 웃어댔던 것이다. 어떤 때는 이곳 사람들이 알아듣지도 못하는 일을 혼잣말로 중얼거리기도 했다.

여우마띠촌의 아이들은 완차오를 보고 싶어 했다. 그를 보면 즐거운 일이 생길 거라고 생각했기 때문이었다. 어떤 때 그들은 완차오를 불쌍하게 여기기도 했다. 그를 키우는 류스가 너무 가난했기 때문이었다. 여우마띠촌에서 류스의 집이 가장 허름했다. 사실 집이라고 조차 말하기 어려울 정도로 누추했다. 그래서 이곳 사람들은 류스의 집을 아예 '작은 초막집(草幕)'이라고 불렀다. 남의 집 애들은 학교 갈 때 그래도 책가방은 메고 갔다. 그러나 완차오는 제일 싼 책가방이라도 메지 못했다.

류스는 널빤지로 자그마한 나무상자를 완차오에게 만들어줬다. 완차오가 나무상자를 메고 학교로 갈 때면 늘 한 두 명의 아이들이 그의 뒤를 따라가며 길에서 주은 나무막내기로 "툭툭" 나무상자를 두드리곤 했다. 신이 날 때에는 "아이스케끼 사려-!"라며 큰소리로 외치기도 했다. 그러나 완차오는 전혀 화를 내지 않고 이마에 맺힌 땀을 쓱 닦고는 수줍게 웃곤 했다.

학교에서 학생들에게 도시 체험을 할 수 있는 일정을 짰다. 영화관을 지날 때 전쟁영화가 상영되는 것을 본 산퍄오는 바로 돈을 꺼내 입장권을 샀다. 이어 다른 애들도 따라서 입장권을 샀다. 순식간에 4, 50명에 달하는 애들이 모두 영화관으로 몰려 들어갔고 밖에는 완차오만 남았다. 류스는 그에게 용돈을 줄 수 있는 형편이 아니었다. 영화관 문이 닫히자 그는 문어귀의 계단에 앉아 양 손으로 다리를 감싸 안은 후 아래턱을 무릎에 괴고는 영화가 끝나기를 기다렸다. 거리의 행인들과 자전거 벨소리……완차오는 위축된 눈빛으로 길가의 오동나무를 멍하니 바라보았다. 그는 아무 생각도 하지 않았다. 다만 가끔 집의 돼지가 생각날 뿐이었다.

평소 돼지는 거의 완차오가 키웠다. 류스가 새끼 돼지를 한 마리씩 붙잡아 올 때마다 살찌워 팔면 얼마를 받을 수 있고, 그 중에서 얼마는 생활비에 쓰고, 얼마는 완차오 학비와 새 옷을 구입하는데 쓸 것이라고 찬찬히 계산하곤 했다.

완차오가 꼴을 뜯을 수 있게 된 날부터 그는 류스와 함께 돼지를 포동포동하게 살찌워야겠다고 다짐했다. 그는 돼지를 한 끼도 굶긴 적이 없었다. 그는 늘 손으로 짜면 즙이 흘러나올 정도로 신선한 풀을 뜯어 돼지에게 먹였다. 영화가 끝났다. 산퍄오 등 애들은 모두 얼굴이 불그스름하게 상기되어 있었다. 영화관을 나온 지 한참 되었지만 눈빛에는 여전히 공포감과 통쾌함이 역력했다. 완차오도 그 분위기에 휩쓸려 친구들의 팔을 당기면서

어떤 영화인지 물어보았다. 처음 물어봤을 때 영화에 푹 빠진 그들은 아예 상대도 해주지 않았다.

후에 마음이 내키자 완차오에게 본 그대로 얘기해 주는 애들이 있는가 하면 일부러 아무렇게나 꾸며서 말하는 애들도 있었다. 진위를 가려낼 수 없는 완차오는 그들이 말하는 대로 들었다. 한참을 듣던 완차오가 속으로 중얼거렸다.

"왜 산퍄오는 그 사람이 총에 머리가 박살났다고 했는데, 류꾸는 그 사람이 나중에 영장(營長, 대대장에 해당하는 중국 군대 계급—역자 주)이 되었다고 하지?"

길가는 내내 그는 아무리 생각해도 이해가 되지 않았다. 그렇지만 그는 여전히 기뻤다.

햇살이 더욱 밝게 비추고 있었다.

완차오가 몸을 돌렸다. 땅에 붙어 있던 얼굴이 위로 향했다. 그들은 살려서 빨갛게 된 완차오의 얼굴에 풀과 흙 자국이 생긴 것을 발견했다.

홍산이 손가락으로 완차오의 입을 가리켰다. 애들이 고개를 내밀며 보았다. 웃고 있는 완차오의 입가로 침이 줄줄 흘러내리고 있었다.

농구를 메고 집으로 가는 사람들이 간혹 논두렁을 지나갔다.

오래 앉아 있어 다리가 저리게 된 산퍄오가 자리에서 일어나 감귤나무 뒤로 뛰어갔다. 허리띠를 풀자 바지가 "와르르" 발등에 흘러내렸다. 그는 감귤나무 아래의 흙에다 오줌을 누었다. 그 소리에 류꾸와 푸즈도 따라서 오줌이 마려워졌다. 먼저 류꾸가 왔고 푸즈도 뒤따라왔다. 그들은 반원으로 서서 한 점에다 소변을 보려는 것이었다.

산퍄오, 류꾸, 푸즈는 5학년생이고 훙산은 이제 2학년이었다. 부끄러워진 훙산이 입술을 뾰로통하게 내밀고 얼굴을 한 쪽으로 돌리면서 고개를 숙였다. 그러나 세 남자 애들의 연합 공세 소리는 막을 수가 없었다. 오줌이 많아지면서 땅에 고이자 그 소리는 점점 더 커졌다.

바지를 걷어 입은 산퍄오, 류꾸, 푸즈가 고개를 숙이고 자신들의 '작품'을 보면서 각자 꿍꿍이를 생각했다. 그들은 말 한 마디 하지 않았지만 그 순간에는 마음이 서로 통했던 것이다. 땅에서 나무막대기를 주은 산퍄오가 쭈크리고 앉아 진흙 구덩이를 휘저었다. 까마반지르르한 흙과 섞인 소변은 삽시에 검정 잉크를 방불케 했다.

류꾸가 소곤거렸다.

"글을 쓸 수 있겠어."

가까운 곳에서 큰 나뭇잎을 뜯어온 푸즈가 나뭇잎을 손으로 받쳐 들고 산퍄오 옆에 쭈그리고 앉았다. 산퍄오는 나무막대기를 버리고 가늘고 긴 널빤지를 주어서 검은 흙물을 푸즈가 들고 있는 나뭇잎으로 조금씩 떠갔다. 마음이 서로 통한 류꾸가 보송보송한 여뀌[04] 4, 5개를 뜯어왔다. 동정을 살피던 산퍄오, 류꾸, 푸즈가 완차오 옆에 쭈그리고 앉았다.

훙산은 그들이 완차오에게 대체 뭘 하려는지 처음에는 전혀 눈치를 채지 못했다. 그러나 붓으로 먹물을 찍는 것처럼 여뀌로 흙물을 찍는 것을 보고는 그들의 속셈을 바로 알아챘다. 그녀는 다가가지 않고 멀리서 앉아 구경

---

04) 뀌 : 줄기는 한해살이로 바로 서서 자라고, 마디가 팽창한 것처럼 굵어지며 적색을 띤다. 줄기를 싸고 있는 턱싼잎(托葉鞘)에 털이 있다. 잎은 좁고 긴 편이며, 양면에 작은 선점(腺点)이 밀생하고, 가을에는 화려한 적색을 띤다. 꽃은 7~10월에 피며, 송이모양꽃차례(總狀花序)로 황녹색이지만 끝부분은 적색을 띠고, 투명한 선점(腺点)이 밀생한다.

했다. 그녀는 그들의 장난에 동참해야 할지 안 해야 할지를 몰랐다. 완차오가 몸을 엎치락거리자 얼굴이 하늘을 향했다. 거친 숨소리를 따라 그의 코가 절도 있게 펄렁거렸다.

햇살이 기름을 바른 듯 반지르르하고 탐스럽게 익은 노란 감귤을 비추고 있었다. 바람을 타고 감귤은 마치 금속처럼 햇빛 아래에서 반짝였다. 흑록색을 띤 나뭇잎 2, 3개가 흐트러진 완차오의 머리 위로 떨어졌다. 완차오가 보일 듯 말 듯 한 미소를 지었다. 푸즈가 산퍄오를 바라보면서 엄지손가락으로 윗입술 양 쪽에 번갈아 가며 한 번씩 그었다.

'팔' 자 수염이라는 뜻이었다. 산퍄오는 왼손으로 오른손의 소매를 걷어 올리고는 아주 살살 완차오의 윗입술 왼쪽에다 그었다.

류꾸는 일찍부터 들고 있던 여뀌로 흙물을 많이 찍어 기다리고 있었다. 그는 완차오의 윗입술 오른쪽에 살짝 금을 그었다.

팔자수염이 아주 생동적으로 그려졌다. 그 때문에 완차오는 순식간에 이미지가 바뀌어 산퍄오 등도 그를 거의 알아보지 못할 정도가 되었다.

푸즈가 산퍄오와 류꾸를 밀어냈다. 한 손으로 흙물을 올린 나뭇잎을 받쳐 들고 다른 한 손으로는 흙물을 묻힌 여뀌를 붓처럼 들고 있던 그는 완차오의 눈썹을 새까맣게 그렸다. 그 바람에 완차오는 대번에 멋져 보였다. 마치 길 가던 사내대장부가 힘들어 감귤나무 아래에서 잠든 것 같았다.

그들과 귓속말로 속삭이다가 손으로 입을 막으며 웃던 홍산이 살며시 다가갔다. 그러나 완차오를 보는 순간 그녀는 웃음보를 터뜨리고 말았다. 완차오가 놀란 듯 한 표정을 지었지만 그것도 잠시 곧바로 다시 단잠에 빠져 버렸다. 산퍄오 등은 땅에 앉아 구경거리가 된 완차오를 보거나 서로를 바라보면서 슬그머니 웃었다.

　태양이 하늘 중천에 떴다. 쨍쨍 내리쬐는 햇빛에 감귤이 더욱 반짝이었다. 그 모습은 마치 불에 활활 타는 것만 같았다.

　홍산이 말했다.

　"이제 집에 가야 할 시간이야."

　하지만 산퍄오, 푸즈, 류꾸는 더 놀고 싶었다. 평온하게 쿨쿨 잠을 자는 눈앞의 완차오에게서 만족할만한 즐거움을 얻지 못했던 것이다. 완차오가 왜 그들에게 큰 즐거움을 주지 못하는 것일까?

　산퍄오는 아예 수중의 여뀌를 던져버리고 직접 손으로 나뭇잎의 흙물을 찍어서는 완차오의 얼굴에다 칠했다. 그는 7살 전 새해를 맞이할 때 엄마가 그의 얼굴에 연지를 천천히 말라주던 모습이 떠올랐다. 그래서 연지를 바르는 것처럼 완차오의 얼굴에 흙물을 바르고 또 발랐는데 1전 짜리 동전 크기로부터 5전 짜지 동전 크기로, 나중에는 고약 크기만큼 되었다.

　완차오는 단번에 익살스러워보였다.

　양 볼이 불그스레해진 홍산의 눈썹이 반달모양으로 되었고 눈이 반짝이었다.

　산퍄오가 조용히 말했다.

　"홍산아, 너도 해볼래?"

　홍산은 고개를 저었다.

　"지린내 나서 싫어."

　푸즈가 말했다.

　"그럼 여뀌로 해."

홍산이 말했다.

"그래도 남새 나."

류꾸가 말했다.

"아직 칠 할 수 있는 반쪽 얼굴이 남았어, 너 안 할 거지? 그럼 내가 한
다." 홍산이 칠하지 않으면 손해 보는 것이라고 생각한 산퍄오는 정의수호
자인양 여뀌를 홍산에게 건네주었다.

"칠해봐."

홍산이 쭈그리고 앉았다. 푸즈가 두 손으로 받쳐 들고 있는 나뭇잎을 그
녀에게 가져갔다. 지린내를 맡은 홍산은 곧바로 코를 찡그렸다. 긴 코가 삽
시간에 짧아졌다. 푸즈가 얼른 나뭇잎을 홍산 옆에서 조금 멀리 가져갔다.

무릎을 꿇고 앉은 홍산이 포동포동한 살구 빛 손으로 여뀌를 쥐고 흙물
을 묻혀 완차오의 얼굴에 칠하기 시작했다. 어찌나 열심히 칠하는지 완차
오의 얼굴에 칠하는 것인지 미술시간에 선생님이 가르친 그림을 그리는 것
인지조차 알 수 없었다.

홍산은 학급에서 공부를 제일 열심히 하는 여자애였다. 세심하기도 한
그녀는 무슨 일이든지 최선을 다했다. 얼마나 열심히 하는지 나중에는 자
신의 얼굴이 거의 완차오의 얼굴에 붙을 정도였다. 그 때 그녀는 흙물에서
풍기는 지린내를 전혀 맡지 못했다. 그녀는 칠하면서 다른 반쪽 얼굴의 '고
약'과 크기를 비교했다.

이미 시작했으니 그 '고약' 크기와 같게 칠하려고 열심히 칠했던 것이다.

어찌나 느린지, 산퍄오, 푸즈와 류꾸는 마음이 급해졌다. 마침내 끝이 났
다. 홍산은 검은색을 띤 여뀌를 던져버리고 긴 한숨을 내쉬었다.

산퍄오 등도 그녀를 따라 한숨을 길게 내쉬었다.

자리에서 일어난 그들은 완차오를 에워싸고 빙빙 돌았다. 홍산이 먼저 웃자 산퍄오 등도 잇달아 싱글벙글 웃었다. 웃음소리가 점점 더 커졌다. 나중에는 너무 웃어서 비틀거리기까지 했다. 결국 너무 웃은 탓에 푸즈는 자리에 털썩 주저앉았고 홍산은 서 있기조차 힘들어 두 손으로 감귤나무를 끌어안고 깔깔댔다.

그들의 웃음 속에서 완차오가 깨어났다.

웃음소리는 점점 작아지더니 어느덧 사라졌다. 땅에 앉아있는 애, 허리를 구부리고 있는 애, 고개를 들고 하늘을 올려다보는 애, 감귤나무를 안고 있는 애……저마다 동작들이 다 달랐다. 완차오가 천천히 몸을 지탱하며 일어날 때 그들은 더 웃지 않았다. 그러나 동작은 방금 전 그 자세를 유지했다.

완차오는 여전히 몸을 지탱하면서 이상하다는 듯이 물었다.

"산퍄오, 푸즈, 류꾸, 홍산 너희들 다 여기 있었네!"

그는 한참 두 눈을 감고 있더니 다시 눈을 가느스름하게 뜨면서 말했다.

"알아? 방금 꿈을 꿨는데 너희들을 다 봤어."

놀랍고도 호기심이 동한 그들 넷은 하나, 둘 완차오의 옆으로 다가가며 땅에 앉았다. 감귤나무의 뿌리 쪽으로 자리를 옮긴 완차오는 나무줄기에 살며시 기댔다.

"홍산을 제일 먼저 봤어. 그 날 찌는 듯한 무더위가 기승을 부렸어. 나랑 홍산이가 과수원에 숨어서 배를 뜯어 먹었지. 엄청 큰 과수원이었어. 그토록 큰 과수원은 처음 봐. 내 하나, 홍산이 하나, 그렇게 우리는 배를 얼마나 먹었는지 몰라. 그런데 어떻게 된 영문인지 양 선생님께서 갑자기 내 앞에 서 계시는 거야. 한 마디 말씀도 안 하시고. 아예 말씀을 못하시는 것 같았어. 나와 홍산이가 선생님을 따라 가야 하는데 난 발걸음이 떨어지지 않았어. 몇 걸음 가던 홍산이가 멈추고 날 기다렸어. 한참 가다가 한 그루의 감귤나무를 보게 되었는데 나무 밑 그늘이 논밭처럼 컸어. '쨍쨍 내리쬐는 햇빛 아래에 서 있어!' 그 말을 하고 난 양 선생님은 종이로 변하여 훨훨 날아가더니 사라져 버렸어. 나와 홍산이는 무서워하지 않았어. 우리는 서로를 바라보며 웃었어. 우리는 감귤나무에서 큰 감귤을 하나씩 따 먹었지. 한참 먹다보니 나무 그늘이 점점 작아져 우리는 한데 붙어 있어야 했어. 나무 그늘이 얼마나 작은지 한 사람밖에 그 아래에 서있을 수가 없었지. 쨍쨍 내리쬐는 햇빛이 목욕 함지만큼 큰 것 같았어. 무더위에 감귤나뭇잎이 축 늘어졌고, 감귤이 마치 우박처럼 떨어졌지. 근데 이상하지, 나뭇잎이 다 떨어졌는데 나무 그늘이 계속 있는 거야. 그러나 여전히 한 사람밖에 서있을 수가 없었지. 나와 홍산이가 감귤나무 아래에서 도망치려고 하는데 종이 한 장이 날아와 공중에서 몇 바퀴 돌더라고……우리는 그 종이가 양 선생님이라는 것을 알고 있었지. 홍산은 나를 나무 그늘 아래로 밀었어. 나는 바로 뛰어나와 홍산이를 그늘로 밀었지만 홍산이는 한사코 나에게 사양했어. 내가 싫다고 하자 그는 발까지 동동 구르면서 울었지. 나무 그늘은 마치 우산 같았어. 내가 그 우산 아래에 서 있었어. 우산 밖의 쨍쨍 내리쬐는 햇빛은 마치 큰 불덩이와도 같더라고. 내가 나무 그늘에서 걸어 나가려고 하자 홍산이가 머리를 들고 나를 쳐다보았어. 그 바람에 나는 나가지 못하고 그 자리에 굳어버렸지. 나무 그늘 아래는 얼마나 편안하고 시원한지 몰라. 홍산은 햇빛 아래에 서 있었어. 한참을 지나자 홍산이의 머리칼이 타버렸어. 그래서 내가 말했지. '네가 이리로 와!' 그러나 홍산이는 뒤돌아보지도 않는 거야. 내가 나무 그늘에서 나가려고 하자 날 또 돌아보는 거야. 두 발이 나무 그늘에 붙은 것처럼 움직이지도 않았지. 햇빛에 말라비틀어진 나뭇잎들, 홍산이가 바싹 마른 입술을 혀로 핥고 있는 거야. 그 모습을 보고 나는 엉엉 울었는데 눈물이 땅에 떨어져 땅이 젖을 정도였어. 그런데 이상하지? 땅이 젖는 면적이 점점 더 커져 나무 그늘로 되더니 맨 나중에는 논밭만큼 넓어지는 거야……"

먼 곳의 논두렁에서 누군가 노래를 부르고 있다. 그러나 거리가 너무 멀어 감귤나무까지 전해지는 노랫소리는 명확하게 들리지가 않았다.

산퍄오, 푸즈, 류꾸와 홍산은 꼼짝 않고 완차오의 꿈 이야기에 귀를 기울였다.

"그리고 꿈에서 산퍄오도 봤어."

완차오가 회상하며 말했다.

"황무지에서 있던- 일이야. 온 세상에 우리 둘만 있는 것 같았어. 몇 날 며칠을 걸었는데도 황무지를 벗어나지 못했거든, 강 한 갈래도 보이지 않았고, 녹색이라곤 통 볼 수가 없었지. 온통 마른 나무와 풀뿐이었으니까. 하늘에도 새 한 마리 없고 주위에는 아무 소리도 들리지 않았지. 나와 산퍄오는 서로 손잡고 걸었어. 두 손은 마치 붙은 것처럼 떨어지지 않았어. 바람이 없고 사방은 먼지뿐이었지. 먼지가 하늘로 휘감겨 올라가 마치 짙은 연기처럼 태양마저 막아버렸어. 내가 걷지 못할 때마다 산쟈오가 계속 날 잡아당겨줬어. 어찌나 배가 고픈지 흙마저 먹고 싶은 심정이었어. 한 갈래의 강, 한 마을, 심지어 농가 한 집이라도 만나고 싶었어. 풀이라도 뜯어 씹어보고 싶었지만 풀 한 포기라도 찾아볼 수가 없었어.

얼마나 화가 나던지 마른 풀을 향해 발길질을 했거든. 그때 얼마나 놀랐는지 몰라. 마른 풀이 활활 불타오르는 거야. 그러더니 순식간에 불덩이로 되어 우리 뒤를 바싹 쫓아오는 거 아니겠니? 산쟈오가 나를 잡아끌고 젖 먹던 힘까지 다 해 도망쳤어. 그 후 더는 뛸 수 없었던 나는 땅에 넘어지고 말았어. 산쟈오가 허리띠를 풀어서 내 발목에 매고는 날 앞으로 끌고 갔어. 풀들이 얼마나 매끄러운지 나는 마치 눈 위에 누워있는 것 같았어. 산쟈오가 끌자 나는 마치 하늘에서 나는 것처럼 쌩쌩 끌려갔지. 얼마를 지났는지 모르는데 갑자기 산쟈오가 큰 소리로 나를 불렀어. '완차오야. 거길 봐.' 나는 땅에서 기어 일어나 앞을 내다보았어. 그때 뭘 보았는지 알아? 한 그루의 감귤나무였어! 댐에서 자라고 있는 거야. 얼마나 높게 자랐는지 구름 위까지 높이 올라간 거 있지. 댐에는 감귤나무 한 그루밖에 없었어. 우리는 서로 손잡고 댐 위에까지 기어 올라갔어.

감귤나무가 얼마나 크냐하면 손바닥만 했어. 진이 빠진 나와 산쟈오는 감귤나무 아래에 앉았어. 우리는 얼굴을 쳐들고 위로 보면서 생각했어.

감귤이 달려 있으면 얼마나 좋을까!…… 감귤!"

완차오는 얼굴을 쳐들고 손가락으로 감귤나무 꼭대기를 가리켰다. 그 순간 그의 눈빛이 반짝였다.

"감귤이 딱 한 개만 달렸네. 정말 큰 감귤이구나! 감귤을 본 산쟈오는 나무줄기를 타고 기어 올라갔어. 나는 기어 올라가지 못하고 땅에 반듯이 누워있었지. 산퍄오가 '넌 아래서 기다려'라고 말했어. 그러고는 감귤나무 위로 기어 올라갔어. 산퍄오가 윗도리는 벗고 바지만 입은 채 맨발로 기어 올라갔어. 빨간 감귤이 그의 앞에 있었어. 그가 손을 내밀어 따려고 했거든. 근데 이상하게도 그 감귤이 다른 나뭇가지의 끝으로 날아가는 거야. 너희들 여름날 도깨비불을 본 적 있어? 마치 도깨비불 같았어. 감귤나무 위에서 이리저리 날아다니는 바람에 땅에 누워 있던 나는 얼마나 애가 탔는지 몰라. '여기 있어, 여기 있어!' 산퍄오가 이 나뭇가지에서 저 나뭇가지로 기어 올라가며 감귤을 따려고 아등바등했지. 그런데 아무리 애를 써도 안 되는 거야. 산퍄오가 나뭇가지에 기대어 숨을 할딱거리고 땀을 얼마나 많이 흘렸는지 땀이 '뚝뚝' 내 얼굴에까지 떨어져 얼굴이 아프더라고. 감귤이 마치 등불처럼 반짝이며 그의 눈앞에 가만히 걸려 있었어. 몸을 앞으로 수그리는 산퍄오를 보았는데 그 때 감귤을 응시하는 그의 눈빛이 얼마나 초롱초롱했는지 몰라. 나는 목소리가 쉬어서 말할 수가 없었어. 온 힘을 다해 '산퍄오, 너 뭘 하려는 거야?'라고 외쳤어.

내 말이 채 끝나기도 전에 그는 그 감귤을 향해 몸을 던졌어…… '철퍼덕' 소리와 함께 그는 감귤을 안고 땅에 떨어졌어. 품에 감귤을 꼭 안은 산퍄오는 꼼짝도 하지 않고 땅에 누워 있었어. 나는 큰 소리로 그를 불렀어. '산퍄오야! 산퍄오야!…… 정신을 차린 그는 감귤을 나에게 건네주었어. 내가 사양하자 그는 또 다시 나에게 건네주었어. '먹어, 널 위해 딴 거야'……

감귤을 바라보는 완차오의 눈에서는 눈물이 반짝였다.

방금 전 먼 곳의 논밭에서 노래를 부르던 사람이 이곳을 향해 오는 것 같았다. 노랫소리가 점점 커지고 또렷하게 들렸기 때문이다.

삼교, 푸즈, 류꾸와 홍산 모두 완차오 앞으로 다가갔다.

"이젠 네 차례야. 류꾸."

완차오는 더 편안한 자세로 감귤나무줄기에 기대어 앉으려고 몸을 약간 아래로 미끄러져 내렸다. 그는 두 다리를 벌려 꼬고 앉았다.

"너희들은 꿈에 아파본 적 있니? 난 꿈에 아주 특이한 병에 걸린 적이 있었지. 열이 나지도 않고 아픈 곳도 없는데 기운이 없고 밥 먹기도 싫고 꼴도 뜯기 싫고 학교도 가기 싫고 심지어 놀기도 싫은 거야. 여러 곳을 찾아 치료했지만 모두 효과를 보지 못했어. 어느 날, 류꾸 네 집 정원을 지나갈 때였어. 류꾸 네 집 정원의 감귤나무에서 새 소리가 들리는 거야. 어찌된 영문인지 그 소리에 몸이 바르르 떨리더라고. 한참 떨더니 괜찮아졌어. 내가 새 울음소리를 한참 듣고 나니 밥이 먹고 싶어졌고 꼴도 뜯고 싶어졌고 학교도 가고 싶고 너희들이랑도 신나게 놀고 싶어졌어. 나의 병도 씻은 듯이 깨끗이 나아졌지. 내가 고개를 들어 감귤나무 위의 새를 바라보았어. 작은 새둥지 옆에 몸은 눈덩이처럼 하얗고 입과 발이 붉은색을 띤 작은 새가 앉아 있었어. 얼마나 깨끗해 보이는지 마치 방금 목욕을 한 것만 같았어. 새가 머리를 갸우뚱거리며 나를 바라보고 나도 고개를 기울여 새를 바라보았지. 그러자 새가 또 지저귀었어. 그토록 아름다운 새 소리는 처음 들었던 것 같아……"

완차오는 이야기에 완전히 푹 빠진 표정이었다.

마치 또 새의 지저귀는 소리를 들은 듯 했다.

"그 후로 그 새가 나의 병을 치료해주었다는 것을 깨달았어. 여우마띠촌의 사람들은 내가 이상한 병에 걸렸다는 걸 알고 있을 거야. 류꾸가 자기집 나무 위의 새를 향해 말했어, '가, 완차오 네로 가.' 류꾸는 이 새를 아주 좋아했었지. 새는 1년 사계절을 줄곧 류꾸 네 감귤나무에서 생활했어. 새가 날아가지 않으면 류꾸는 참나무가지로 쫓았어. '가, 가, 완차오 네로 가라니까.' 새가 하늘에서 몇 바퀴 빙빙 돌다가 다시 내려앉곤 했지. 새는 감귤나무를 떠나려 하지 않았어. 그는 나무 위의 새에게 빌었어. '제발 가라, 완차오가 침대에 누워 있단 말이야. 오직 너만이 그를 구할 수 있다고.' 그래도 새는 날아가려 하지 않았지. 마음이 급해 진 류꾸는 새에게 돌을 던졌어. 그래도 새는 날려고 하지 않았지.……어느 날인가, 문 앞에 앉아 햇볕을 쬐고 있는데 문어귀 큰 길에서 '우르릉 우르릉' 소리가 들리는 거야. 고개를 들고 보니 길에는 온통 어른이며 아이들이 가득 차 있었어. 내가 뭘 보았는지 알아? 감귤나무, 류꾸 네 감귤나무를 보았지 뭐야. 류꾸 아버지가 소몰이 할 때 쓰던 고삐를 들고 그 나무를 몰고 온 것이었어. 그가 고삐를 휘두르자 감귤나무가 흔들거리며 앞으로 걸어갔어. 꿈이라서 어떻게 걸었는지 잘 모르겠지만 하여간 우리 집을 향해 걸어오고 있었어. 가끔 류꾸는 고삐를 하늘로 향해 휘둘렀는데 그때마다 폭죽 터지는 소리처럼 들렸어. 감귤나무가 점점 가까워졌고 그 뒤로 어른이며 애들이 시끌벅적하며 따라왔어. 그들이 뭐라고 말하는지는 들리지 않았어. 감귤나무 위에 둥지를 튼 새를 보았어. 감귤나무가 흔들거리자 새도 따라서 흔들거렸어.

새가 갑자기 감귤나무에서 하늘로 날아오르더니 나뭇가지 사이를 오가며 날아다녔어. 나중에는 가장 높은 나뭇가지 위에 내려앉아 하늘을 향해 소리를 지르는 거야. 어른이며 애들 할 것 없이 누구도 말하지 않고 오로지 새 소리에만 귀를 기울였지……그 후로 감귤나무는 우리 집 창문 앞에서 자라게 되었어. 매일 아침 태양이 떠오르면 새가 울기 시작했지……"

완차오는 스스로도 어리석은 말을 하는 것 같아 조금 부끄러웠다.

노래 부르는 사람이 감귤나무와 더욱 가까워졌다. 노랫소리도 더욱 또렷하게 들렸다.

산퍄오, 푸즈, 류꾸와 홍산은 완차오에게로 더 바싹 다가갔다.

완차오는 그물주머니를 흘깃 쳐다보더니 돌아갈 생각을 했다. 그러나 산퍄오 등이 싫어하는 내색이 없자 그는 계속 꿈 얘기를 하려고 했다.

"마지막에는 꿈에 푸즈를 봤어.……꿈에서 엄마를 먼저 보았어."

완차오는 세상에서 가장 행복한 표정을 지으며 말했다.

"우리 엄마는 아주 예뻐. 땋은 머리가 길게 어깨에 드리웠고 이는 흰 눈처럼 하얬어. 나를 향해 웃으면서 오라고 손짓을 하는 거야. 그런데 난 아무리 가려고 해도 갈 수가 없었어. 엄마의 눈에서 눈물이 반짝이는 것을 보았어. 엄마를 향해 손을 흔들었는데 엄마가 사라졌어. 그러나 하늘에서 엄마의 목소리가 들렸어. '난 큰 강의 저쪽에 있어……' 듣기 좋은 엄마의 목소리에 마음까지 따뜻해졌어. 앞에는 큰 강이 있었어. 세상에 이렇게 큰 강이 있을 줄이야! 너희들은 보지 못했을 거야. 한 없이 큰 강이 막연하게 펼쳐져 끝이 보이지 않는 거야. 그런데 이상하게도 파도는 일지 않았어. 강을 날아 지나려고 하던 제비가 포기하고 다시 되돌아오는 거야. 난 큰 강의 변두리에 앉아 저쪽을 바라보고 어머니를 바라보았어. 기슭이 없어 아주 멀게만 느껴졌어. 어머니가 저쪽에 있는 것이 분명해. 배가 없었지. 아니 갑자기 배가 다 사라진 것 같았어.

그 때 푸즈가 와서 강변에 앉아 있는 나랑 친구해 줬어. 그렇게 우리는 땅거미가 질 때까지 앉아 있었지. 이튿날, 난 또 강변으로 갔댔어. 그러나 푸즈는 오지 않았더라고. 셋째 날에는 푸즈가 아닌 홍산이 왔어. '요 이틀간 푸즈가 감귤나무 아래에 앉아 있었어.' 홍산에게 물었지. '뭘 하려는 거야?' 홍산이 말했어. '감귤나무를 베려는 거야.' '왜?', '너를 위해 배를 만들려고' 나는 강변에서 푸즈 네 집을 향해 뛰어갔어. 푸즈 네 집 문어귀에는 세상에서 가장 큰 감귤나무가 있었어. 달리고 있는데 앞에 그 감귤나무 외에는 아무 것도 없었어. 온통 나뭇잎과 감귤뿐이었어. 난 푸즈네 집으로 달려갔어. 높디높은 감귤나무가 그 자리에 그대로 있었어. 날 본 푸즈가 소리쳤어. '오지 마! 오지 마!' '우지직' 소리와 함께 감귤나무가 넘어졌고 수많은 감귤이 땅에 떨어져 데굴데굴 굴렀어.

내가 뛰기만 하면 감귤이 밟혀 미끄러져 넘어지곤 했지…… 푸즈는 연 며칠간 그 감귤나무를 베었던 거야. 배를 만들려는 것이었지. 그러면서 한편으로 눈물을 흘렸어. 난 알고 있었어. 그가 감귤나무를 얼마나 좋아했는지를. 그런데 날 향해 웃으면서 말하는 거야 '이제 너희 엄마를 만날 수 있을 거야 하고……

완차오는 4명의 단짝친구를 바라보면서 눈시울을 붉혔다.

산퍄오, 푸즈, 류꾸, 홍산도 고개를 숙였다.

노래 부르는 사람이 마침내 그들 가까이까지 왔다. 백발 할아버지였다. 감귤나무 아래에 앉아있는 다섯 아이를 보더니 백발 할아버지는 더욱 신나게 노래를 불렀다.

그러면서 할아버지는 그들을 지나 점점 더 멀리 사라져갔다.

허리를 쭉 펴고 양반다리를 하고 앉은 완차오는 흙이 묻은 두 손을 양 다리에다 살며시 내려놓았다. 고개를 들고 완차오를 바라보던 산퍄오, 푸즈, 류꾸와 홍산은 마을 뒤에 있는 절의 보살이 생각났다.

홍산이 울음을 터뜨렸다. 뭔가 잘못 말해서 홍산이 운다고 생각한 완차오는 조금 당황한 표정으로 산퍄오, 푸즈, 류꾸를 바라보았다.

산퍄오가 기어 일어나더니 흙물 옆에 쭈그리고 앉았다. 그가 고개를 돌리는 순간, 푸즈, 류꾸도 와서 쭈그리고 앉아 있는 것을 발견했다. 산퍄오가 손가락으로 **흙물**을 찍어 얼굴에 발랐다. 그리고는 손바닥에 흙물을 묻혀 얼굴에 마구 발랐다……

푸즈, 류꾸도 산퍄오를 따라 깜짝이는 눈동자를 제외한 얼굴 전체에 새까맣게 칠했다.

홍산이도 걸어오더니 흙물 옆에 쭈그리고 앉았다. 새까만 얼굴을 번갈아 쳐다보더니 손가락으로 진흙물을 묻혀 자기 얼굴에다 천천히 발랐다. 마치 얼굴에 크림을 바르는 것처럼……

산퍄오 등은 조급해 하지 않고 홍산이를 기다렸다. 새까만 얼굴들이 완차오에게로 다가가자 그는 깜짝 놀라 감귤나무를 꼭 끌어안았다.

그러나 영문을 알아차린 후에는 깔깔 웃었다.

그들은 완차오를 에워싸고 빙빙 돌았다. 얼굴을 새까맣게 칠하긴 했지만 여전히 웃고 있다는 것을 볼 수 있었다.

"흙물이 어디 있어?"

완차오가 물었다. 산퍄오, 푸즈, 류꾸, 홍산은 말하지 않고 손가락으로 감귤나무 뒤를 가리켰다.

자리에서 벌떡 일어난 완차오는 흙물을 찾은 후 양 손으로 흙물을 묻혀서는 얼굴에 마구 발랐다. 산퍄오 등은 완차오에게 빈자리를 내주었다.

다섯 아이는 저승사자처럼 새까만 얼굴로 감귤나무 아래에서 빙빙 돌며 춤을 추고 노래를 불렀다……

Part
8

야생 풍차

야생 풍차

1

얼바엔즈(二疤眼子)와 아버지가 논두렁에 앉아 있다. 그들은 아무런 생각 없이 막연하게 거대한 풍차만을 바라보고 있다. 풍차는 넓고 아득한 하늘 아래에 우뚝 솟아 있다……

얼바엔즈의 왼쪽 눈 위에는 연한 자색의 흉터가 있다. 8살 되던 해에 나무에 기어 올라갔다가 떨어지면서 땅 밑에 있던 기와에 긁혀 생긴 자국이다. 눈동자를 다치지는 않았지만 시력이 떨어졌고 눈의 형태도 왼쪽 눈과는 약간 달랐다. 그가 풍차를 바라보기 위해 쳐든 얼굴은 비뚤어져 있었다. 광아에는 산림이며 마을이며 행인도 없이 고독하고 오만한 풍차만이 세워져 있다.

현재 이 풍차의 주인은 얼바엔즈와 그의 아버지이다.

풍차는 30무(畝)에 달하는 논밭의 관개 임무를 맡고 있다. 풍차는 그 어느 하류외도 통하지 않은 물가에 세워져 있다. 이 풍차가 오늘날까지 존재하는 이유는 물 펌프가 이곳으로 들어오지 못하기 때문이다.

나무로 된 풍차는 오랜 시간의 풍화로 인해 얼기설기 금이 생겼다. 8개의 포봉(蒲篷, 배의 돛처럼 생긴 풍차의 날개-역자주)은 마치 바다를 항해하는 배(海船)의 돛을 방불케 했다.

쇠로 되었거나 기어가 있는 훗날의 '서양 풍차'에 비하면 이 풍차는 그야말로 방대하고 위엄 있어 보였다.

"왜 야생 풍차라 부르는가요?"

얼바옌즈가 물었다.

아버지가 말했다.

"광야에는 가로막는 것이 없잖니. 센 바람이 마치 야생마처럼 풍차를 미친 듯이 돌아가게 한단다. 그래서 야생 풍차라고 하는 거다."

그는 이 풍차가 마음에 들었다. 그러나 왠지 모를 두려움에 휩싸였다.

"보통 풍차는 철 줄이 4갈래인데, 이 풍차를 보거라, 6갈래지."

아버지가 말했다. 얼바옌즈가 한 갈래, 한 갈래 씩 세었다.

"너는 이런 풍차가 미친 듯이 돌아가는 모습을 못 봤지? 그 위세가 엄청나게 무섭지, 그래서 모두들 귀신 밀차라고도 하지. 그래서 철 줄이 2갈래 더 있는 거야!"

약간 흥분된 얼바옌즈는 나무막대기를 주어 철 줄을 두드렸다. 금속 소리가 풍차 꼭대기까지 전해졌다가 나머지 다섯 갈래 철 줄에 전해지면서 광야로 멀리멀리 퍼져나갔다. 얼바옌즈는 마치 아주 오래된 옛날의 악장같았다.

아버지가 말했다.

"풍차 옆에 막을 치고 너랑 나랑은 거기서 풍차를 지켜야만 돼."

얼바옌즈는 커다란 풍차와 땅을 번갈아 바라보며 기쁜 마음을 감추지 못했다.

2

이 풍차가 방치된 지도 어언 몇 년이나 되었다. 만년의 노인과도 같아 만약 어느 날 갑자기 광풍이 휘몰아친다면 아마 영원히 일어나지 못할지도 몰랐다. 언젠가 고장났을 때 아버지가 15일 동안을 손질하고서야 다시 쓸수 있게 되었다.

돛을 다는 의식은 정중하고도 진지했다. 작은 책상에는 돼지머리 등 제물을 올렸다. 방금 피운 향 몇 개에서 하늘색 연기가 아물아물 피어오르고 있다. 풍차의 세로축에는 '8대 장군, 위풍당당'이라는 대련(對聯)이 붙어 있다. 땅에 무릎을 꿇고 앉은 아버지와 어머니가 두 손을 모은 채 공손하게 풍차를 바라보았다.

그들의 뒤로는 신성하면서도 약간 무서운 표정을 지은 사람들이 줄지어서 있었다. 사람들은 풍차 뒤로 무형의 거대한 영혼이 움직이는 것을 느끼는 것만 같았다. 심지어 아버지의 눈에서는 잘 봐달라고 애원하는 듯한 눈빛이 반짝였다. 아버지의 뒤에 선 얼바옌즈는 신비한 분위기에 약간 두렵기도 하고 당혹스러워 하는 것도 같았다. 풍차를 바라보던 그는 갑자기 그 풍차가 살아 숨 쉬는 것처럼 느껴졌다. 폭죽이 "낭탕" 터질 때 얼바옌즈는 아버지가 사전에 가르쳐준 대로 절을 세 번 했다. 그러고는 옷을 벗어 야윈 몸을 드러낸 그는 풍차 아래로 걸어가 포봉 하나를 잡아당겨 내렸다. 얼바옌즈는 전에 없는 조용함과 신성함을 느꼈다. 그는 마치 천당에서 아주 중요한 일을 하는 것만 같았다. 한 번, 두 번……하늘에서 활차의 "웽웽" 소리가 맑게 들려왔다. 이 소리 외에 주위에는 아무 소리도 들리지 않았다. 얼바옌즈는 포봉 8개를 몽땅 끄집어 내렸다. 젖 먹던 힘까지 다해 일한 그는 너무 피곤한 나머지 땅에 풀썩 주저앉았다.

아버지가 도끼로 풍차를 동여매고 있던 밧줄을 끊어 버렸다. "가르릉 가르릉" 움직이기 시작한 풍차가 반짝거리며 사람들 앞으로 지나갔다. 마치 궁벽한 옛 전쟁터에서 앞을 향해 돌진하는 깃발을 방불케 했다. 돛의 그림자에 가려진 사람들이 왜소해 보였다.

풍차는 "가르릉" 소리를 내며 잘 돌아갔다.

전혀 상상하지 못한 풍차의 매혹적인 모습에 얼바옌즈는 넋이 나갔다. 이 아이는 긴 팔로 몸을 지탱하면서 풍차를 의아하게 바라보았다. 풍차에서 사람의 영혼을 위협하는 듯한 마력이 느껴졌다. 그래서인지 사람들은 가끔 두려움에 벌벌 떨기도 했다. 그는 갑자기 하늘이 빙빙 도는 것만 같아 눈을 꼭 감았다. 이 때 그는 바람과 돛이 마찰하면서 생기는 '쿵쿵' 소리만 들렸다. 참으로 사람의 심금을 울리는 소리가 아닐 수 없었다. 그가 눈을 떴을 때는 사람들이 이미 떠난 후였고, 홀로 남겨진 아버지만 막의 어귀에 앉아 담배를 피우고 있었다. 아버지는 깊은 사색에 잠긴 듯 했다……

3

그 해 봄을 그는 아마 평생 잊지 못할 것이다.

그 날, 그는 하천 제방의 나무 아래에 앉아 풀을 먹고 있는 산양을 물끄러미 바라보고 있었다. 풀을 뜯어 먹고 있는 산양이 신나게 짧은 꼬리를 흔들거나 귀를 가끔씩 흔들거리며 드르륵 소리를 냈다.

양은 너무 행복했다. 푸른 풀이 끝없이 펼쳐져 있었기 때문이다.

얼바옌즈는 그 산양이 부러웠다. 그는 양이 풀을 뜯어먹는 모습을 구경하는 걸 좋아했다. 가끔은 슬픈 마음이 들기도 했다. 언제부터인지 아버지가 그의 옆에 와 앉아 있었다.

"강에 곡물 수송선이 왔군 그래."

아버지는 상관없는 듯한 표정으로 말했다.

그러나 얼바옌즈는 마치 놀라운 소식이라도 들은 듯 강을 뚫어지게 바라보며 급히 눈알을 돌리며 찾았다.

곡물 수송선이 틀림없었다. 이 때 아버지는 어릴 때 양식을 도둑질하던 이야기를 천천히 하기 시작했다.

"아마 너만 했을 때였을 거야……강에 곡물 수송선이 왔는데……대꼬챙이로 양식주머니를……"

그는 아버지가 헤 준 수많은 이야기 중에서 가장 재미있고 감동을 주는 이야기라고 느껴졌다. 이야기가 끝나자 이들 부자는 강이 아닌 서로 다른 방향을 따라 멍하니 쳐다보았다. 마치 이 시각 그들은 아무 생각도 하지 않는 것만 같았다.

"자맥질 한 번만 하면 그 곡물 수송선까지 갈 수 있어요."

얼바옌즈는 자맥질 한 번의 거리만을 얘기했을 뿐 다른 뜻이 없다는 것이 그의 어투에서 느껴졌다.

"할 수 있어?"

"네"

또 침묵이 한동안 이어졌다.

"배가 고프지 않아?"

참 진부한 질문이었다. 그는 침을 꼴깍 삼켰다. 배가 너무 고픈 탓에 신물까지 올라왔다. 봄날, 보릿고개 시절이라 집의 쌀독은 빈지가 오래되었던 것이다.

며칠 동안, 얼바옌즈 가족은 남에게서 양식을 빌려 와 하루 세끼 죽으로 끼니를 해결했다. 가족이 많은 데다 저축한 것도 없어서 생활이 아주 궁핍했다.

"배가 안 고프다고?"

아버지는 눈길로 눈길을 강 위의 곡물 수송선으로 이끌었다.

다시금 침묵이 흘렀다. 분위기가 얼마나 심각한지 이러한 침묵이 오히려 어색했다. 결국 참지 못한 얼바옌즈가 말했다.

"제가 양식을 훔치러 갈게요."

아버지는 전혀 놀라지 않고 평온한 표정으로 말했다.

"곡물 수송선을 지키는 사람들은 뒤쪽 선실에서 낮잠을 자고 있을 거야."

주위를 살피던 그는 윗옷을 벗어 아버지에게 던지고 바지까지 벗었다. 그리고는 나무에서 끊은 넝쿨로 바짓가랑이를 동여맸다. 이 '주머니'를 잡은 그는 아버지를 긴장한 눈빛으로 바라보았다. 일이 엄청 큰 듯 했다.

"강물이 차가울 거다."

아버지가 말했다.

"겁나지 않아요. 갈게요"

얼바옌즈는 마치 여우처럼 민첩하게 수림 속을 헤치며 나아갔다.

보일 듯 말 듯 나무 아래에서 민첩하게 움직이는 아들의 샛노란 몸을 바라보면서 입속말로 중얼거렸다.

"강물이 차가울 턴데……."

이미 강변에 도착한 얼바옌즈는 고개를 쏙 내밀어 아버지를 바라보았다. 아버지도 자리에서 일어나 긴장한 표정으로 아들을 바라보았다.

얼바옌즈가 강물로 들어갔다. 개미처럼 몸을 얼마나 가볍게 움직이는지 전혀 소리가 나지 않았다. 그 순간 아버지는 아들이 수영 솜씨를 보고 탄복하였다. 얼바옌즈는 자맥질 한 번만으로 정확하게 곡물 수송선 옆까지 갔다. 그리고 등을 구부린 벌레처럼 꿈지럭거리더니 곧바로 수송선으로 기어 올라갔다. 그는 산처럼 높이 쌓아놓은 곡물 가마니에 등을 바싹 붙이고 한참을 서 있었다. 대꼬챙이가 없어 그는 예리한 이로 주머니를 물어뜯었다. 입쌀은 마치 은색 샘물처럼 줄줄 흘러나왔다. 그는 그 쌀을 얼른 '주머니'로 받았다. 지금까지는 아주 완벽했다. 긴장감 속에서 그는 심지어 자부심을 느끼기도 했다.

그러나 강기슭의 아버지는 마치 몇 년을 지낸 것만 같았다.

'주머니'에 몽땅 채워 넣었다. 바지로 만든 것이어서 모양이 아주 이상했다. 곡물 수송선을 지키는 대한이 소변을 보러 나왔다. 놀란 얼바옌즈는 바로 양식 가마니 옆에 바짝드려 꿈짝도 하지 않았다. 감히 눈을 뜨고 바라보지도 못했다. 소변이 얼마나 많은지 강물에서 '주룩주룩' 소리가 났다. 후에 소리가 점점 작아지더니 나중에는 없어졌다. 그러더니 또 '주룩' 하는 것이었다. 마치 주전자의 물을 마지막 한 방울까지 깨끗이 부으려는 것만 같았다. 지속되다가 끊어졌다가 하는 소리에 그는 놀라서 몸을 오돌 오돌 떨었다. 그는 남의 물건을 단 한 번도 훔쳐 본적이 없었다.

소리가 더는 나지 않았다.

그는 얼마나 오래 기다렸는지 모른다.

마침내 용기를 내 고개를 들고 눈을 떴다……

이 때 엄청난 큰 손이 그의 머리를 단번에 틀어쥐었다. 그가 발버둥을 쳤지만 얼마나 세게 머리를 틀어쥐었는지 아파서 비명을 질렀다. 그 후 선실에서 건장한 남자 4명이 또 기어 나왔다.

"쌍놈의 새끼, 감히 대낮에 도둑질을 하러 와!"

건장한 남자 하나가 소리를 질렀다.

"붙잡아 둬!"

그들에게 붙잡힌 얼바옌즈는 실오라기 하나 걸치지 않은 상태로 구경거리가 되었다. 마음이 고약한 난쟁이가 작은 나뭇가지로 얼바옌즈의 '고추'를 들어 올리자 나머지 사람들은 "깔깔" 거리며 웃었다. 그는 눈을 감고 참았다. 그 난쟁이는 더욱 신이 나서 나뭇가지로 '고추'를 툭툭 치는 것이었다. 얼바옌즈가 갑자기 난쟁이의 얼굴을 향해 침을 뱉었다. 화가 난 난쟁이는 나뭇가지를 휘둘러 그의 얼굴을 세게 휘려 쳤다. 그의 얼굴에 바로 뱀 같은 자국이 생겨났다.

아버지가 하천 제방에서 뛰어오며 소리쳤다.

"내 아들 풀어줘! 내가 도둑질하라고 시킨 거야!"

"늙은 강도도 있었네!"

배가 강기슭에 도착하자 그를 풀어주고 그의 아버지를 붙잡아서 다시 배를 몰고 갔다.

"아버지를 풀어줘!"

얼바옌즈가 강가에서 배를 따라 뛰며 소리쳤다. 그 자들은 거들떠보지도 않았다. 그는 끝까지 쫓아가면서 뛰었다. 넘어지면 다시 기어서 일어났다. 그는 하는 수 없이 강가에서 무릎을 꿇고 그들에게 손발 다 비벼가며 빌었다. 그때서야 그들은 아버지를 풀어주었지만 옷을 벗겨갔다. 물고기와 바꿔 먹는다는 것이었다.

배가 멀리 사라졌다.

굴욕을 당한 이들 부자는 봄날의 석양 속에 멍하니 서 있었다……

4

풍차는 이들 부자의 원한과 희망을 안고 우아하게 돌아가고 있었다.

막연하게 푸른 볏 잎은 이들 부자에게 수많은 환상과 아름다운 꿈을 가져다주었다. 수리를 마친 6개의 철 줄은 팽팽하게 잡아 당겨졌다. 얼바옌즈가 신날 때면 나무막대기로 철 줄을 치는 걸 제일 좋아했다. 부위별로 다른 소리가 나기 때문이었다. 그는 마치 악사처럼 변화무쌍하게 곡조를 연주해냈다. 이토록 긴 악기 줄은 세상에서 유일무이할 것이다. 그 소리가 감화력 있게 들렸다. 가끔 얼바옌즈는 세상에 둘도 없이 바쁘다. 한 가닥, 한 가닥씩 두드려 6가닥 전부를 소리 나게 하기도 했다. 6가닥이 전부 울려 소리가 날 때는 마치 영혼마저 뒤흔드는 느낌이 들었다. 그는 원숭이처럼 폴짝폴짝 뛰어다니면서 신기한 마력 막대기로 하나의 거대한 악기로 변화시키곤 했다. 정신을 가다듬고 여기에 도취된 그는 마치 곡 10개를 창작해낸 듯한 성취감이 들었다. 웅장하고 위엄 있는 곡이 있는가 하면 상쾌하고 활기찬 곡도 있어 사방팔방의 수많은 아이들이 그 노랫소리를 듣고 몰려왔다. 그들은 빙 둘러싸고 서서 바라보기만 했다. 이때 그는 전혀 자기 생각을 하지 않았다. 땀을 뻘뻘 흘리면서 6가닥 악기 줄 사이로 뛰어다녔다. 그 과정에서 그는 수시로 꼬마 관객을 향해 자연스럽고도 우아한 포즈를 취했다. 그는 자신을 악사라고 말할 수 있는지도 모른다고 생각했다. 그러나 그가 빠져든 그 분위기는 음악회 같은 분위기임은 분명했다. 6가닥의 긴 줄이 함께 소리를 내며 맨 꼭대기까지 전해져 갈 때가 가장 감동적이었다. 그 소리가 조화롭게 한데 어우러져 마치 푸른 연기처럼 구름을 향해 날아갔다.

그러나 고작 1달 만에 비극이 또 일어났다……

이 날은 날씨가 유독 맑게 개이고, 논밭도 유달리 평온해 보였다. 어떤 일이 벌어질 것이라고는 누구도 생각지 않았다. 길가는 행인, 일하는 농민, 뛰노는 사람들 모든 것이 평소와 다를 바가 없었기 때문이다. 방금 전까지만 해도 햇볕이 쨍쨍 내리쬐던 날씨가 삽시간에 강풍이 휘몰아치기 시작했다. 강풍에 풍차의 철 줄에서 "탕탕" 소리가 났다. 곧 풍차가 끊어질 듯 보이자 아버지는 바로 막에서 뛰쳐나와 풍차의 덮개를 내리려고 했다. 그러나 풍차 속도가 너무 빠른 데다 아버지의 눈이 아물아물해진 탓에 뒤에서 빠르게 날아온 굵은 밧줄에 맞아 그만 땅에 쓰러져 버리고 말았다. 사람들이 달려와서 풍차의 덮개를 모두 내리고 그를 부축해 일으켰을 때 아버지는 이미 일어나지 못할 지경이었다. 허리에 부상을 입었던 것이다.

어머니가 울부짖으며 통곡했다. 사람들이 아버지를 병원으로 호송했다…… 퇴원하고 나서도 아버지는 지팡이로 몸을 지탱하며 겨우 발걸음을 옮겼다. 많이 늙은 데다 똑바로 설 수 없게 되자 몸이 반쪽으로 위축되었다. 그는 사람들의 부축을 받으며 힘겹게 풍차로 갔다. 풍차를 바라보면서 그는 감정을 주체하지 못하고 눈물을 주르륵 흘렸다. 그 후로 눈빛에서 활활 타오르던 복수의 화염도 점점 사그라들었다.

아버지는 얼바엔즈에게 이불을 묶어서 등에 메라고 했다.

"가자."

"왜요?"

그가 울면서 물었다.

"풍차를 관리하려면 건장한 사내여야 해. 이런 풍차를 관리할 수 있는 사람은 너희 아버지뿐일 거야."

얼바엔즈는 이불을 등에 지고 멍하니 집으로 향했다.

이튿날 아침, 지팡이를 짚고 집 문을 나선 아버지가 논밭을 바라보며 이상하다는 듯이 말씀하셨나.

"저 풍차가 왜 돌아가지? 누가 돛을 달았을까?"

어머니께서 말씀하셨다.

"얼바엔즈가 오경(五更, 오전 3시에서 5시 사이) 때, 이불을 지고 또 갔어요. 앞으로 당신은 막 이구에서 풍차를 어떻게 관리하는지 가르쳐 주기만 하면 된다고 말했어요."

풍차가 빙빙 돌아갔다. 그것도 아주 규칙적으로, 우아하게, 활기차게 돌아갔다……

5

풍차는 밤낮을 쉬지 않고 30무의 논밭에 물을 대고 있다. 온화하고 무던하게 그리고 부지런히 돌아가는 그 모습은 너무나 사랑스러웠다.

물을 마신 벼는 마치 어머니의 젖을 먹는 아이처럼 눈에 띄게 자라났다.

하루하루 반복되는 이런 날들이 사람들에게 희망을 안겨주었다. 그러나 벼 이삭이 피는 중요한 시각에 풍차가 돌아가는 속도가 점점 늦어지더니 나중에는 아예 멈춰버렸다. 바람이 조금도 불지 않았던 것이다.

바람은 풍차의 생명이다. 바람이 없다는 것은 풍차의 목숨을 앗아가는 것이나 다름없었다.

땡볕이 쨍쨍 내리쬐는 바람에 이틀 만에 땅이 다 말라버렸다.

얼바옌즈는 급한 마음에 엉덩이를 하늘로 쳐들고 풍차를 밀었다.

그러나 풍차는 마치 이미 죽은 거대한 맹수의 골격이 다 썩은 것처럼 끄덕도 하지 않았다.

막 어구에 앉아 있는 아버지는 너무 파라서 무섭기까지 한 하늘을 바라보았다. 그 순간 아버지는 돌부처처럼 꼼짝도 하지 않았다.

바싹 바른 땅이 얼기설기 갈라 터져 있었다.

얼바옌즈가 이를 부득부득 갈며 나뭇가지로 풍차를 세게 후려쳤다.

강에는 갈대가 뻣뻣하게 늘어서 있었다. 호수는 마치 꽁꽁 언 것 처럼 파문이 일지 않았다. 가끔 나뭇잎이 하나씩 떨어지곤 했지만 하늘에서 흩날리지도 않고 그대로 땅에 떨어졌다. 모든 것이 굳어진 듯했다. 연 며칠 하늘에는 구름 한 점 보이지 않았다. 풍력을 잃은 새들은 힘겹게 날아옜다.

먼 곳에서 "음매, 음매"하는 소들의 울음소리도 마치 진득진득한 풀을 통해 전파되는 것처럼 잘 들리지 않았다.

바람을 하루 동안 더 기다렸다. 그러나 아무런 희망도 보이지 않았다.

풍차 아래에 누운 그는 몽롱하게 잠이 들었다. 가위에 눌린 그는 답답하고 질식할 것만 같은 느낌이 들었다. 땅속에서 고개를 내민 30무 논밭의 벼들이 마치 굶주린 악마처럼 울부짖었으며, 살기등등해 하며 그를 향해 몰려왔다. 호수를 발견한 그들은 "우루루" 몰려가 눈 깜짝할 사이에 호수 물을 몽땅 마셔버렸다. 그리고 호숫가에서 이상하게 뛰놀더니 나중에는 또 그를 향해 몰려왔다……

놀란 그가 꿈에서 깨어났다. 눈을 뜨고 보니 주위는 쥐죽은 듯 고요했다.

아버지의 담배통은 마치 밤을 새워 빨개진 눈과도 같았다.

사람들이 논밭에서 걸을 수 있게 되었다. 벼는 점점 더 말라갔다.

이들 부자는 끼니도 거르면서 논밭과 풍차를 지켰다. 어머니는 멍하니 밥 담는 항아리만 쳐다보았다.

얼바엔즈는 여기저기서 벽돌과 기왓장을 많이 주어왔다. 마치 결전에 나가기 위해 탄약을 준비하는 병사 같았다.

이들 부부는 아들의 괴이한 행동이 전혀 이해가 되지 않나.

그는 앉아서 한참 동안을 기다렸다. 마침내 참지 못하고 일어나서는 낑낑거리며 하늘을 향해 벽돌과 기왓장을 위로 뿌려댔다.

그가 때려 부셔도 아버지는 관심을 보이지 않았다. 그러나 후에

"개 같은 놈의 눈을 때려 부술 거야"

라는 한 마디에 모두들 껄껄 거리며 웃었다.

"바보…… 멍청이…… 하늘에 눈이 있다고……"

아들의 말에 너무 웃은 어머니는 눈물까지 찔끔 나왔다.

얼바옌즈도 웃었다. 바람도 잊고 가뭄도 잊은 채……

저녁, 아버지가 하늘을 향해 손을 내밀며 흥분되어 말했다.

"선선한 기운이 약간 느껴지는구나."

그도 뒤통수에 약간 선선한 느낌이 들었다.

"오늘 밤 바람이 불지도 몰라."

아버지가 말했다.

"네가 때려 부셨기 때문이야……"

저녁식사를 마치고 나서 그들은 인내심을 갖고 바람을 기다렸다. 그들은 정신을 가다듬고 귀를 기울였다.

광야의 밤은 유달리 고요했다.

머리카락이 떨어지는 소리마저 생생하게 들렸다.

그들은 피곤함을 전혀 느끼지 못했다. 오히려 갈망과 긴장, 희망 그리고 신성함으로 마음이 북받쳐 올랐다.

자정이 지나자 서늘한 느낌이 점차 들기 시작했다.

보아하니 바람이 곧 불 것 같았다.

그는 눈을 감았다. 그 순간에는 사람의 청각과 촉각이 더욱 민첩해지고 또렷해지기 때문이다.

오경 때 바람이 부는 듯 했다. 그러나 얼마나 여리고 부드럽고 조용한지 마치 긴 흰색 치마를 입은 여자애가 풀밭을, 나무숲을, 강가를 그리고 논두렁을 걸어지나가는 것만 같았다. 긴 치마가 그의 등을 간지럽혔다.

바람을 타고 온 먼 곳의 향긋한 풀냄새와 습윤함에 마음마저 편안해지는 기분이었다.

부드러운 바람은 마치 가냘프고 힘없는 팔과 같아 풍차를 돌리기에는 역부족이었다. 약한 바람은 살금살금 논밭을 거닐고 있었다. 한참을 걷다가는 개구쟁이 남자애로 변하기도 했다. 폴짝폴짝 뛰자 벼에서 "사악사악" 하는 소리를 내기도 하고, 강변의 갈대를 흔들어 "펄펄" 하는 소리를 내기도 했다.

풍차 아래에 도착한 바람은 호기심 가득한 눈빛으로 풍차를 바라보더니 풍차 위로 오르내리며 즐겁게 놀기 시작했다. 풍차가 잠에서 깨어나기라도 하듯 돛을 흔들었다. "찍찍" 소리와 함께 풍차가 움직이기 시작했다.

"바람, 바람……"

이들 부자는 혼잣말로 중얼거렸다.

바람이 그들의 초조한 마음에 서늘함을 가져다주었고 죽음의 세계에 생명의 희망을 부여했다.

바람은 사내대장부로 변하였다. 마치 망토를 입고 말을 타는 협객처럼 논밭에서 위엄 있게 질주했다.

적막하기 그지없는 논밭에서는 다시 소리가 들려왔다.

"콸콸" 흐르는 호수물 소리, "사르륵, 사르륵" 흔들리는 나뭇가지 소리……

바람 덕분에 풍차가 원활하게 잘 돌아가게 되었다.

막으로 들어간 이들 부자는 바로 잠에 곯아떨어졌다……

아버지가 아들을 흔들어 깨웠다.

"풍차 돛을 반쯤 내려라."

"큰 바람이 불 것 같구나."

아버지가 하늘을 바라보며 걱정했다. 그러나 그는 동의하지 않았다. 30무 논밭의 벼가 몽땅 말라죽게 생겼는데 풍차의 속도를 늦춰서야 어찌 되겠는가! 한참 망설이던 아버지는 더 얘기하시지 않았다.

그날 밤 풍차가 "윙윙" 돌아가기 시작했다. 그날 얼바엔즈 부자는 깊은 잠에 빠져 있었다. 갑자기 이마를 얻어맞은 듯한 느낌이 든 그는 깜짝 놀라서 잠에서 깨어났다. 그는 장막이 아닌 밖에서 잠을 자고 있었다는 사실이 전혀 믿기지 않았다.

"어! 우리 장막이 이디로 갔지?"

갑작스레 불어 닥친 태풍이 장막을 삽시간에 휘말아갔던 것이다.

그는 이마에서 피가 흐르고 있다는 것을 느꼈다. 이마를 터지게 한 장본인인 나무막대기를 만지작거리면서 의구심이 들었다. 아버지는 사색이 되어 소리쳤다.

"강풍이다!"

얼바엔즈가 높이 뛰어오르더니 풍차를 향해 달려갔다.

"가지 마라!"

아버지가 큰 소리로 외쳤다.

강풍을 무릅쓰고 달려가던 그는 흙과 풀 찌꺼기가 흩날려 얼굴을 마구 후려치는 바람에 눈을 뜰 수가 없어 머리를 싸안고 땅에 주저앉았다.

포효하는 강풍이 회오리처럼 회전하며 미친 듯이 세상을 덮쳤다. 마치 거대하고도 예리한 칼처럼 나뭇가지를 끊고 교량을 무너뜨리면서 기세등등한 모습을 보였다.

풍차의 5갈래 철 줄은 심하게 흔들거리면서 "삐삐" 하며 비참한 구원의 소리를 냈다. 풍차의 회전속도가 얼마나 빠른지 풍차의 돛과 돛 사이의 틈마저 온전히 사려져 마치 빠르게 회전하는 커다란 철통을 방불케 했다.

아버지가 말씀하시던 귀신 손수레가 나타났다!

그는 환상에 빠졌다. 수많은 이상한 귀신들이 나란히 서서 털이 보송보송한 두 팔을 벌리고 미친 듯이 풍차를 밀었다. 그들은 고함을 치며 미친 듯이 날뛰었다. 그는 심지어 미친 듯한 곡조를 따라가지 못한 수많은 귀신들이 뒤에 오는 귀신들에게 밟혀서 내는 처량한 고함소리와 신음소리가 들리는 것만 같았다. 바람을 타고 두려움에 떠는 먼 곳 마을 사람들의 고함소리마저 들렸다.

"바람!"

"풍차!"

"돛을 빼앗아라!"

바람을 타고 어머니의 통곡소리도 전해져왔다.

어머니가 넘어졌다.

광풍에 무릎을 꿇고 하늘에 손이야, 발이야 간절히 빌었다.

얼바옌즈는 몸을 앞으로 가울이며 풍차를 향해 걸어갔다. 지팡이를 짚은 아버지가 광풍 속에 우뚝 서서 아들의 뒷모습을 안타깝게 바라보고 있었다. 얼바엔즈가 풍차 앞으로 다가갔다. 풍차가 얼마나 빨리 돌아가는지 그는 약간 어지럼증이 났다. 그는 정신을 가다듬고 계속 걸었다. 처음에는 강한 기류가 풍차의 중앙에서 뿜어져 나오는 바람에 가까이 하기도 힘들다고 느꼈다. 그러나 조금 더 풍차에 다가서니 풍차의 소용돌이에서 뿜어져 나오는 무서운 흡인력을 감지할 수가 있었다. 그는 바로 땅에 엎드렸다. 이때 그는 풍차의 소리를 더욱 뚜렷하게 들었다. 돛이 하늘에서 바람을 가르는 "솨 솨" 하는 소리, 풍차의 기둥이 바람에 흔들려 움직이며 내는 "삐걱" 소리, 물통에서 와이퍼가 끊어지는 "짝짝"하는 소리……

얼바엔즈는 공포에 휩싸였다.

그는 기어서 다시 돌아왔다.

아버지는 머리를 숙이고 있었다.

무능하게 아버지 앞에 서 있는 그는 옹졸해 보이기까지 했다.

풍차가 폭풍 속에서 계속 흔들거리며 움직였나.

아버지가 긴 한숨을 내쉬었다.

"끝났어, 이젠 다 끝났어!"

"끝이야! 끝"

"다 끝나버렸어!"

그 소리는 마치 그의 영혼마저 뒤흔들리는 것만 같았다. 뒤돌아선 그는 마치 궁지에 빠져 마지막 생사의 승부만 남긴 여윈 승냥이처럼 풍차를 향해 덮쳤다.

풍차 아래까지 기어간 얼바엔즈는 줄의 풀매듭을 정확히 본 후 몸을 날려 단번에 잡았다. 힘껏 잡아당겼더니 "철커덩" 소리와 함께 돛 하나가 내려왔다. 두 번째, 세 번째 돛도 순조롭게 내려왔다. 그러나 네 번째 돛은 그가 젖 먹던 힘까지 다 해도 내리지를 못했다. 오히려 풍차에 끌려 두 바퀴나 더 돌았다. 나머지 돛 4개도 내리지 못했다.

"바람이 너무 세서 줄이 활차에서 떨어져나가 걸렸어!"

아버지가 말했다.

"제가 올라가볼게요!"

"안 돼!"

그는 풍차의 중간축까지 기어 올라갔다.

아버지가 비틀거리며 걸어왔다.

"안 돼, 올라가면 안 돼!"

아버지의 권고가 전혀 귀에 들어가지 않았다. 그는 가운데 축을 잡고 계속 위로 기어 올라갔다. 아버지는 점점 더 높이 기어 올라가는 아들을 보며 두 손을 바들바들 떨었다.

높이 올라오자 바람은 더욱 세차게 불었다. 그는 다리로 가운데 축을 꽉 잡고 조금씩 위로 이동했다. 그는 전혀 두렵지 않았다. 오히려 하늘 높이 떠오는 자신의 모습이 자랑스럽게 느껴졌다.

"올라왔어요!"

그는 풍차의 꼭대기에서 온 세상 사람들을 향해 큰 소리로 외쳤다. 아버지가 그를 향해 손을 흔들었다. 그는 온 힘을 다해 돛 하나를 내렸다. 그가 한 돛의 줄을 활차로 되돌려 놓으려고 할 때였다. 강풍이 마치 무형의 큰 손처럼 그를 붙잡아 풍차의 꼭대기에서 멀리 내팽개쳐 버렸다……

아버지가 눈을 감았다.

얼바엔즈는 공중에서 그래프를 그리며 호수로 떨어졌다. 호수에 빠진 그는 허우적대며 풍차를 향해 "와—와"하고 소리치며 외쳤다.

아버지가 호숫가까지 기어가 그를 향해 손을 내밀었다.

이 때 큰 비가 다시 퍼붓기 시작했다.

이들 부자는 호숫가에 나란히 앉았다.

돛 4개만 남은 풍차는 규칙적으로 돌아가고 있었다.

빗속에서 아버지는 아들 등 위에 묻은 먼지를 쓸어내렸다. 가끔은 등을 힘주어 치기도 했다…… 왜 그런 미련한 짓을 했느냐며 안쓰럽다는 듯이……

Part
9

물수리

물수리[05]

1

여름방학이 되었다. 도시에 사는 수촌(樹村)이 농촌에 사는 외삼촌 네 집으로 놀러 갔다. 그는 사촌형 추과(鋤瓜)와 여름방학을 함께 보낼 생각이었다. 물과 가까이 살고 있는 이곳 사람들은 가가호호 거의 물고기를 잡아서 생계를 유지한다. 물고기 잡이 방법도 여러 가지지만 이곳 사람들은 물수리로 물고기를 잡는다. 저녁 무렵 어선들이 물수리를 데리고 돌아올 때면 물수리의 울음소리를 도처에서 들을 수가 있다.

이곳 사람들은 큰 물고기 잡는 걸 좋아한다. 그래서 10여 가구가 함께 물고기를 잡는 경우가 많다. 단독으로 나가면 물수리의 양이 적고 힘이 없어 큰 물고기를 잡지 못하기 때문이었다.

추과는 후호(芦湖)의 물을 마시며 자랐다. 그가 기어 다니기 시작해서부터 아버지는 그들을 데리고 넓은 후호로 물고기를 잡으러 다녔다.

5살 되던 해, 추과는 벌써 후호에서 헤엄을 질 수 있었고, 7살 때에는 노를 저어 강으로 가서는 물수리를 풀어놓기도 했다. 10살이 되던 해에는 어른들이 물고기 잡이로 바쁠 때면 그는 아침 일찍 어린이 노래를 흥얼거리며 홀로 작은 배를 몰고 50리 떨어진 인화탕(银花荡)으로 가서 물수리 알

---

05) 물수리(black vulture) : 육식(肉食)을 하는 맹금류(猛禽類)로서, 바다독수리(osprey)나 물수리 또는 검둥수리로 추정한다. 불결하고 부정한 날짐승 명단에 포함된 새.

24개를 사온 적도 있었다. 훗날 그 알들에서 새끼 물수리 15마리가 태어났다. 수촌이 놀러오자 추과는 날듯이 기뻐했다. 수촌이 걸상에 엉덩이를 붙일 겨를도 없이 추과가 그의 손을 잡아당겼다.

"물수리 보여줄게 가자!"

곱게 피어오른 저녁노을에 호수물이 붉게 물들었다. 호숫가에는 어선이 빼곡히 정박해 있었다. 마치 콩꼬투리처럼 생긴 작은 어선은 가볍게 노를 저어도 수십 미터는 거뜬히 나아간다. 어선 양 쪽에 꽂혀 있는 가로 된 굵은 나뭇가지 10여 개에는 물수리가 서 있었다. 그 모습은 마치 큰 새들이 나뭇가지 위에 내려앉은 듯했다.

물수리는 용맹한 물새이다. 까마반드르한 날개, 목 부위에 한 바퀴 둘러싼 자색의 털, 힘 있는 발가락, 에메랄드처럼 반짝이는 눈, 예리한 갈고리가 있는 긴 주둥이……

추과가 수촌에게 알려주었다.

"물수리가 얼마나 대단한지 알아? 하루에 4, 50근의 물고기를 잡는 물수리도 있어."

"그렇게나 많이 잡아?"

"가끔은 수십 근이 되는 큰 물고기를 만날 때도 있지. 그때는 물수리 한 마리로는 당해내지 못하니까 10여 마리가 힘을 합쳐 큰 물고기를 수면 위까지 들어 올리곤 하지."

물수리를 만져보고 싶은 수촌은 저도 모르게 손을 내밀었다. 수촌을 본 적이 없는 물수리들은 갈고리가 달린 주둥이로 사정없이 쪼아댔다. 수촌은 놀라서 "아이고" 소리와 함께 손을 재빨리 움츠렸다.

추과는 물수리 한 마리를 품에 안으면서 말했다.

"무서워할수록 널 얕잡아 보거든."

물수리는 추과 품에 안긴 채 깃털을 빗질했다. 가는 나뭇가지를 찾은 수촌은 무서워하면서도 물수리와 장난을 쳤다. 공격을 당했다고 생각한 물수리는 주둥이로 수촌이 들고 있는 나뭇가지를 홱 빼앗아갔다. 그리고는 사정없이 쪼아대 나뭇가지를 두 동강 내고는 "꽥꽥" 하고 소리를 질러댔다. 수백 마리의 물수리들은 마치 위험을 알리는 경보라도 들은 것처럼 일제히 "꽥꽥" 소리를 쳤다.

수촌은 더럭 겁이 났다. 올해 8살 난 수촌은 몸이 야들야들하고 담이 엄청 작았다.

아버지가 큰 가죽상자를 사온 적이 있었다. 저녁이 되자 가죽상자 위의 동 걸이가 반짝이는 것이 마치 무서운 큰 눈동자가 그를 향해 눈을 깜빡이는 것만 같았다. 그는 머리를 이불 속으로 숨기면서 엄마를 불렀다.

"빨리 불을 켜주세요, 빨리요."

두려움에 벌벌 떠는 수촌의 모습을 본 추과는 물수리를 향해 소리쳤다.

"그만하지 못해!"

물수리들의 소리가 점점 잦아들었다. 추과가 물수리를 품에 안고 수촌에게로 다가갔다.

"자, 안아 봐."

수촌은 손을 등 뒤로 숨겼다.

"주둥이로 쪼아대면 어쩌지?"

"널 놀래키려고 그거는 거야."

추과는 물수리를 수촌에게 넘겨주었다. 그러자 물수리가 도망치려고 했다. 추과가 물수리의 등을 세심하게 쓰다듬어 주자 그들은 차츰 평온함을 되찾았다.

수촌도 추과처럼 조심스레 물수리를 쓰다듬었다. 이제 물수리도 수촌의 다듬는 손짓을 온순하게 받아들였다. 수촌이 빙그레 웃었다. 외삼촌이 걸어오면서 말했다. "수촌아, 내일 추과와 외삼촌이랑 함께 호수로 물고기 잡으러 갈까?"

그 말에 수촌은 몹시 흥분되었다.

2

배에 올라 탄 수촌은 좌우로 흔들리는 것만 같아 너무 무서웠다. 그는 이내 쭈그리고 앉아 뱃전을 꽉 잡았다. 추과는 배에 오르지 않고 강가에 서서 상앗대(물가에서 배를 떼거나 댈 때나 물이 얕은 곳에서 배를 밀어 갈 때에 쓰는 긴 막대–역자 주)로 호수 중심을 향해 배를 몇 미터나 밀었다. 마음이 급해진 수촌이 안절부절 못하고 있을 때 수과가 상앗대를 지탱해 위로 폴짝 뛰어오르더니 하늘 높이 날아올라 아름다운 곡선을 그리면서 마치 깃털처럼 수촌 옆으로 내려왔다.

수촌은 넋을 잃고 멍하니 바라보기만 했다. 추과가 배를 저어 수십 미터나 더 나아갔을 때에야 수촌은 비로소 정신이 들었다. 그는 뱃전을 꽉 쥐고 있던 손을 차츰 풀었고 다리에도 천천히 힘이 생겨났다. 마침내 수촌은 흔들거리는 작은 배에서 중심을 잡았다.

수십 척의 작은 배가 "사르륵 사르륵" 소리를 내며 호수 중심을 향해 가볍게 나아갔다. 그때 갑자기 선두에 있던 물수리가 "꽥꽥" 소리와 함께 나뭇가지에서 하늘로 날아올랐다. 공중에서 한 바퀴 선회하더니 호수로 몸을 내리꽂았다. 나머지 수백 마리의 물수리도 따라서 "우르르" 물속으로 들어갔다.

호기심이 동한 수촌이 추과에게 물었다.

"추과 형, 무슨 일이야?"

추과는 마치 경험이 풍부한 어민 같았다.

"쟤들이 물고기 떼를 발견해서 그래."

물고기 잡이가 시작된 것이다! 그야말로 심금을 울리는 "커다란 대형으로 춤을 추는 것" 같았다.

"물고기다! 물고기야!"

큰 소리로 외치는 어민들이 한 발로는 움직이는 나무판을 다급하게 굴러 폭죽이 터지는 듯한 "탕탕" 소리를 냈다. 수심이 깊은 곳의 물고기들을 움직이게 해 물수리들에게 도움을 주기 위한 것도 있지만 물수리들의 사기를 북돋아주기 위한 것도 있었다. 노로 수면 위를 절도 있게 치자 물보라가 생기면서 안개가 자욱하게 피어올랐다. 작은 배들이 안개 속에서 마치 유성처럼 움직였다. 어민들은 노를 젓는가 하면 그물을 치기도 하고 갈고리가 달린 대나무 장대로 물고기 잡은 물수리를 배까지 데려오기도 했다. 또는 상앗대를 휘둘러 물수리들이 부지런히 물속으로 들어가도록 독촉하기도 했다. 물수리들이 물속으로부터 물어 올려온 물고기 종류는 그야말로 다양했다. 잉어, 살치, 붕어, 청어……등등. 물고기들의 은빛 비늘은 햇빛 아래에서 반짝반짝 빛이 났다.

추과는 혹은 앞으로, 혹은 뒤로, 혹은 회전하면서 그 어떤 순간에도 자유자재로 노를 저었다. 그는 큰 물고기를 잡은 물수리를 배 위로 데려와서는 주둥이에 물고 있는 물고기를 뺀 후 그들을 다시 물속으로 보냈다. 선실의 물고기들이 팔딱팔딱 뛰는 바람에 물방울이 그와 수촌의 얼굴에 마구 튕겼다.

수촌은 추과처럼 할 수 있으면 좋겠다고 생각했다. 그는 추과의 일손을 도와주고 싶었지만 끼어들 방법이 없어 물수리가 큰 물고기를 낚아챘을 때 조급하면서도 흥분된 목소리로 외치기만 했다.

"추과 형, 물고기야! 물고기!……"

눈빛이 날카로운 추과는 깨끗한 호수 물 아래로 새끼 물수리가 '큰 황젠(黃箭)'을 따라잡는 것을 보게 되었다. 황젠은 아주 흉악한 물고기이다. 날카로운 머리를 검 처럼 발사하면 그물을 몇 층이나 뚫어버릴 수 있을 뿐만 아니라 꼬리를 흔들기만 해도 10여 미터는 거뜬히 헤엄쳐 갈 수 있는 고기이다. 새끼 물수리가 쫓아간 큰 황젠은 10kg쯤 되어 보였다. 자신보다 몇 배나 더 큰 황젠이지만 새끼 물수리는 전혀 뒤지려 하지 않고 주둥이로 황젠의 등골뼈를 걸어 올렸다. 황젠은 물속에서 미친 듯이 용솟음치면서 새끼 물수리를 등에서 뿌리치려고 아등바등 댔다. 새끼 물수리는 절대 놓지 않고 목숨을 걸고 싸웠다. 황젠은 도망치려고 안간힘을 썼고 새끼 물수리는 죽어도 놓지 않으려고 했다.

큰 황젠이 검푸른 물속을 향해 급히 내려갔다.

그 모습을 본 추과는 재빨리 노를 저으며 쫓아갔다. 황젠은 점점 더 빨리 도망쳤고 추과는 정신을 가다듬고 미친 듯이 노를 저었다. 뱃머리가 수면에 들린 배는 마치 앞을 향해 날아가는 한 마리의 검은 수조를 방불케 했다. 수촌은 눈 한 번 깜빡이지 않고 물속의 큰 황젠과 새끼 물수리를 눈여겨보았다. 5백 미터를 거의 쫓아간 추과는 거친 숨을 몰아쉬었다. 등은 땀으로 흠뻑 젖었고 이마에 송골송골 맺힌 땀은 물속으로 주르륵 주르륵 떨어졌다.

수촌이 말했다.

"추과 형, 잠깐 쉬어."

추과가 말했다.

"쉬면 물수리를 쫓아갈 수 없단 말이야."

거의 1Km를 쫓아갔을 무렵, 노를 동여맨 왼쪽 가죽 띠가 갑자기 끊어졌다. 작은 배가 호수에서 한 바퀴 빙 돌았다. 눈 깜짝할 사이에 새끼 물수리와 큰 황젠은 이미 아주 멀리까지 가버렸다.

노를 던져버린 추과는 상앗대를 황급히 집어 들고는 젖 먹던 힘까지 다해 힘껏 저었다. 그는 한동안의 맹렬한 추격전으로 인해 거의 힘이 다 빠진 탓에 지금은 이를 악물고 버티는 중이었다.

오랜 시간 엎치락뒤치락하던 황젠도 점점 힘이 빠지는 모양이었다. 새끼 물수리가 발로 황젠을 꽉 붙잡고는 입으로 황젠의 눈을 조준해 힘껏 쪼았다. 눈이 보이지 않자 황젠은 호수에서 고통스럽게 용솟음치더니 점점 움직이지 못했다. 새끼 물수리가 입으로 황젠을 물고 날개를 펄럭이면서 안간힘을 다해 큰 황젠을 수면 위로 끌어올렸다.

추과는 그물망이 달린 대나무 장대를 뻗치면서 물수리와 물고기를 함께 배 위로 끌어올리려고 수촌에게 도움을 청했다.

새끼 물수리는 입을 벌리고 날개를 축 드리운 채로 녹초가 되어 풀썩 주저앉았다. 젖 먹던 힘까지 다 한 추과도 그 옆에 누웠다.

동력과 방향을 잃은 배가 호수 물결을 따라 떠내려가고 있었다.

수촌이 말했다.

"추과 형, 내가 노를 저을까?"

추과가 고개를 끄덕였다.

수촌은 노를 저을 줄 몰랐다. 그럼에도 불구하고 추과는 눈을 감고 그를 가르쳤다.

"양 손에 힘을 똑같이 줘, 동작이 일치해야 돼……"

밝은 햇빛이 조용한 후호를 비추고 있었다.

추과는 어느새 단잠에 빠졌다. 물수리도 그 옆에서 잠들었다.

수촌이 젓고 있는 배가 수면 위에서 춤을 추는 것만 같았다. 비뚤비뚤 거리면서도 아주 천천히 계속 앞으로 나아갔다……

3

그 후로 며칠이 지난 어느 저녁 무렵이었다. 석양이 질 때 물수리 팀들이 사냥물을 가득 싣고 돌아왔다. 물수리의 마리 수를 세던 추과의 아버지가 두 마리가 없어진 것을 발견했다.

추과가 아버지께 말했다.

"아버지, 제가 찾아볼게요."

"안 돼, 너무 늦었어. 날씨가 변하려고 해!"

아버지가 말했다. 수촌이 말했다.

"외삼촌, 저랑 추과 형이 함께 갔다 올게요."

"안 돼, 넌 추과 형이랑 얼른 집으로 돌아가."

어른들이 10여 척의 작은 배를 몰고 떠났다.

작은 배에 타고 있는 추과와 수촌은 물수리를 찾으러 가는 어른들이 탄 배가 서쪽 노을빛에 사라지는 모습을 바라보기만 했다.

추과가 로프를 풀었다. 추과의 마음을 단번에 알아챈 수촌은 격동을 금치 못했다.

추과는 노를 저으면서 애타게 물수리를 불렀다.

"꽥, 꽥……"

얼마 가지 않았는데 날이 벌써 어두워져 망망한 호수와 잿빛 하늘이 한데 어우러져 있었다. 저녁바람이 불어오자 작은 배가 흔들리기 시작했다.

날이 칠흑처럼 어두워졌다. 달도, 별도, 호숫가도, 등불도 보이지 않았다.

"무섭냐?"

추과가 수촌에게 물었다.

"아니…… 무섭지 않아."

말은 그렇게 했지만 사실 수촌은 몸을 바들바들 떨고 있었다. 다행히 어두워서 추과는 아무것도 보지 못했다.

"꽥, 꽥……"

그들의 부름소리가 밤하늘 아래에서 사방팔방으로 퍼져 나갔다.

시간의 흐름에 따라 그들의 실망도 커져만 갔다.

바로 이때 멀리로부터 어렴풋하게 물수리의 외침소리가 들려왔다.

추과는 너무 기뻐 소리쳤다.

"수촌아, 너도 들리니!"

수촌은 귀를 쫑긋하고 들었다.

"추과 형, 나도 들었어!"

추과는 노를 저으며 물수리의 외침소리가 나는 방향을 향해 힘껏 저어갔다…… 물수리 두 마리가 2척이 되는 은색 살치를 물고 있었다. 밤이 어두워 졌지만 그들은 결코 살치를 포기하지 않고 완강한 의지로 망망한 호수에서 주인이 오기를 기다리고 있었던 것이다.

추과는 황급히 그들을 배 위로 끌어올렸다. 바람이 불자 호수에 파문이 일기 시작했다. 윗옷을 벗어던진 추과는 손에 침까지 바르고 죽을힘을 다해 노를 저었다.

물결치는 검은색 파도가 작은 배를 집어삼키기라도 할 듯 무섭게 덮쳤다.

균형을 잃은 작은 배가 마치 그네를 뛰는 것처럼 파도를 타면서 심하게 요동쳤다.

수촌은 약간 무섭기도 하고 두렵기도 했다.

추과는 그런 수촌을 달랬다.

"괜찮아, 형이 있잖아."

더욱 세게 흔들리는 배는 수시로 뒤집힐 지경에까지 이르곤 했다.

추과가 말했다.

"네가 노를 저어라."

수촌이 물었다.

"그럼 형은?"

"난 호수로 들어가 손으로 배를 부축할거야. 그렇지 않으면 배가 뒤집힐 수도 있어."

공포를 자아내는 파도소리에 수촌은 형을 내려가지 못하게 했다.

"괜찮아, 무서워하지 마."

말이 채 끝나기도 바쁘게 추과는 후호로 뛰어들었다.

안간힘을 다 해 노를 젓고 있는 수촌은 어둠속에서 계속 "추과 형"를 불렀다. 거센 파도에 추과 형이 휘말려 갈까 두려워서였다.

흔들리는 배를 손으로 받쳐 들고 있는 추과는 입으로 계속해서 물을 뿜어냈다.

비가 내리기 시작했다. 빗방울은 마치 빗발치는 화살처럼 호수에 꽂혔다. 호수의 파도가 더욱 거세지는 것만 같았다. 선실에 빗물이 점점 더 많이 고이면서 배가 천천히 가라앉기 시작했다.

수촌은 두려움에 허둥지둥했다.

"추과 형, 배가 가라앉으려고 해!"

추과는 침착하게 수촌을 지휘했다.

"얼른 표주박으로 물을 퍼내!"

거센 파도가 배를 높게 휘감아 올렸다. 수촌이 제대로 서지 못하고 "풍덩" 소리와 함께 물에 빠져버렸다. 그 모습을 본 추과가 수촌을 향해 정신없이 헤엄쳐 갔다.

물속에서 발버둥을 치며 허우적대고 있는 수촌은 공포에 질린 목소리로 고함을 질렀다.

"추과 형, 추과 형!"

"수촌아, 형 왔어, 무서워하지 마!"

추과는 얼른 수촌의 손을 잡아당겼다. 배는 저 멀리 떠내려가고 있었다.

추과는 수촌을 데리고 그 뒤를 쫓아갔다. 배를 따라잡자 추과는 수촌을 배 위로 밀어 올렸다.

거센 파도가 그들을 향해 덮치자 추과가 다시 사라졌다. 한참 지나서야 그가 수면 위로 고개를 내밀었다. 그는 머리에 묻은 물방울을 털면서 수촌에게 물었다.

"무서워?"

수촌은 고개를 저었다.

"아니, 무섭지 않아!"

수십 척의 작은 배가 그들을 찾아왔다. 손전등이 후호의 밤하늘을 밝게 비춰주고 있었다……

Part
10

어법

어부

1

뙤약볕이 쨍쨍 내리쬐는 한여름에는 숨 막히는 무더위가 지속되고 햇살이 얼마나 따가운지 피부가 타들어가는 느낌이 든다. 폭염이 기승을 부리는 점심 무렵, 강한 빛이 연기처럼 아물거렸고, 먼 곳의 집과 삼림이 흔들거리면서 희뿌연 그림자가 형성되었다. 가끔은 회오리바람이 흙길의 먼지를 휘감아 하늘로 올라가면서 푸르무레하고 누르스름한 원추형 기둥을 이루기도 했다. 강가의 갈대숲에서는 비통과 원망이 섞인 새들의 울음소리가 자주 들렸다. 무더위가 심해질수록 울음소리가 더 높아졌다.

찌는 듯한 무더위 속에서 오로지 이 소리만 들리는 것 같았다. 유일하게 들리는 이 단조로운 소리가 끊이질 않자 뜨거운 열기가 파도처럼 밀려들었다. 우취에쩐(烏雀鎭)중학교에는 정해진 한 가지 규율이 있다. 여름날 점심이면 남녀를 불문하고 반드시 학교에서 낮잠을 자야 한다는 것이다. 하지만 함부로 시원한 곳으로 가거나 더욱이 강으로 수영하러 가서는 절대 안되었다. 그 시간에 여학생은 책상에서, 남학생은 긴 걸상에서 잠을 자야 했다. 학생들이 자는 동안 감독임무를 맡은 반장은 낮잠을 자지 않아야 했다. 언제 정해졌는지 알 수 없는 이상한 규율이 현재까지 이어져 내려오고 있다. 냉수의 유혹을 이기지 못한 몇몇 학생들이 가만히 강으로 내려갔다. 그러나 강가로 올라와 머리를 말리면서 자연스럽고도 완벽하게 '강에 내려갔던 흔적'을 지운다고 해도 난쟁이 교장의 눈을 절대 피하지는 못했다. 의구심이 가득 찬 눈빛으로 찬찬히 훑어보더니 물었다.

"어디 갔댔어?"

강에 갔던 애는 거짓말을 늘어놓는다.

"화장실에 큰 거 보러 갔었습니다."

"그래?"

교장이 그 학생에게로 다가오더니 손톱이 긴 새끼손가락으로 마치 금강석 유리칼로 유리를 베는 듯이 몸에 선을 휙 그었다. 그러면 몸에 바로 새하얀 흔적이 나타난다.

"너 강에 갔었지?"

그러면서 그는 문밖을 가리키며 호통을 쳤다.

"땡볕에 한 시간 동안 꼼짝하지 말고 서 있어. 알겠어!"

찜통더위가 지속되는 어느 날 점심이었다. 반장이 교단에 엎드려 꾸벅꾸벅 졸고 있을 때 내가 단짝친구인 마따페이(马大沛)에게 눈짓을 했고 텔레파시가 통한 우리 둘은 함께 교실 뒷문으로 빠져나와 미친 듯이 학교 뒤에 있는 큰 강으로 달려갔다. 강과 10여 미터나 떨어진 곳에서 우리는 옷을 찢기라도 하듯 마구 벗었다. 그 바람에 마따페이의 옷 단추 하나가 떨어져 나갔다. 물속으로 들어가자 시원한 기운이 뼛속까지 스며들었다. 그 시각 우리는 평생 이곳에서 살았으면 좋겠다는 생각이 들었다.

우리는 물속에 몸을 담그고 장난치면서 낮잠을 자야 한다는 사실도, 심지어 수업을 해야 하는 것 마저 까맣게 잊었다. 갑자기 생각이 났을 때는 오후 두 번째 수업에 들어갔을 때였다. 그들은 강 언덕에 앉아 두 다리를 물에 담그고는 어떻게 할지를 궁리했다.

"한 번 시작한 일 끝까지 해야지. 오후 내내 여기서 노는 건 어때?"

마따페이가 말했다. 그 말에 둘은 오히려 마음이 홀가분해졌다.

나무그늘 아래까지 헤엄쳐 간 그들은 '물수리가 물고기를 잡는' 게임을 하며 놀기 시작했다.

마따페이가 물밑에서 나를 잡지 못하고 다시금 수면 위로 고개를 내밀었을 때 손을 높이 쳐들고는 나를 향해 소리쳤다.

"회선 핀(線卡)이다!"

나는 머리에 묻은 물방울을 털어내며 물었다.

"뭐라고?"

그를 향해 헤엄쳐 가면서 나는 그가 손으로 기다란 짙은 갈색 선을 받쳐 들고 있는 것을 보았다.

"정말 회선 핀이네."

그는 무의식적으로 주위의 동정을 살폈다. 먼 곳으로부터 배 한 척이 운항해오는 것을 본 마따페이가 선을 쥐고는 그대로 물속에 몸을 숨겼다.

이곳은 물이 많아 물고기를 잡는 사람들이 많았다. 통발, 그물 등을 이용하는 물고기 잡이 방법은 아주 많다. 그 중에서도 아주 특이한 방법이 있었다. 저녁쯤 강 중심까지 흰색으로 도배한 배를 몰고 간다. 달빛 아래에서 흰 배가 유난히 반짝반짝 빛을 발한다. 이때 '백도(白跳, 붕어-역자 주)'가 물속에서 뛰어올라 예쁘게 곤두박질을 치면서 선실에 떨어진다. 이곳 사람들에게 쏘가리는 별로 인기가 없다. 붕어의 인기가 가장 높다. 관혼상제 때마다 술상에서 빠지지 않는 메뉴가 바로 붕어요리이다. 이곳의 붕어

잡는 방법은 아주 특수하다. 1, 2리 되는 줄(돼지피로 반복해 물들인 선)을 감아서 4, 5척의 거리마다 중앙을 가로질러 1센티미터 되는 가느다란 대나무가지를 동여맨다. 대나무가지의 양끝은 뾰족하게 깎고 유연하게 구부려 양끝이 닿을 수 있도록 만든다. 그리고 손으로 문질러 뾰족하게 깎은 양 끝에 불린 밀을 꽂는다. 그 대나무가지를 '핀'이라고 부르는데 긴 선까지 합쳐 "회선 핀"이라 부른다. 핀이 물속에서 움직이면, 먹이를 구하러 온 붕어들이 오동통한 황금빛 밀을 보고는 맛있는 먹이인 줄로 착각하고 단번에 삼킨다. 이때 밀이 바로 떨어지고 탄력 있는 핀이 벌어지면서 붕어의 목구멍에 가로 걸리게 된다. 처음에는 갑작스런 상황에 어리둥절해 하다가 정신을 차리고 나면 도망치려고 안간힘을 쓴다. 그러나 한참 지나도 소용이 없으면 그때부터 몸부림을 치기 시작한다. 한참 몸부림을 쳐 힘이 쭉 빠진 붕어는 그때에야 비로소 도망칠 수 없다는 현실을 깨닫고는 마치 나무에 달린 과일처럼 가만히 선에 걸려 있게 된다.

이 일대에서는 붕어 잡이 어선을 자주 본다. 오전, 오후로 하루 두 번 씩 핀을 뿌린다. 오전 10시쯤에 뿌렸다가 오후 4시에 거두어들인다. 그러고는 어선을 다리 아래나 나무그늘 아래에 정박하고 밀을 꽂기 시작한다. 저녁 무렵 거의 다 꽂으면 어두컴컴해진 후 한 번 더 뿌린다. 하루 밤을 자고 이튿날 이른 아침에 다시 거두어들인다. 한 번 뿌리는데 선 두 올을 사용해야 한다. 거두어들이는 때가 가장 행복한 시간이다. 물고기 잡이 꾼들이 계속해서 위로 선을 잡아당기면 붕어 한 마리가 번쩍이는 것을 볼 수 있다. 그들이 손을 물속으로 뻗어 조심스레 붕어를 잡아 빼낸 후 맑은 물을 담은 선실에 둔다. 조금 큰 붕어면 커버 망을 꺼내 덮어씌운 후 그 속에서 빼낸다. 수초가 많은 곳에서 붕어가 몸부림을 치면 선들이 수초와 엉망으로 엉켜 옭아맨 매듭이 생긴다.

이럴 때는 억지로 당기면 안 된다. 물고기 잡이 꾼들은 자루가 있는 낫으로 수중의 수초를 벤다. 이 때 녹색리본을 방불케 하는 수초를 따라 붕어도 그 속에서 반짝반짝 빛을 뿌린다. 신이 난 물고기 잡이 꾼들은 눈빛을 반짝이며 노래를 흥얼거리기도 한다.

나는 아주 어릴 때부터 어선 보기를 좋아했고, 특히나 어부들이 회선 핀을 멋지게 뿌리고 거두어들이는 모습을 보기 좋아했다.

그 순간 나는 갑자기 스스로 핀을 거둬보고 싶다는 생각이 들었다. 나는 마따페이를 바라보며 말했다.

"거두어들일 수 있어?"

마따페이는 해보고 싶은 마음이 나보다 더 간절한 듯 했다.

"내가 왜 못해? 거두려고 생각하던 중이야."

그러고는 계속해서 수중의 선을 거두어들였다.

"나도 좀 해 볼래."

마따페이는 주려하지 않았다.

"내가 좀 더 하고."

잔잔한 파도가 일기 시작했다. 마따페이가 앞으로 나아가자 붕어 한 마리가 수면 위로 보였다. 붕어가 햇빛 아래에서 용솟음치며 은빛을 반짝이는 모습은 사람들에게 즐거움을 가져다주었다.

마따페이는 손도, 목소리도 조금 떨렸다.

"주환(朱環)아, 버드나무 가지를 하나 구해 와, 물고기 좀 꿰게."

팔딱이는 물고기를 힐끔 쳐다보고는 급히 강가로 헤엄쳐 가서 버드나무 가지에서 가지 하나를 끊었다. 마따페이에게로 다시 돌아왔을 때 수면 위로 용솟음치는 붕어가 또 보였다. 그 붕어가 한 겹 한 겹의 물보라를 일으켰다. 마따페이가 수중의 선을 느슨하게 풀자 붕어가 앞으로 나아갔다. 그 순간 그는 선을 팽팽하게 잡아당겼다. 힘이 얼마나 센지 거의 수면 밖으로 튀어나올 뻔 했다.

"나도 해보고 싶은데……."

"안 돼!"

마따페이가 반짝이는 두 눈을 부릅뜨며 팔딱거리는 물고기 두 마리를 응시했다.

"저리 가!"

나는 그를 한쪽으로 확 밀면서 버드나무 가지를 던져주었다.

"네가 물고기를 떼어 내, 내가 회선 핀을 거둬들일 테니까……"

그는 하는 수 없이 회선 핀을 나에게 양보했다. 마따페이가 첫 번째 물고기를 빼낼 때었다. 마지막으로 몸부림치던 물고기가 그의 수중에서 빠져나와 공중에서 은빛 곡선을 그리면서 물속으로 풍덩 빠져 도망쳤다.

"야! 이 바보야."

마따페이가 두 번째 물고기를 빼낼 때에는 억세게 물고기를 잡았다. 그 바람에 물고기를 버드나무 가지에 꽂았을 때에는 이미 죽은 뒤였다.

나는 회선 핀을 거둬들이고 마따페이는 물고기를 빼내서 버드나무가지에 꽂았다. 얼마 지나지 않아 버드나무가지에는 물고기가 5마리나 꽂혀졌다. 마따페이는 버드나무가지를 바지춤에 매고는 나를 따라오면서 말했다.

"나도 거두어 보고 싶어."

얼마 거두어들였는지 모른다. 순간 나는 머뭇거리며 주위를 살폈다.

"계속 거둬들여 볼까?"

"응"

대답과 함께 마따페이가 나의 수중으로부터 회선 핀을 빼앗아갔다. 이제는 그가 거둬들이고 내가 물고기를 빼내서 꽂는 일을 책임졌다.

물고기가 얼마나 유혹적인지 우리는 계속 회선 핀을 거둬들이고 싶었다. 지금 우리가 할 수 있는 일은 신속하고도 꾸준히 거둬들이는 것이었다. 마따페이는 담이 큰 데다 덤벙대기까지 했다. 그는 힘든 표정으로 줄을 당기고 있으면서도 흥분되어서인지 계속 욕을 하기도 했다. 등이 검은 빛과 금빛을 반짝이는 물고기들이 쉴 새 없이 나타났다. 팔짝거리는 물고기들에 의해 우리 둘은 깜짝깜짝 놀랐고, 모든 것을 잊고 있었다. 물고기 잡이 꾼의 회선 핀을 우리가 거두면 안 된다는 사실도, 그들이 생계를 도모하는 유일한 수단이라는 것조차 잊고 있었다. 우리는 아랑곳하지 않고 잡아당겨 회선 핀을 엉망진창으로 뒤엉키게 만들었다. 우리는 회선 핀을 망가뜨리는 것이 전혀 두렵지 않았다. 물고기가 선을 수초에 휘감은 탓에 망할 놈의 마따페이가 몇 번이고 잡아당겨도 당겨지지가 않자 아예 회선핀을 팔꿈치에 한 바퀴 빙빙 돌린 후 세게 잡아당겼다. 그럴 때마다 수초가 뭉텅 뭉텅 뽑혔고, 이미 독 안의 쥐 신세가 되었던 물고기들은 도망을 쳤다. 만약 당겨서 끊어지면 앞으로 몇 미터 헤엄쳐 가서는 발로 더듬거나 아예 물밑까지 잠수해 찾아낸 후 계속해서 앞으로 가며 거두어 들였다.

우리는 이 강의 끝까지 거두었다.

물고기로 인해 정신이 쏙 나간 마따페이는 갑자기 손동작을 멈췄다.

"우리 이제 가자!"

"그래 돌아가자."

그는 회선 핀을 버렸다. 우리는 엎치락뒤치락하며 강가로 헤엄쳐갔다. 우리는 물고기를 세 꼬치나 거두었다. 강가에까지 왔을 때에야 우리는 갑자기 물고기를 얻기 위한 것이 아니라 핀을 거두어들이는 과정을 즐기기 위한 것이라는 점을 깨달았다. 우리는 물고기 두 꼬치를 버리고 그 중 하나만 마따페이가 들고 강기슭으로 올라왔다.

기슭에 올라온 후 우리는 약속이라도 한 듯 조용히 흐르는 강을 힐끔 바라보고 나서 황급히 도망쳤다.

2

수림에서 나뭇가지를 구해 온 우리는 불을 지피고 물고기를 구웠다. 그러나 맛은 별로였다. 우리는 먹는 시늉만 하고 그 자리를 떠났다.

우리는 기숙사생이었다. 저녁 자습 때 나는 정신을 가다듬고 숙제를 하거나 책을 보지 못했다. 저녁자습이 끝나면 화장실을 핑계 삼아 강가로 놀러가기도 했다

멀리서 나는 강 중심에 꽂힌 대나무 상앗대, 거기에 동여 매여져 정박해 있는 작은 배를 보았다. 네모 모양의 등불 한 개가 돛에 걸려 밤바람을 따라 하늘거리고 있었다.

나는 바로 어선이라는 생각이 들었다.

나는 길옆으로 재빨리 몸을 비켜 한 그루의 멀구슬나무의 그림자 속에 쪼그리고 앉아 배를 찬찬히 응시했다.

뱃머리에 윗옷을 입지 않은 할아버지가 앉아 계셨다. 꼼짝하지 않고 앉아 있는 그는 마치 갈고리처럼 머리를 앞으로 약간 내밀었다. 강바람이 불어올 때면 허름한 배가 흔들거렸다. 그때마다 할아버지의 거대한 그림자가 양쪽의 강가에 얼른거렸다.

강에 안개가 자욱이 끼기 시작하자 상앗대의 등불도 어슴푸레 하게 보였다. 갈대숲에서 '베 짜는 여인'들이 내는 소리는 조용한 밤하늘에 유달리 구슬프게 들렸다. 나무숲이나 논밭에는 담자색 개똥벌레가 마치 유령처럼 반짝였다. 끝없는 암흑과 조용함속에서 어선과 등불, 할아버지는 마치 영혼처럼 흔들거렸다.

무기력하고 쉰 할아버지의 기침소리가 들렸다. 점점 기침을 얼마나 세게 하는지 오장육부마저 토해낼 것만 같았다. 기침을 하는 할아버지의 그림자가 등불 아래에서 움찔거렸다. 한참이 지나서야 기침이 천천히 멈춰졌다. 그 후에는 긴 한숨을 내쉬었다. 그 한숨소리는 마치 삼림으로부터 오싹한 찬바람이 불어오는 듯한 느낌을 주었다.

누군가 뒤에 서 있는 듯한 기운이 느껴졌다. 뒤를 돌아보니 마따페이였다. 우리 둘은 나무 그늘에 앉아 아무 말도 하지 않았다.

이튿날 이른 아침, 우리는 또 강가로 갔다. 작은 어선은 여전히 강중심의 상앗대에 매여져 있었다. 등불은 꺼졌지만 할아버지는 여전히 배에 앉아 있었다. 다만 낡아빠진 윗옷을 더 걸쳤을 뿐이었다.

태양이 강굽이로부터 서서히 떠올랐다. 배 위의 할아버지를 똑똑히 볼 수 있게 되었다. 할아버지는 확실히 연세가 많아 보였다.

불룩 튀어 나온 광대뼈, 움푹 들어간 눈, 여위어 푹 꺼져 들어간 입. 가는 목에 한 갈래 한 갈래 튀어나온 굵은 혈관이 그대로 보였다. 흐릿한 눈빛에서 연세가 많다는 것이 더욱 느껴졌다.

뱃머리에는 뒤엉킨 회선 핀과 이를 담은 낡은 빈 광주리가 놓여 있었다.

할아버지가 고개를 돌려 나를 힐끔 쳐다보았다. 내가 뒤로 돌아 걸어가고 있는데 할아버지의 부름소리가 들렸다.

"애야—"

나는 발걸음을 멈추고 다시 뒤로 돌아 그를 쳐다보았다.

"회선 핀을 누가 거두었는지 보았니?"

나는 절레절레 머리를 흔들면서 가버렸다. 발걸음이 점점 더 빨라졌다. 나는 하루 종일 더는 강가로 가지 않았다.

3

방언이 심하고 어디에서 온지도 모르는 물고기 잡이 할아버지가 바로 이곳을 떠나지 않고 어선을 오랫동안 강에 정박하고 있었다.

할아버지가 어선을 갈대숲속으로 몰고 가는 모습을 본 마따페이가 나에게로 허겁지겁 뛰어오면서 말했다.

"회선 핀 거둔 사람을 붙잡으려고 하나봐."

나는 강 방향을 따라 응시하며 대답했다.

"어디 가서 붙잡으려고 하는 거지?"

그러나 그 날 그는 마침내 그의 회선 핀을 가만히 거둬들이고 망가뜨린 '사람'을 찾아냈다. 당시 나는 강가에 있었다. 마치 굶주린 표범처럼 강가의 버드나무숲에서 달려 나온 할아버지가 어선에 뛰어올라서는 "솨솨" 소리를 내며 갈대숲을 지나 젖 먹던 힘까지 다 해 그의 회선 핀을 거둔 사람이 있는 방향으로 저어갔다. 그 회선 핀은 사실 우리가 망가뜨린 것이었다. 그런데 할아버지는 망가뜨린 자를 잡으려고 일부러 수중에 얼마를 남겨두었던 것이다. 그 순간 할아버지의 동작이 얼마나 빠른지 입이 쩍 벌어지는 광경이 펼쳐졌다. 할아버지가 남긴 회선 핀을 거두던 사람이 뱃머리에 부딪혀 비명소리를 지르면서 바로 흉악한 몰골을 드러냈던 것이다. 나는 대뜸 알아봤다. 그는 우취에읍에 사는 따야즈(大鴨子)였다.

　따야즈는 힘이 센 장년이라 할아버지가 맞서기에는 버거운 상대였다. 할아버지는 상앗대를 배 위로 던지고 허리를 굽혀 그의 팔을 단번에 붙잡았다. 따야즈는 바로 벗어나려 하지 않았다.

　"어디서 굴러온 영감탱이야! 좋은 말 할 때 그 손 얼른 못해?"

　할아버지는 손을 놓지 않았다.

　따야즈는 다른 손가락으로 할아버지의 코를 가리키며 대들었다.

　"놓지 못해?"

　그러나 할아버지는 그의 팔을 더 억세게 붙잡았다. 따야즈는 다른 팔로 할아버지의 가슴을 힘껏 밀쳤다.

　그 바람에 할아버지는 배 위로 벌렁 넘어졌다. 그는 두 손으로 뱃전을 짚으며 순간 일어나지 못하는 할아버지를 향해 말했다.

　"이 늙다리야!"

할아버지는 손가락으로 따야즈를 가리켰다.

"내 회선 핀을 네가 훔쳤지?"

"회선 핀을 훔쳤다고? 어디서 굴러먹다 온 개뼈다귀야! 왜 여기 와서 행패를 부려?" 그리고 나서 따야즈는 또 방금 흘러내려온 회선 핀을 다시 집어 계속 앞으로 가며 거두었다.

간신히 기어 일어난 할아버지는 배에서 두 손을 뻗어 따야즈의 머리를 잡았다. 그러자 따야즈가 그의 손을 벗어나지 못했다.

"아이고, 아이고" 하며 그는 비명소리를 질렀다. 할아버지는 계속해서 말했다. "내 회선 핀 어서 돌려줘, 내 회선 핀을 돌려달라고……"

어떻게 소문을 듣고 왔는지 우취엔 중학교의 학생들이 강가로 몰려들었다. 할아버지 손을 벗어나지 못한 따야즈는 화가 치밀어 강기슭의 학생들에게 욕설을 퍼부었다. 우습게 일그러진 그의 얼굴을 본 학생들은 깔깔거리며 웃어댔다. 이토록 많은 사람들에게 우스꽝스러운 꼴을 보여주기 싫었던 그는 죽을힘을 다해 벗어나려고 했다. 그러나 할아버지는 더욱 꽉 틀어쥐고 놓지 않았다. 그가 할아버지의 명줄을 끊어 놓은 것이나 다름없기 때문이었다. 따야즈는 마치 수십 년 간 할아버지가 처음 낚은 커다란 물고기처럼 어선을 이쪽으로, 저쪽으로 끌어당겼지만 결코 할아버지의 손아귀에서 벗어나지를 못했다. 아무리 용을 써도 벗어나지 못하자 그는 또 다시 얼굴을 찌그리며 강기슭의 학생들에 욕설을 날렸다. 그 모습에 학생들은 배를 끌어안고 웃었다. 따야즈는 나를 안다. 그는 손가락으로 나를 가리키며 말했다.

"주환이, 너도 웃었어, 딱 기다리고 있어!"

웃음소리가 갑자기 잦아들었다. 여전히 웃고 있던 몇몇도 서로를 쳐다보더니 웃음을 멈췄다. 그들은 그때에서야 자신들이 따야즈를 웃고 있었다는 사실을 깨달았다. 따야즈는 절대 비웃으면 안 되는 인물이었다.

공부를 하지 않는 따야즈는 우취에읍에서 빈둥거리며 놀고먹기로 소문난 사람이었다. 그에게 형 셋이 있었는데 둘째가라면 서러울 정도로 하나 같이 포악했다. 우취에읍에서는 이들 형제들에게 그 누구도 감히 잘못을 저지르지를 못했다. 이 중에서 한 명에게라도 잘못을 저지른다면 4명을 모두 건드리는 것과 같았다. 이렇게 된다면 어떤 후과가 생길지 가히 짐작할 수 있었다. 그때면 우취에읍에는 공평한 말을 하는 사람이 단 한 명도 없을 뿐만 아니라 오히려 기회를 엿보고 이들 형제의 환심을 사려고 빌붙는 사람들도 있었다. 이런 의미에서 볼 때 이들 형제에게 잘못을 저지르는 것은 우취에읍의 모든 사람들에게 잘못을 저지르는 것이나 다름없었다.

따야즈는 쥐죽은 듯 조용한 분위기 속에서 우리를 바라보고 있었다.

"계속 웃지들 그래? 왜 멈췄어?"

이때 입을 크게 벌리고 헐떡거리는 노인의 모습이 보였다. 오랫동안 그를 붙잡고 있은 탓에 워낙 늙고 연약한 몸의 기운을 거의 소모해 버린 듯 했다. 따야즈는 두 눈을 감고 마치 죽은 대어처럼 강에 둥둥 떠 있었다. 할아버지의 손이 약간 풀리고 힘이 부족한 틈을 타 그는 노인의 얼굴을 향해 주먹을 날렸다. 그는 단번에 노인의 수중에서 벗어났다. 그는 안간힘을 다 해 6미터 넘게 헤엄쳐 가더니 도망칠 생각을 하지 않고 노인을 향해 다시 몸을 돌렸다. 그는 입에 담지 못할 정도로 상스러운 욕을 하며 노인을 모욕했다. 땡볕 아래에서 노인은 작은 어선에 서 있었다. 노인은 벌벌 떨고 있었다. 우리가 보기에 어선도, 어선 주위의 강물도 떠는 것만 같았다.

따야즈가 소리쳤다.

"이리 와봐! 오라니까!"

노인은 꼼짝하지 않고 그 자리에 서 있었다. 따야즈는 물 몇 모금을 마시고 나서

"당신의 회선 핀을 꼭 거둬야겠어. 물고기 한 마리, 한 마리 다 빼내고는 회선 핀을 망가뜨릴 거야."

라며 회선 핀을 거둬들이고 물고기를 빼낸 후 회선 핀을 망가뜨리는 동작까지 했다. 상앗대를 주어든 노인이 따야즈를 향해 배를 저어갔다. 따야즈가 노인을 비웃으면서 물속으로 몸을 내리꽂더니 그대로 사라졌다. 노인은 수면 위에서 두리번거리며 그를 찾았다. 따야즈가 그의 등 뒤 수면에서 고개를 쏙 내밀었다.

"눈먼 늙다리야, 나 여기 있어."

노인은 몸을 돌려 또 배를 저으며 쫓아갔다. 그러나 따야즈는 또 다이빙을 해 물속에 몸을 숨겼다. 그는 신이 나서 노인과 물속에서 숨바꼭질을 하면서 우리를 향해 웃어 보이기도 했다. 많은 사람들이 '공연'을 본다고 생각한 그는 너무나 만족스럽고 기뻤던 것이다. 더 쫓아갈 힘이 없는 노인은 하는 수 없이 상앗대를 내려놓고 배에 앉았다. 따야즈는 실망스러웠지만 이제는 그도 그만하고 싶었다. 그러나 결코 이처럼 조용하게 끝내기는 싫었다. 그는 노인을 향해 소리쳤다.

"늙다리야, 여기 봐라."

그는 힘껏 두 다리를 뻗어 하늘로 치솟더니 머리를 물속으로 내리꽂았다.

그때서야 사람들은 따야즈가 알몸이라는 것을 알아차렸다. 여학생들이 비명소리를 지르며 뿔뿔이 도망쳤다. 새하얀 따야즈의 엉덩이가 마치 복숭아처럼 반쯤 수면 위로 드러났다. 강가의 사람들은 신기하게 그 모습을 바라보았다. 따야즈가 몸을 똑바로 돌리면서 말했다.

"늙다리, 빨리 왔던 데로 돌아가지, 얼른 썩 꺼지라고."

그러더니 다시 몸을 거꾸로 해 새하얀 엉덩이를 반쯤 수면 위로 드러냈다. 그리고는 양손으로 엉덩이를 툭툭 두드리기까지 했다. 이곳에서는 이런 행동이 사람을 깔보고 모욕을 주는 동작으로 사용되었다. 따야즈가 사라졌다. 그는 한참을 지나 갈대숲에서 고개를 내밀더니 팬티를 입고는 만족스러운 표정으로 읍내로 돌아갔다. 노인은 배에 앉아 꼼짝하지 않았다. 바람을 타고 어선이 우리 쪽을 향해 떠오고 있었다.

"저사람 이름이 뭐여?"

노인이 물었다. 그러자 누군가가 대답했다.

"따야즈에요."

"집은 어딘데?"

"읍내에서 살아요."

노인은 고개를 끄덕이더니 여전히 앉아 있었다.

배는 바람을 타고 이리저리 떠가고 있었다.

4

노인은 따야즈의 집까지 찾아갔다. 노인은 따야즈에게 회선 핀을 배상해

주고 사과할 것을 요구했다. 형제 넷은 배를 부둥켜안고 깔깔 웃어댔다.

"당신 제정신이야. 어디서 굴러먹다 온 개뼈다귀야?"

"우취에읍에 사단을 만들러 온 거야, 뭐야?"

"눈치 있으면 빨리 꺼져, 얻어터지기 전에. 이 늙다리야."

노인은 그 소리를 듣자마자 곧바로 집안으로 뛰어 들어가 반가운데 벌렁 누웠다.

"이 무뢰한을 얼른 끌어내라."

큰 형이 말했다. 형제들이 다가와 노인을 향해 발길질을 했다. 그러나 노인은 여전히 일어나지 않았다. 그러자 형제들은 문짝을 떼어내 노인을 문 밖으로 들어냈다. 많은 사람들이 모여들어 이 상황을 구경했다.

큰 형이 말했다.

"어디서 굴러온 늙다리가 가난에 눈이 멀었는지 모르지만, 감히 우리 집에까지 와서 바가지를 씌우는 거야!"

문짝에서 몸부림치며 내려온 노인은 다시 따야즈 네 집으로 달려 들어갔다. 노인은 생각만 해도 화가 치밀었다. 이번에는 눕지 않고 손에 쥐이는 대로 집안의 물건들을 내동댕이쳤다.

"눈치 없는 늙다리네, 때려라 때려!"

큰 형이 소리쳤다. 형제들은 노인을 향해 사정없이 주먹을 날렸다. 노인은 다시 큰 방의 가운데 누웠다. 이번에는 정말 힘이 없어보였다.

"들어내!"

큰 형이 말했다. 노인은 또다시 문짝 위에 올려졌다. 그러나 이번에는 꼼짝도 하지 않았다. 형제 넷이 노인을 들고 걸어갔다. 그 뒤로 수많은 사람이 따랐다. 마치 아름다운 풍경을 보는 듯이 말이었다.

인파를 비집고 들어가 노인을 살그머니 쳐다보았다. 그는 마치 시신처럼 문짝 위에 누워 있었다. 나는 냉큼 인파에 몸을 숨기고 꼼짝하지 않았다.

이틀이 지난 후 누군가 강가에서 교실로 뛰어오며 말했다.

"노인의 어선이 가라앉았어."

그 말에 나와 마따페이가 강가로 달려갔다. 어선은 완전히 가라앉아버렸다. 어선에서 쓰던 바가지, 쪽걸상, 나무베개 등이 마치 수상재난이 일어난 현장처럼 수면 위에 아무렇게나 떠 있었다. 노인은 멍하니 맞은편 기슭에 앉아있었다. 따야즈가 어선에 구멍을 낸 것이었다. 따야즈는 화가 치밀어 올라 소리쳤다.

"당신이 선조로부터 대대손손 물려 내려온 우리 집 꽃병을 깨뜨리다니, 그게 얼마짜리인줄 알아!"

노인이 맞은편 기슭에 앉아 있을 때 나와 마따페이는 떠나지 않고 있었다. 우리는 고개를 숙이고 이쪽 강기슭에 앉아 있었다. 자색 잠자리 한 마리가 거꾸로 되어 있는 물속 쪽걸상 다리에 꼬리를 쳐들고 내려앉았다. 그 쪽걸상은 마치 물속에 버려진 죽은 새끼 돼지처럼 네 다리를 하늘로 쳐들고 있었다. 노인은 아주 낮은 소리로, 그것도 아주 듣기 싫은 소리로 울고 있었다. 나와 마따페이는 물속으로 걸어 들어가 아무 말도 하지 않고 여기 저기 널려 있는 물건을 하나 씩 기슭으로 건져 올려왔다.

노인은 혀짧은 소리로 말했다.

"너희들은 참 착한 애들이구나. 하느님이 너희를 보살펴줄게야, 꼭 그럴 거야……"

우리는 또 할아버지와 함께 침몰한 어선을 기슭으로 끌어 올렸다. 마따페이가 말했다.

"할아버지 배를 고치고 나면 이곳을 떠나세요."

그러자 할아버지는 머리를 절레절레 저었다.

"그자들이 내 회선 핀을 망가뜨리고 나를 능멸하기까지 했어. 안 가지, 절대 안 갈꺼야……"

교실로 돌아와 수업을 할 때 마따페이를 바라보았다. 그는 눈을 동그랗게 뜨고 교단을 쳐다보긴 했지만 손은 저도 모르게 계속 책상을 후벼 파 책상 변두리에 생채기가 생겨났다. 몸은 교실에 있어도 정신은 다른 데 있는 듯 했다. 나는 계속 창밖을 내다보았다. 사실 아무 것도 보이지 않았고 마음속으로는 자꾸만 그 노인이 생각났다. 선생님께서 갑자기 나를 불렀다.

"주환아!"

그 소리에 나는 놀라서 벌떡 일어났다. 선생님께서 물었다.

"무엇을 보고 있는 거냐?"

"나무 위에 토끼 한 마리가 있습니다."

하고 내가 대답하자 교실은 웃음바다가 되었다.

노인은 과연 가지 않았다. 그렇다고 회선 핀을 늘이지도 않았다. 그의 회선 핀은 우리들이 거의 다 망가뜨렸던 것이다. 그렇다고 새로운 회선 핀을 새로 구입할 능력도 없는 듯 했다. 그는 날마다 윗옷을 벗은 채 고기잡이 망을 메고 도랑이나 연못을 전전하며 물고기나 새우를 잡아 읍내에다 팔면서 생계를 유지했다. 전문적인 어부가 농촌에서 소소하게 물고기나 새우를 잡는 사람으로 전락된 것이었다. 노인에게는 그야말로 굴욕적인 모습이 아닐 수 없었다. 그러나 노인은 현실을 침착하게 감내하며 버텼다. 그는 우취에읍이라는 낯선 곳에서 묵묵히 지내면서 뭔가를 되찾으려는 듯 했다.

전에 배 위에서 회선 핀을 흩뿌릴 때는 아름다운 경치를 감상하면서 희망과 즐거움도 함께 뿌리고 있었다. 그리고 물고기를 거둬들일 때는 전문 어부로서의 매력과 만족감을 느끼기도 했다. 그러나 현재 그는 비참하게 이곳저곳으로 물고기와 새우를 잡으러 다니면서 흙투성이가 된 모습은 말이 아니었다. 나와 마따페이가 우취에쩐에 나타난 이 할아버지를 몇 번이나 보았다. 그때마다 우리는 부끄러워서 쥐구멍이라도 들어가고 싶었다.

물고기와 새우를 잡고 또 그것을 내다팔고 배 위에서 자는 시간 외에 노인은 거의 읍 위원회의 문 어구에 조용히 앉아 있었다. 윗옷을 벗은 그는 무표정한 얼굴로 아무 말 없이 가만히 있기만 했다. 처음에는 구경하러 오는 사람들이 그에게 말을 걸곤 하였지만, 후에는 그에 관심을 가지는 사람이 거의 없었다. 마치 몇 년이나 대문 밖에 세워진 흔한 돌사자와 흡사했다. 그 사이에 입바른 소리를 하는 사람들도 없지 않았지만, 노인은 그들의 말투에서 그를 조롱하고 비웃고 있다는 것을 느꼈다. 노인은 그들을 흘겨보고는 더 상대하려 하지 않고, 영원히 꼼짝하지 않을 기세로 쩐위원회 문어귀에 앉아 있었다. 노인은 자신만의 방식으로 따야즈 일가 그리고 우취에쩐과 겨뤄볼 예정이었다. 하루하루 야위어가고 노쇠해지는 노인의 모습을 주목하는 사람들은 거의 없었다. 여름이 지나고 가을도 막 지나갔다. 이제 곧 겨울이 다가온다. 우취에쩐 사람들은 불현듯 며칠 동안 노인을 보지 못했다는 것을 알았다.

"아마도 노인은 집으로 갔을 걸"

누군가가 말했다. 이들은 우취에읍의 사건 처리방법이 적절하지 못한 부분이 있다는 생각을 했다. 그러나 이런 생각도 잠시, 바로 뇌리에서 잊혀져 버렸다. 사실 노인은 가지 않았다. 앓아누웠던 것이다. 그는 절망스럽지만 인내심을 갖고 배에 누워 있었다. 나와 마따페이만이 늘 할아버지를 뵈러 가곤 했다. 우리는 질항아리에 쑨 죽과 오리 알 몇 개, 밑반찬 한 병을 가져다 드렸다. 우리는 아무 말도 하지 않고 조용히 드리기만 했다. 할아버지는 늘 한 마디 말만 꼽씹었다.

"하느님이 너희들을 보살펴주실 꺼야. 보살펴주실 꺼야……"

5

날씨가 점차 추워지면서 할아버지는 차가운 강물에서 물고기나 새우를 잡을 수 없게 되었다. 그러나 할아버지는 여전히 돌아가지 않고 여기저기서 몽둥이, 갈대 등을 모았다. 그는

"배에서 겨울을 나려면 너무 추워 기슭에 막을 쳐야 한단다."

라고 말했다.

"할아버지, 이제는 그만 돌아가세요."

내가 말했다. 그는 절레절레 고개를 저었다. 힘이 없는 탓에 한 번 흔들기 시작하니 멈춰지지 않았고 헐렁하게 큰 옷은 늦가을 바람을 타고 하늘거렸다. 우리는 할 말이 없었다.

그날 밤 우취에읍 중학교 전체 학생들이 강가에서 전해져오는 노랫소리를 들었다. 밝게 개인 밤하늘에 휘영청 밝은 둥근달이 걸려 있었다.

밤하늘에서 비행하는 기러기 떼가 마치 대낮처럼 또렷하게 보였다. 할아버지는 박자를 맞춰가며 노래를 잘 불렀다. 그러나 고독한 사람이자 방랑 생활을 하는 사람의 노랫소리는 처량하고도 비참한 분위기가 감돌았다.

그의 가냘픈 회색 그림자를 바라보며 나와 마따페이는 묵묵히 울기 시작했다. 이튿날 나와 마따페이는 결석계를 내고 집으로 돌아갔다. 마따페이는 집에 있는 비둘기를 몽땅 큰 우리에 몰아넣었다. 비둘기를 가져다 팔기 위해서였다. 비둘기를 남달리 좋아하는 마따페이는 비둘기만 봐도 자리를 떠나지 못한다는 것을 나는 잘 알고 있었다. 마따페이는 비둘기가 날고, 먹을거리를 찾고, 부화하는 등의 온갖 거동에서 남들은 결코 느낄 수 없는 감정을 느끼고 있었다. 그러나 현재 그는 아무리 보아도 싫증이 나지 않는 비둘기를 모두 우튀에읍 내 시장으로 팔러갔다.

"비둘기 사세요! 비둘기 사세요……"

그와 몇 미터 떨어져서 나는 마치 예전의 몰락한 무사처럼 칼 한 자루를 팔고 있었다. 그 칼은 내가 고물상에서 우연히 얻은 것이었다. 만약 오늘날까지 남겨뒀더라면 이 옛 칼에 전문가가 높은 가격을 매겼을지도 모른다. 그 당시에도 아주 귀한 물건이라는 느낌이 들었다. 칼이 마음에 들었던 나는 늘 침대머리에 걸어 두곤 했었다. 뿐만 아니라 친구들에게 어느 조대의 칼이라며 과장해서 여러 번 자랑한 적도 있었다. 나는 번쩍번쩍 빛이 나게 닦은 칼을 행인들에게 보이면서 물었다.

"칼 사세요, 아주 오래된 옛날 칼이에요."

마따페이가 비둘기를 거의 다 팔아 이제 2마리만 남았을 때었다. 그는 아쉬운 듯 비둘기를 쳐다보고 나서 나를 바라보았다.

마치 '다 팔아야 되나?'라고 묻는 것 같았다.

"이 2마리는 남겨 둬. 다 팔면 넌 어떻게 해."

그래도 그는 다 팔아버렸다.

내가 가져간 칼은 나뿐만 아니라 일반 농촌사람들도 당연히 모른다. 그들에게 있어 이 칼은 나무를 베는 칼이랑 별반 차이가 없었다. 그러나 나는 이 칼의 가격이 낮지 않을 것이라 짐작했다. 오후쯤 쩐 문화원의 원장이 왔다. 그가 칼을 받아 쥐고 이리저리 살펴보더니 말했다.

"값이 얼마나 될지 얘기는 못하겠다. 그러니 20위안을 줄게. 현(縣) 박물관으로 가져가서 20위안이 안 되는 칼이라고 해도 난 후회하지 않을 꺼다. 만약 박물관에서 값을 매겨 팔 수 있는 칼이 아니라고 해도 넌 후회하지 말거라."

나는 칼을 건네주기가 아쉬워서 한참동안을 손에 쥐고 만지작거렸다.

소장이 말했다.

"안 팔 거냐? 그럼 난 간다."

내가 말했다.

"아니요, 팔게요."

마따페이는 비둘기를 팔아 15위안을, 나는 칼을 팔아 20원을 벌었다. 총수입이 35위안이 되었다. 35위안이 당시에는 적은 돈은 아니었다. 우리는 돈을 세고 또 세었다. 마치 속죄하는 기분이 들었다. 이렇게 생각하니 몇 개월 동안 무겁고 가책을 느꼈던 마음이 갑자기 홀가분해졌다.

저녁 무렵, 우리는 할아버지에게로 갔다.

"할아버지, 이곳을 떠나세요."

내가 말했다. 그러나 할아버지는 고집스레 고개를 저었다.

"따야즈가 회선 핀을 망가뜨린 것이 아니에요."

마따페이가 말했다. 할아버지는 놀라면서도 의아한 표정으로 우리를 쳐다보았다. 나는 35위안을 할아버지께 드렸다.

"그 날 핀은 우리가 거뒀어요. 우리가 망가뜨린 것이에요."

할아버지가 웃었다.

"너희들은 참 착하구나. 날 떠나게 하려고 그러는 거지."

"아니에요. 할아버지. 진짜 우리가 거두고 망가뜨린 것이에요."

할아버지가 믿지 않자 나와 마따페이가 그 날 일을 자세하게 얘기했다. 할아버지는 천천히 웅크려 앉았다. 우리는 그 자리에 꼼짝하지도 않고 서 있었다. 그 후로 할아버지는 우리에게 눈길조차 주지 않았다.

이튿날 교감 선생님께서 우리를 불렀다. 그 할아버지가 35위안을 우리에게 돌려주었다고 했다. 우리는 곧바로 강가로 달려갔지만 그곳은 텅 비어 있었다. 할아버지도, 배도 모두 사라졌다. 나와 마따페이는 강기슭에 앉아 아침부터 날이 어두워질 때까지 기다렸다. 그러나 할아버지는 다시 돌아오지 않았다. 영원히 이곳을 떠난 것이었다. 어디로 갔는지도 모른다.

"물이 있는 곳이면 할아버지의 집이 있고 살아갈 길이 있다는 것일까?"

우리는 각자 생각에 잠겨 있었다.

Part
11

먼 산 위의 조각상

먼 산 위의 조각상

1

할머니께서 후들거리며 예전처럼 나무껍질 같은 손을 주머니에 깊숙이 넣어 힘겹게 동전 몇 개를 꺼내서는 메마른 손바닥에 올려놓았다. 그러고는 그녀의 가느다란 손목을 잡은 후 동전을 쥔 손을 비스듬히 기울여 부드러운 그녀의 손바닥에 미끄러지게 했다. 할머니는 머리를 숙이고 동전을 자세히 살폈다. 5전짜리임을 확인한 할머니는 그녀가 동전을 손에 꼭 쥐도록 손가락을 위로 끌어당겼다.

"심심하거든 거리로 놀러나가렴. 이 돈은 아끼지 말고 먹고 싶은 걸 사먹어 알았지."

할머니는 누르무레한 그녀의 얼굴을 쳐다보고는 한 번 흔들면 고장 난 듯 통제하기 어려운 머리를 흔들면서 비뚤거리며 얼음과자차를 밀고 떠났다.

비뚤어진 네 바퀴가 지면과 마찰하고 있는 데다 축에 기름을 넣지 않은 탓에 "찌걱찌걱" 하는 소리가 계속 났다.

그녀는 할머니를 따라가서 할머니처럼 나무막대기로 상자를 힘 있게 "탕탕탕"치면서 "얼음과자, 팥 얼음과자 사세요."라고 소리쳐 보고 싶었다. 손이 저릴 때까지 두드리고 목소리가 쉬도록 소리치면 아마 그토록 외롭지 않을 지도 모른다. 그러나 할머니는 절대 허락하지 않았다. 그녀는 하는 수 없이 매일 홀로 집에 있어야 했다. 쥐죽은 듯 고요한 시간이 그녀에게는 너무 고통스러웠고 그때마다 숨이 턱턱 막히는 것만 같았다. 불안한 나머지 온 몸에 식은땀이 나기까지 했다. 갑자기 그녀는 눈을 동그랗게 뜨고 숨을 거칠게 쉬면서 마치 도망이라도 치듯 시끌벅적한 길거리로 뛰어나갔다. 그녀는 두리번거리며 목적 없이 거리를 따라갔다. 손은 주머니에 넣어 할머니가 주고 간 동전을 계속 만지작거려 가느다란 손이 까맣게 되었다.

매일 이러했다.

이날 그녀는 교외의 강가에까지 걸어갔다. 강가에는 푸른 주단을 방불케 하는 잔디가 펼쳐져 있었다. 잔디 위에는 높이 자란 몇 그루의 가문비나무와 늙은 은행나무 한 그루가 자라고 있었다. 그녀는 은행나무에 기대어 호기심에 앞을 바라보았다. 15, 6살 쯤 되어 보이는 한쪽 팔 없는 소년이 연을 띄우고 있었다. 그는 줄을 풀며 뒤로 걸었다. 한참이 지나자 예쁜 연이 유유히 하늘에 떠올랐다. 그는 천천히 줄을 풀며 고개를 쳐들고 연이 멀리 멀리 떠오르기를 바랐다. 화창한 봄날, 햇빛이 대지를 비추고 한쪽 팔 없는 소년도 비춘다. 그는 아주 즐거워 보였다. 손으로 줄을 꼭 쥐고는 서 있기도 하고 잔디에 앉기도 하고 편안하게 눕기도 했다. 입에는 풀뿌리를 물고 넋을 잃은 듯 그 연을 바라보았다. 마치 연이 그의 영혼마저 하늘로 끌고 간 듯했다.

소년이 그녀를 발견했다.

그녀는 소년을 힐끔 보고는 연을 쳐다보았다.

공중에서 기류를 만났는지 갑자기 연이 흔들거렸다. 그녀는 앞을 향해 달려가며 두 팔을 벌렸다. 연이 곤두박질치며 땅에 떨어질까 걱정되어서였다. 연이 떨어지지 않는다는 것을 깨달은 그녀는 방금 전의 바보 같은 행동이 너무 부끄러워 곧바로 몸을 돌렸다.

연은 마치 구름 위로 올라가기라도 하듯 더 높이 날아갔다.

시간이 얼마나 흘렀는지 모른다. 연이 공중에서 점차 그녀의 머리 위를 향해 이동하고 있었다. 곧이어 그녀는 발걸음소리를 들었다. 고개를 돌리니 한쪽 팔 없는 소년이 연을 당기면서 빈 팔소매를 팔락이며 그녀를 향해 걸어오고 있었다. 소년이 키가 어찌나 큰지 그녀는 고개를 쳐들어야 그의 얼굴을 볼 수 있었다.

"연을 날려보고 싶어?"

그가 물었다. 그녀는 목을 움츠리며 황급히 고개를 저었다. 그러나 눈은 그 연을 뚫어져라 응시했다.

"해 봐."

소년이 다가오더니 끈을 그녀에게 쥐어주려고 했다. 소년을 바라보면서 그녀는 어떻게 해야 할지를 몰랐다.

"자!"

소년이 끈을 그녀의 손 가까이로 가져갔다. 그녀는 잠깐 멈칫하다가 긴장한 표정으로 끈을 받아 쥐었다.

"달려!"

그녀가 뛰자 연도 따라서 달렸다. 그녀가 웃었다. 소년이 울창한 은행나무 아래에 서서 그녀의 모습을 즐겁게 바라보고 있었다. 그녀는 잔디에서 마음껏 뛰었다. 연은 공중에서 올라갔다 내려 왔다하면서 빙빙 돌았다. 따스한 봄빛이 살며시 스며들었다. 이내 그녀의 얼굴이 불그스레해지고 약간 튀어나온 이마에는 구슬땀이 송골송골 맺혔다.

위낙 창백하던 입술도 점차 담홍색을 띠었다. 햇빛이 스며들자 잔디와 나무의 향이 은은하게 풍겨왔다. 햇빛을 받은 강물은 마치 반짝이며 흐르는 금을 방불케 했다.

물새 몇 마리가 수면 위를 날아예며 매혹적인 소리를 냈다.

그녀는 무슨 상상을 하는지 한참 동안이나 연을 물끄러미 바라보았다. 눈물이 그녀의 콧마루를 타고 흘러내렸다……

소년이 걸어왔다. 그녀는 연을 소년에게 돌려줬다.

"집에 갈꺼야."

"집이 어딘데?"

"꽐(罐兒) 골목이야."

"우리 서로 가깝네. 난 펄(盆兒) 골목에서 살아."

그는 급히 연을 거두었다. 그들은 함께 집으로 향했다.

"방금 울었어?"

그가 물었다. 그녀가 고개를 끄덕이었다. 한참 지나서야 그녀는 대답했다.

"엄마, 아빠가 보고 싶어서……"

"지금 어디 계시는데?"

"누군가 그들이 죄를 지어 아주 먼 곳으로 갔다고 했어."

그녀는 하늘의 연을 바라보았다. 이미 거두었다는 것을 확인하고서는 더 이상 찾지 않았다. 돌아가는 길에 그녀는 소년에게 알려주었다.

"그저께 엄마랑 아빠가 사진 한 장을 보내왔어. 끝없는 사막에서 찍은 사진이었어."

소년이 물었다.

"넌 어느 학교를 다녀?

"나 학교 안 다녀."

"왜?"

"몸이 아파서 못 가. 아! 맞다, 가까이 오지 마. 내가 전염병에 걸렸어."

소년이 멀리하기는커녕 오히려 그녀를 더 가까이 했다. 빈 소매가 그녀의
눈앞에서 팔락였다. 그녀는 호기심 가득한 눈빛으로 바라보았다. 그녀가
빈 소매를 보고 있다는 것을 발견한 소년은 열등감이 아닌 자랑스러운 표
정을 지었다. 마치 빈 소매가 영광을 상징하는 듯한 표정이었다.

"넌 이름이 뭐니?"

그가 물었다.

"류리(流籬)라고 해."

"넌?"

"난 다(達)라고 해. 그냥 다 오빠라고 불러."

"다 오빠, 잘 가!"

그는 고사리 같은 손을 흔들었다.

"그래 잘 가, 류리야."

그는 팔을 힘 있게 내밀었다. 그들은 각자의 집으로 향했다. 한 명은 펄
골목으로, 한 명은 팔 골목으로……

2

그 후로 다 오빠가 늘 그녀를 보러 와서는 여기 저기 데리고 놀러 다녔다.

다 오빠가 물고기를 낚으러 가면 류리는 마치 얌전한 고양이처럼 그 옆에 쭈크리고 앉아 낚시찌를 물끄러미 응시했다. 빨간색으로 물들인 낚시찌는 파란 수면 위에서 마치 도깨비처럼 폴짝폴짝 뛰어 다녔다. 다 오빠는 낚아 올린 물고기를 풀줄기에 꽂았다. "집에 가져가. 할머니께 국을 끓여달라고 부탁드려. 넌 몸이 아프잖니."

이곳은 작은 도시다. 얼마 멀지 않은 곳이 바로 농촌이다. 어느 일요일 다 오빠는 하루 시간을 내어 류리를 데리고 들판으로 놀러갔다. 다 오빠가 말했다.

"아플 때는 농촌의 맑은 공기를 마시면 좋대."

류리는 입을 크게 벌리고 여러 가지 풀과 나무, 그리고 흑에서 나오는 은은한 향이 스며든 공기를 실컷 마셨다.

얼마 후 류리는 다 오빠가 왜 한쪽 팔을 잃었는지를 알게 되었다.

동성 변두리에는 모래톱에 세운 높은 옛 성벽이 있다. 작은 배를 제외하고는 누구도 그 모래톱으로 갈 수 없었다. 그 당시 10살이던 다 오빠가 몇몇 애들이 내기를 하는 걸 듣게 되었다.

"누구든 성벽을 넘어간다면 우리 모두 땅에서 세 바퀴 기어 다니기로 하자."

내기 할 때는 그토록 자신만만해 하더니 정작 넘어가야 할 때가 되자 농간을 부리거나 핑계를 대며 뿔뿔이 도망쳤다. 다 오빠는 그들의 뒷모습을 깔보듯 코를 벌름거리더니 바로 돌아서서 그 성벽을 바라보았다. 이튿날 그는 준비해온 긴 끈의 끝자락에 쇠갈고리를 동여맸다. 그는 위로 10번을 넘게 힘껏 뿌리고서야 마침내 쇠갈고리를 성벽에다 걸 수 있었다. 원숭이처럼 날렵하게 성벽 꼭대기까지 올라간 그는 아래를 내려다보는 순간 온몸이 오싹해지는 걸 느꼈다. 너무 높았던 것이다. 그는 손으로 성벽을 꽉 붙잡고는 한참 동안 그곳에서 움직이지를 않았다. 한참을 지나고 나서야 다시 용기를 내 갈고리를 돌 사이의 틈에 끼어 넣고는 성벽 저쪽을 향해 미끄러져 내려갔다. 그가 곧 모래톱에 이르려고 할 때였다. 돌 틈 사이의 갈고리가 힘을 잃고 떨어져 나온 탓에 그만 땅으로 추락해버리고 말았다. 어찌된 영문인지 깨닫기도 전에 큰 돌이 이미 그의 팔을 내리쳤던 것이다……서늘한 강바람에 그는 눈을 떴다. 그는 왼쪽 팔에 이상한 느낌이 들었다. 고개를 돌려 보니 파란 풀이 새빨간 피에 붉게 물들어 있었다. 그는 숨을 거칠게 쉬며 성벽을 향해 기어갔다. 어깨를 성벽에 기대어 힘겹게 일어나서는 미리 준비해 둔 칼을 주머니에서 꺼내 이를 악물고 성벽에 자신의 이름을 한 글자 한 글자 또박또박 새겼다. 어깨에서는 피가 철철 흘러내렸고 몸에서 비처럼 쏟아지는 식은땀이 성벽 아래의 풀밭에 주룩주룩 떨어졌다. 마지막 한 획까지 새긴 그는 모래톱에 풀썩 넘어졌다. 시간이 얼마나 흘렀는지 모르는데 강에 배 한 척이 다가왔다. 그를 발견한 배 위의 사람들은 그를 바로 병원으로 호송했다. 의사는 분쇄성 골절이라면서 시간이 너무 오래 지체되어 팔을 절단해야 한다고 말했다.

그가 한쪽 팔을 잃고 학교로 갔을 때 모든 학생들이 그에게로 몰려들었다. 그들은 숭배하는 눈빛으로 그를 바라보았다.

그 후로 다 오빠는 류리 마음속의 영웅이 되었다.

연 며칠 다 오빠는 류리를 보러 오지 않았다.

"어디 갔기에 안 오는 거지?"

그녀는 계속 문어귀에 서서 골목을 내다보았다. 조급증을 느끼고 있을 무렵 다 오빠가 왔다.

"농구경기 준비로 매일 훈련하고 있어서 널 보러 올 시간이 없었어."

류리는 의아해서 고개를 갸우뚱했다.

"오빠도 농구를 할 수 있어?"

그러면서 빈 소매를 바라보았다.

다 오빠는 오만한 표정을 지으면서 웃음을 지었다.

"내가 센터야! 강가로 놀러 가자."

집으로 돌아갈 무렵, 다 오빠가 물었다.

"내일 농구 경기를 하는데 보러 오지 않을래?"

류리는 당연히 가보고 싶었다. 이튿날 다 오빠는 과연 류리를 경기장까지 데리고 갔다. 경기가 시작되었다. 류리의 눈에는 오직 다 오빠만 보였다. 경기장에서의 다 오빠는 아주 날렵하고 빨랐다. 공이 가는 곳에는 꼭 그가 있었기 때문이다. 그가 높이 뛰어오를 때는 긴 한쪽 팔이 거의 링을 터치할 듯 했다. 그가 허리를 구부려 공을 드리블 할 때면 그의 영혼이 공에 전해진 듯 그 누구도 빼앗아가지 못했다. 공을 패스할 때는 연처럼 공중에서 한참이나 머물다가 눈길은 왼쪽이지만 공은 오른쪽으로 패스했다. 상대선수가 그의 전략을 눈치 챘을 때에는 공이 이미 같은 편에게로 패스된 후였다. 공이 또 그에게로 패스되었다. 링 아래서 재빨리 몸을 돌려 상대선수를 따돌린 그는 힘껏 위로 날아올랐다. 긴 팔로 공을 갈고리처럼 잡은 후 손목을 굽혔다. 공이 곡선을 그리며 날아가더니 "쏙"하는 소리와 함께 정확하게 링을 통과했다. 얼마 지나지 않아 두 팀의 격차가 벌어졌다. 초조해진 상대팀은 몸집이 웅장하고 키가 큰 선수 두 명을 내 보내 앞뒤로 그를 협공했다. 다 오빠를 견제하는 데 성공한 상대 팀은 빠르게 득점해 어느덧 양 팀은 동점에 이르렀다. 경기 마치기 5분 전에는 다 오빠의 팀을 리드했다. 그 순간 다 오빠는 자리에 서서 꼼짝하지 않았다. 공중에서 여기저기로 패스되는 공을 물끄러미 바라보고만 있던 그는 건조한 입술을 이로 뜯으면서 땀으로 흥건한 주먹을 꽉 쥐었다.

갑자기 그가 크게 소리를 지르더니 경기장 중앙까지 달려가 손을 공중으로 올려 뻗어 상대선수의 공을 빼앗았다. 그러고는 회오리바람처럼 링을 향해 덮쳤다. 상대방 선수들이 정신을 차리기도 전에 공은 "쾅" 소리와 함께 정확하게 링을 통과했다.

류리는 저도 모르게 연신 폴짝폴짝 뛰면서 환호했다. 상대 선수들은 눈을 부릅뜨고 다 오빠를 더욱 주시했다. 다 오빠는 적대시하는 눈빛으로 그들을 바라보면서 요리조리 몸을 피했다. 마지막 2분을 두고 양 팀은 또 다시 듀스가 되었다. 얼마나 긴장되게 경기가 이어지는지 숨이 턱턱 막히는 것만 같았다.

다 오빠의 얼굴에는 땀방울이 반짝였고 땀에 푹 젖은 런닝셔츠는 몸에 딱 달라붙었다. 상대편 선수 두 명이 앞뒤로 그를 협공하고 있었다. 그는 몸을 날려 상대선수 2명의 협공에서 벗어났다. 그가 링을 향해 달려가는 모습을 본 같은 편 선수들이 공을 그에게 패스했다. 그가 뛰어 올라 숏을 날리려는 순간 상대선수가 들소처럼 그에게로 덮쳤다. 고의로 그의 가슴에 부딪힌 것이었다. 그 바람에 그는 "쾅"하고 몇 미터나 나가떨어졌다. 그 선수는 심판에 의해 퇴장조치를 당했다. 다 오빠는 몇 번을 시도해도 시멘트

바닥에서 기어 일어나지 못해 결국 다른 사람들의 부축을 받으며 경기장에서 내려갔다. 고통스러운 표정의 그는 이를 악물고 경기장 밖으로 걸어 나가면서도 계속 경기장을 뒤돌아보았다.

류리가 인파를 헤치고 다 오빠에게로 다가갔다. 한창 안마를 받고 있는 다 오빠가 고개를 흔들며 숨을 헐떡이었다. 그러면서도 괜찮다는 듯 그녀를 향해 환하게 웃었다. 경기 마지막 1분 전에 팀이 질 것 같다고 생각한 다 오빠가 다시 경기에 나가겠다며 자리에서 일어났다. 허락을 받은 그는 한 다리를 절뚝거리며 경기장으로 들어갔다. 류리는 그를 향해 손을 흔들었고 그도 류리를 향해 손을 흔들어 보였다.

다 오빠의 슛이 경기 종료를 알리는 호루라기 소리와 함께 링을 통과했다. 그는 센터 라인에서 부상 입은 유일한 팔로 슛을 날렸다. 몸이 뒤로 약간 치우치고 다리를 곧게 하고 버티고 있는 모습이 마치 하늘로 피어오른 연기 같았다. 공중에 날아오르던 그의 모습을 아마 평생 잊지 못할 것처럼 느껴졌다.

다 오빠는 남색 운동복 한 벌을 포상으로 받았다. 그는 운동복을 받쳐 들고 류리를 찾아왔다. 그들은 함께 집으로 향했다.

큰 강을 지나갈 때였다. 다 오빠가 갑자기 발걸음을 멈추었다.

"강에서 목욕하고 이 운동복으로 갈아입을까 봐……"

그는 바지와 윗옷을 벗어 잔디 위에 버리고는 강을 향해 달려갔다. 류리가 다 오빠의 옷을 안고 뒤쫓아 갔다. 다 오빠는 하늘에서 곡선을 그리며 멋지게 뛰어들었다. 강으로 몸을 내리 꽂자 흰색 물보라가 사방으로 튕겨 나왔다. 그는 한쪽 팔로 맞은편 기슭까지 헤엄쳐 가더니 그녀의 이름을 불렀다. 다시 건너온 그는 머리에 묻은 물방울을 털며 기슭으로 걸어 올라왔다. 날이 저물어가고 있었다. 초여름의 햇빛이 결코 온전하지 못한 육체를 비추고 있었다. 갈색 피부가 더욱 탱탱해져 두드리면 철소리라도 날 것만 같았다. 목욕을 하고 나니 마치 석양 아래에서 비단이 반짝이는 듯 했다. 넓고 평평한 그의 어깨는 무거운 짐을 나르는데 안성맞춤일 것만 같았다. 아직은 발육이 채 되지 않은 데다 야위기까지 해 늑골이 아른거렸다. 그가 숨을 들이쉬고 내 쉴 땔 마다 늑골이 위아래로 엇갈리며 움직였다. 한쪽 팔을 잃은 것이 오히려 그에게는 불굴의 의지를 갖게 한 것 같았다.

류리가 갑자기 소리쳤다.

"다 오빠, 저쪽을 봐."

그녀는 먼 곳의 산을 향해 가리켰다.

"산!"

"산꼭대기 위에 있는 저 돌을 봐!"

그 시각, 석양이 먼 산꼭대기의 그 돌 뒤로 넘어가 돌 변두리에 뚜렷한 실루엣을 형성하고 있었다. 그 모습은 마치 인간의 조각상과 흡사했다. 더욱 신기한 것은 한쪽 팔이 없는 사람 모습처럼 보였던 것이다.

산을 향해 바라보던 다 오빠가 웃었다.

"나하고 비슷하게 생겼네……"

라고 하면서 그가 말했다.

"돌은 그만 봐. 운동복을 입은 나 어때?"

류리가 고개를 돌려 다 오빠를 보았다.

"어! 되게 멋있어."

"집으로 가자."

그는 팔을 쭉 뻗치면서 말했다. 류리가 고개를 끄덕였다.

몇 걸음 못가서 다 오빠가 또 멈춰 섰다. 그는 새 운동복을 벗어 조심스럽게 개어서는 비닐주머니에 다시 넣었다.

"앞으로 경기 있을 때 다시 입어야겠다."

그러더니 헝겊조각으로 기운 약간 작아진 옷을 다시 입었다.

다 오빠가 아주 어릴 때 그의 아버지가 세상을 떠나 지금은 어머니와 단둘이 살고 있기에 형편이 아주 가난하다는 것을 류리는 알고 있었다.

3

류리는 보름 동안 다 오빠를 만나지 못했다. 대학시험 준비에 한창인 다 오빠가 그녀와 놀 시간이 없었기 때문이었다. 착한 류리는 다 오빠가 보러 오지 않아도 그를 원망하지 않았다. 그녀는 인내심을 갖고 하루하루를 기다렸다. 다 오빠가 한 달 후에는 꼭 보러오겠다고 약속을 했던 것이다.

그러나 한 달이 채 되기도 전에 다 오빠가 찾아왔다. 몸이 많이 야윈 데다 다크 서클이 생기고 머리는 잡초처럼 푸석푸석했다. 입술 껍질이 벗겨졌고, 걸음걸이도 휘청휘청했다. 그러나 류리를 보자 그는 깔깔거리며 웃었다. 걸상에 앉은 그는 손으로 야위어 뾰족해진 아래턱을 괴였다.

류리는 멍하니 그를 바라보았다. 한참이 지나고 나서 그가 말을 꺼냈다.

"대학시험을 치르지 못할지도 몰라."

"왜?"

"엄마가 입원하셨어. 대학입시를 위해 과외수업을 들으려면 돈을 꽤 많이 해야 하는데, 미안해서 어머니께 손을 내밀 수도 없고 말이야……"

류리가 자기 방으로 달려 들어가더니 곧이어 무거워 보이는 조그마한 천 꾸러미를 들고 나와 책상 위에다 풀어 놓았다. 그 속에는 동전이 들어있었다. 할머니께서 매일 준 5전을 아껴 모은 것이었다. 류리는 마치 다 오빠를 도와줄 날이 올 것이라는 것을 일찍부터 알고 있었던 듯 했다.

"그건 안 돼!"

다 오빠가 고개를 저으며 문밖으로 걸어 나갔다. 재빨리 천 꾸러미를 집어 든 류리가 다 오빠보다 더 빨리 문어귀로 달려가 그의 앞길을 가로막았다. 그녀는 고개를 쳐들고 양 손으로 은빛 나는 동전을 받쳐 든 채 말했다.

"오빠, 받아 줘!"

다 오빠가 그녀를 바라보며 어찌할 바를 몰라 했다.

"받아, 받아……"

그녀는 애원 섞인 어투로 말했다. 결국 다 오빠는 그 돈을 받았다. 가기 전에 다 오빠가 약속을 해줬다.

"류리야, 한 달 후에 다시 보러 올게."

류리가 고개를 끄덕이었다. 과연 한 달이 지나자 다 오빠가 왔다.

"내일이 시험이야. 오늘은 더 공부하지 않고 긴장을 풀어야겠어."

할머니가 돌아오셨다. 할머니는 이 '총각'을 잘 대접해줘야겠다고 생각했다. 손녀에게 기쁨을 가져다주었고 손녀의 병이 거의 나아가고 있는 것도 그의 덕분이라고 생각했기 때문이었다.

"가지 마 오빠, 오늘은 탕위안(湯圓)을 먹을 거야. 우리 할머니가 만든 탕위안은 두 명이 먹다 한 명이 죽어도 몰라."

다 오빠가 할머니를 보고 웃음을 지었다. 할머니가 탕위안을 끓여서 가져왔다. 셋이 작은 상에 둘러앉아 이야기꽃을 피우며 맛있게 먹었다. 절반쯤 먹었을 무렵, 다 오빠가 갑자기 숟가락을 상에 내려놓았다. 할머니와 류리가 이상한 눈빛으로 그를 바라보았다. 그는 숟가락을 쳐다보며 말했다.

"시험에 합격할 수 있을지 모르겠어요. 이 숟가락을 돌려 손잡이가 날 향하면 붙을 거예요."

그가 손잡이를 돌렸다. 집안이 쥐 죽은 듯 고요해졌다. 류리의 심장이 밖으로 튀어나오기라도 할 듯 쿵쾅쿵쾅 뛰었다. 숟가락은 움직이기 시작하더니 빠르게 은색의 동그라미를 형성했다. 속도가 점차 느려지더니 긴 손잡이가 천천히 움직였다.

류리는 손잡이를 응시하면서 마음속으로 기도했다.

"다 오빠를 향해 서거라. 제발, 제발……"

손잡이가 다 오빠를 가리키더니 또 다시 천천히 움직였다. 그러자 류리는 바로 눈을 감았다.

"하하, 대학에 붙겠네!"

다 오빠가 갑자기 소리쳤다. 류리가 눈을 떴다. 마치 밤하늘의 북두칠성처럼 반짝이는 숟가락의 손잡이가 다 오빠를 정확하게 향하고 있었다. 할머니는 기쁜 나머지 눈물까지 흘렸다.

성적이 발표되었다. 다 오빠가 좋은 성적을 거두었다.

당연히 다 오빠는 유명대학에 지원서를 냈다. 그에게는 충분히 그럴 자격이 있기 때문이었다.

연 며칠 동안 다 오빠는 류리를 데리고 강가로, 들판으로, 길거리로 놀러 다녔다. 러가서는 마음을 가라앉히고 나무에 기대거나 강가에 앉아서 뭉게뭉게 흰 구름이 피어오른 하늘을 동경의 눈빛으로 바라보곤 했다.

"다 오빠는 대학 가겠네."

류리는 날마다 싱글벙글했다. 마치 다 오빠가 아니라 자신이 대학에 가는 것처럼 기뻐했다. 행운아들은 입학통지서를 속속 받았다. 그러나 다 오빠는 아직까지 입학통지서를 받지 못했다. 친구들은 입학할 시간이 다 되어 가지만 그에게는 여전히 입학통지서가 오지를 않았다. 그렇다고 마냥 기다릴 수만 없었던 그는 류리를 데리고 모집 공고를 냈던 사무실로 찾아갔다. 그런데 거기서 핵폭탄 같은 소식을 들을 줄이야 꿈에도 몰랐던 것이다.

신체검사에서 불합격되었다는 것이었다.

다 오빠는 그 자리에 굳어진 채 한참이나 움직이지를 못했다. 다 오빠를 바라보던 류리는 그의 한쪽 팔을 붙잡고 엉엉 울었다. 다 오빠의 눈빛이 멍해졌다.

류리가 얼마나 슬프게 울었던지 모집 공고 사무실의 이모들도 따라서 눈시울을 붉혔다.

갑자기 다 오빠는 무엇을 떨어뜨리려는 듯 머리를 세차게 흔들었다. 그리고는 억지로 웃음을 지으면서 류리를 끌고 사무실을 나왔다……

4

다 오빠가 중병에 걸렸다. 그 바람에 다 오빠도, 류리도 살이 많이 빠졌다. 그 날, 그가 류리를 보러왔다.

"할머니, 저 지금 일자리를 찾고 있어요. 류리랑 오래 오래 같이 놀 수가 있을 것 같아요."

다 오빠가 말했다. 할머니가 손으로 그의 한쪽 팔을 쓰다듬으며 눈물을 머금은 채 웃음을 지었다.

여름이 되었다. 다 오빠는 여전히 일자리를 찾지 못했다. 마음이 답답해진 그는 류리를 데리고 교외의 들판으로 놀러나갔다. 여름날의 들판은 마치 푸른 주단을 펼쳐놓은 듯 아름다웠다. 높다란 감나무는 마치 거대한 우산처럼 들판에 펼쳐져 있었다. 먼 곳의 어두컴컴한 소나무 숲에서 흘러온 샘물은 햇빛에 비추어져 반짝반짝 빛을 뿌렸다. 먼 산에서 새의 울음소리가 은은하게 들려와 계곡의 고요함이 더욱 깊어졌다. 여름 하늘에 피어오른 구름은 마치 영롱한 흰 눈처럼 유유히 떠다녔다.

저녁 무렵까지 놀다가 장미꽃을 방불케 하는 저녁노을이 농촌을 붉게 물들였을 때에야 그와 류리는 도시로 돌아갔다.

모래톱에서 류리가 발걸음을 멈추고 뭔가를 보고 있는 듯 했다. 다 오빠가 그녀의 눈길이 향한 곳을 따라 바라보았다. 잔디 위에 유백색 원피스 차림의 류리 또래의 여자애가 있었다. 그 여자애가 뛸 때는 원피스가 바람에 하늘거렸다. 멀리로 뛰어가더니 다시 뛰어와 한 바퀴 빙 돌고는 천천히 잔디 위에 앉았다.

"치마다, 치마, 흰색 치마야!"

다 오빠는 류리의 눈빛에서 환호의 목소리를 들었다. 류리는 이제 13살이다. 류리는 눈을 감았다. 마치 환상에서 벗어나려는 듯 몸을 돌려 쏜살같이 내달렸다.

　이튿날, 다 오빠가 왔다. 손에 돈을 한 뭉치 들고 왔다.

　"너에게 치마 사줄게."

　류리는 의구심이 가득한 눈빛으로 그를 바라보았다.

　"그 운동복을 팔았어. 가자. 치마 사줄게."

　류리는 그를 따라나섰다.

　"들어가서 사, 난 여기서 기다릴게."

　다 오빠가 상점 문 앞에서 기다렸다. '총각'이 치마 파는 매대 앞에 서 있으려고 하니 부끄러웠던 것이다. 얼마 지나지 않아 치마는 사지 않고 류리가 울면서 걸어 나왔다.

　"왜 울어?"

　류리가 상점을 가리켰다. "치마 파는 두 사람이 날 욕 했어……"

　"욕을 했어?"

　"응, '호박'이라고 놀려대잖아……"

　그는 억울하다고 울었다. 감히 류리를 업신여기다니! 그는 류리의 팔을 끌고 상점으로 들어갔다.

　"누구야? 두 사람이 누구야?"

　류리는 매대에 서 있는 남자 둘을 가리켰다.

　"너 나가서 기다려!"

　류리는 가지 않았다.

　"얼른 나가 있어!"

　그는 문밖을 가리켰다. 류리는 전전긍긍해 하며 밖으로 나가면서도 계속 뒤를 돌아보았다. 다 오빠는 빨리 나가라며 눈빛으로 성화했다. 류리는 하는 수 없이 상점 밖에서 그를 기다렸다. 그러나 한참을 기다려도 다 오빠가 나오지를 않았다. 상점으로 뛰어 들어가 보니 다 오빠도, 남자 둘도 없었다. 다급해진 그녀는 큰 소리로 불렀다.

"다 오빠! 다 오빠!"

그녀는 허겁지겁 상점 안에서 밖으로, 또 밖에서 안으로 들락거리며 고삐 빠진 망아지처럼 뛰어다녔다. 그 두 남자가 다 오빠를 창고로 끌고 간 것이었다.

상점은 영업을 중단했다.

류리는 나무 아래에 쭈그리고 앉아 엉엉 울었다.

"다 오빠……다 오빠……"

"류리야!"

다 오빠가 갑자기 뒤에서 그녀의 이름을 불렀다. 그녀는 놀라 자리에서 벌떡 일어났다. 과연 다 오빠가 앞에 서 있었다. 옷은 뜯겨서 헤어졌고 코 아래에는 핏자국이 그대로 남아 있었으며 유일한 손에도 피 흔적이 묻어 있었다.

"내가 피나도록 그들을 때려주었어."

류리는 계속 울었다. 저녁바람이 먼 곳의 협곡에서 길거리를 따라 세차게 불어왔다.

부드러운 등불 아래에서 다 오빠가 류리의 손을 잡고 집을 향해 걸어가고 있었다……

6개월이 지나도 다 오빠는 여전히 일자리를 찾지 못했다. 그는 홀로 교외의 들판에 누워서 하루 종일 식음을 전폐하며 고민했다. 결국 그는 집과 이 도시를 떠나기로 마음먹었다. 그는 친구 아버지가 운영하는 수송선에 올라 사방으로 표류하는 생활을 하기로 결심했던 것이다.

다 오빠가 떠나기 전에 확신에 찬 표정으로 류리에게 말했다.

"네 엄마, 아빠는 꼭 돌아 오실거야!"

그가 떠나고 나서 2개월이 채 안 되었을 때었다. 과연 다 오빠가 얘기했던 것처럼 엄마, 아빠가 사막에서 돌아오셨다. 그 후로 류리는 풍족하고 행복하게 생활하게 되었다. 그러자 그는 바다 위에서 표류하고 있을 다 오빠가 더욱 그리웠다. 밥 먹을 때는 다 오빠도 밥을 먹었을지 걱정이 되었고, 잠을 잘 때에는 다 오빠도 잠을 자고 있을지 생각했다.

"다 오빠, 어디로 간 거야? 힘들지는 않아? 춥지는 않아?……"

류리는 다 오빠를 향한 사무치는 그리움 속에서 나날을 보냈다.

이듬해 겨울, 다 오빠가 마침내 돌아왔다. 그의 어머니가 세상을 떠났기 때문이었다. 1년 만에 다시 본 다 오빠는 류리가 알아보지 못할 정도로 많이 변해 있었다. 다 오빠가 어찌나 야위었는지 광대뼈며 어깨, 아래턱이 볼록 튀어 나왔고 피부는 나무껍질처럼 거칠어졌다. 입도 커지고 입술 주위에는 거무스레한 수염이 삐죽 자라나 있었다. 심지어 목소리도 변해 약간 쉰 목소리가 났다. 다 오빠는 지난해 입고 갔던 그 옷차림이었다. 바람에, 햇볕에 그을리고 땀에 부식되어 옷 색깔이 회색으로 바래 있었다.

그는 류리를 향해 조금 슬퍼 보이는 표정으로 웃었다. 어머니를 성 밖의 황량한 교외에 매장했다. 어머니에게는 다른 친척이 없었다. 오로지 그만이 있었을 뿐이었다. 그는 이른 아침부터 달이 서쪽 협곡으로 넘어갈 때까지 연 3일 동안 어머니 묘를 지켰다.

류리는 그와 멀지 않은 곳에 묵묵히 앉아 있었다. 자식들이 도시로 돌아온 후 얼마 지나지 않아 류리의 할머니도 세상을 떠났다. 그래서 류리는 가족들이 세상을 떠날 때 남은 사람들의 마음을 잘 알고 있었던 것이다.

셋째 날이 되는 마지막 몇 시간에는 다 오빠가 어머니 묘 앞에 서서 꼼짝하지 않았다. 너무 오래 서 있은 탓에 다리가 저린 나머지 그는 일어나려고 하다가 오히려 세게 엎어지고 말았다. 류리가 달려 와 그를 부축했다. 별이 총총한 밤하늘이 겨울의 적막한 들판에 드리웠다. 먼 곳의 기복이 심한 산봉우리는 마치 질주하는 준마 처럼 처량한 분위기가 물씬 풍겼다.

시내로 돌아오는 길에 류리가 다 오빠를 향해 말했다.

"가지 마! 다 오빠."

다 오빠가 고개를 저었다.

"앞으로 다를 우리 집으로 데려 오거라."

임종 전 할머니가 류리의 아버지, 어머니에게 하신 마지막 말씀이었다. 류리의 부모는 집에 와 지내라고 여러 번 다 오빠를 타일렀지만 그는 오려고 하지 않았다.

또 3일이 지났다. 그 날 큰 눈이 내렸다. 류리는 평소대로 다 오빠를 찾아갔다. 그러나 집 문을 열고 들어가는 순간 깜짝 놀라 멈칫했다. 낯선 사람이 거기에 있었기 때문이었다.

그녀를 본 낯선 사람이 물었다. "혹시 네가 류리냐?"

그녀가 고개를 끄덕였다.

"다 오빠는요?"

"집을 나에게 팔고 날이 밝기도 전에 떠났어."

그는 호주머니에서 편지 한 통과 예쁘게 포장한 상자를 건네주었다.

"편지와 치마를 너에게 전해주라고 하더구나."

그 말을 듣는 순간 눈물이 앞을 가렸다.

다 오빠의 편지—

류리야!

네가 이 편지를 보고 있다면 다 오빠는 이미 떠났을 거야. 어디로 갈지는 모르겠어. 오빠는 먼저 배 한 척을 살 거야. 자기만의 배가 있어야 한다고 생각하니까. 돈을 많이 벌어 다시 돌아올게. 그때는 아무 일도 하지 않고 집에서 소설만 쓸 거야. 작가가 되고 싶거든. 실패할 수도 있겠지만 한 번 도전해 보고 싶어.

그 때 상점을 여러 군데 돌아다녀도 네가 좋아하는 흰 치마를 사지 못했어. 이제야 흰 치마를 사게 되었구나.

여름에 꼭 입고 다녀라. 네가 그 여자애보다 훨씬 더 예쁠 거야.

다 오빠는 운이 나빴던 것 같아. 늘 실패했고 비참해지기까지 했잖아. 그래도 다 오빠는 괜찮아.

날 위해 기도해 줘!

너도 순조롭기를 바랄게!

다 오빠가

흰 눈이 펑펑 쏟아져 온통 은빛세상으로 물들었다. 천천히 걸어가던 그녀도 눈사람으로 변하였다.

겨울이 가고 봄이 왔다. 오곡이 무르익는 가을이 여름을 금색으로 물들였고, 또 다시 흰 눈이 뒤덮인 은빛세상이 어김없이 찾아왔다…… 하루하루, 한 달 한 달, 일 년 일 년의 시간이 흘러 류리는 어느덧 16살의 어여쁜 소녀가 되었다. 그러나 다 오빠는 돌아오지 않았다. 가끔은 갑자기 그가 생각나 저도 모르게 강가의 잔디밭까지 걸어갈 때도 있었다. 그녀는 조용히 먼 산을 바라보았다. 그 조각상이 여전히 산꼭대기에서 꽃구름이 피어오르는 하늘을 응시하는 모습이 보였다……